SIMONE VAN DER VLUGT | Am helllichten Tag

Das Buch
Als die Polizistin Julia auf dem Friedhof von Roermond Nathalie kennenlernt, merkt sie sofort, dass die verängstigte junge Frau in Schwierigkeiten steckt. Nathalie vertraut ihr an, dass sie auf der Flucht vor ihrem gewalttätigen Exfreund ist und dringend ein sicheres Versteck für sich und ihr sieben Monate altes Baby benötigt. Nicht ahnend, dass ihre gute Tat schwerwiegende Konsequenzen für ihr eigenes Leben haben wird, bietet Julia ihre Hilfe an. Fast zu spät erkennt sie die Verbindung zwischen Nathalies Exfreund Vincent und dem kaltblütigen Doppelmord, der Roermond vor wenigen Tagen erschüttert hat. Und auch Nathalie selbst scheint etwas zu verbergen zu haben – zumindest fehlt von ihr plötzlich jede Spur. Während die Grenzen zwischen Schuld und Unschuld, Opfer und Täter verschwimmen, macht Julia sich gemeinsam mit ihrem Kollegen Sjoerd auf die Suche nach der Wahrheit und kommt dabei nicht nur dem Täter gefährlich nahe …

Die Autorin
Simone van der Vlugt, geboren 1966, schrieb zunächst sehr erfolgreich Jugendromane, bevor sie mit ihrem ersten Psychothriller *Klassentreffen* die internationalen Bestsellerlisten eroberte. Es folgten die Romane *Schattenschwester*, *Finsternis*, *Rettungslos* sowie *Kalte Freundschaft*. *Am helllichten Tag* wurde von den niederländischen Lesern zum besten Thriller des Jahres 2010 gewählt. Die Autorin lebt mit ihrem Mann und ihren zwei Kindern in Alkmaar in den Niederlanden.

SIMONE VAN DER VLUGT

Am helllichten Tag

Thriller

Aus dem Niederländischen von Eva Schweikart

Diana Verlag

Die Originalausgabe erschien 2010
unter dem Titel *Op klaarlichte dag* bei Anthos, Amsterdam

Verlagsgruppe Random House FSC-DEU-0100
Das für dieses Buch verwendete
FSC®-zertifizierte Papier *Holmen Book Cream*
liefert Holmen Paper, Hallstavik, Schweden.

Vollständige deutsche Taschenbuchausgabe 04/2013
Copyright © 2009 by Simone van der Vlugt
Copyright © der deutschsprachigen Ausgabe 2011
sowie dieser Ausgabe 2013 by Diana Verlag, München,
in der Verlagsgruppe Random House GmbH
Redaktion | Christiane Burkhardt
Umschlaggestaltung | t.mutzenbach design, München
unter Verwendung von Fotos
von Patricia McDonough/CORBIS und shutterstock
Satz | Leingärtner, Nabburg
Druck und Bindung | GGP Media GmbH, Pößneck
Alle Rechte vorbehalten
Printed in Germany 2013
978-3-453-35700-6

www.diana-verlag.de

Prolog

Er muss bewusstlos gewesen sein. Als er die Augen aufmacht, liegt er bäuchlings am Boden und hat einen Arm nach vorn gestreckt. Die ersten Sekunden spürt er nichts, doch als er vorsichtig den Kopf zur Seite dreht, lässt ihn ein stechender Schmerz erstarren. Plötzlich ist da auch noch ein Geruch wie nach Eisen, ein Geruch, den er bisher nur bei anderen wahrgenommen hat, aber nie bei sich selbst.

Er versucht, den Schmerz zu ignorieren, und stemmt sich mühsam hoch. Kaum steht er, erfasst ihn ein Schwindel, gleichzeitig merkt er, dass ihm etwas den Hals hinabläuft.

Erst jetzt wird ihm bewusst, dass er sich in seinem Wohnzimmer befindet, auf dem hellen Teppich, der rostrote Flecken aufweist.

Stöhnend fasst er sich an den Hinterkopf und betrachtet anschließend seine Hand. Sie ist voller Blut. Was, um Himmels willen, ist passiert?

Langsam erinnert er sich wieder. Nathalie … Er hatte Streit mit Nathalie. Aber warum?

Robbie … Genau, es war um das Kind gegangen. Das Babygeschrei, das ihm den letzten Nerv raubte, gellt ihm noch in den Ohren. Er war auf das Kind zugegangen und dann …

Sein Blick bleibt an der Couch hängen, auf der Robbie gelegen hat.

Jetzt ist er weg und Nathalie auch. Jedenfalls sind sie nicht im Wohnzimmer. Wahrscheinlich hat sie sich mit dem Kleinen im Schlafzimmer eingeschlossen, um sich vor seiner Wut in Sicherheit zu bringen.

»Nathalie?«

Er hält sich den Kopf und betritt den Flur.

Keine Antwort.

Langsam geht er die Treppe hinauf, schaut oben in alle Zimmer, findet aber niemanden.

Durchs Schlafzimmerfenster sieht er, dass sein Auto nicht mehr im Hof steht. Der nagelneue Alfa Romeo, sein ganzer Stolz. Nathalie wird doch nicht etwa … Sein Puls rast.

So schnell es die hämmernden Kopfschmerzen erlauben, geht er wieder nach unten und steuert sein Arbeitszimmer an. Dass Nathalie den Tresor geleert hat, kann er sich kaum vorstellen, doch als er den Raum betritt, werden seine Befürchtungen bestätigt. Die Tür des Wandtresors steht sperrangelweit offen. Er sieht mit einem Blick, dass er leer ist.

Mitten im Zimmer bleibt er stehen. Zehn, zwanzig Sekunden lang fühlt er nichts, absolut gar nichts. Mit geschlossenen Augen lauscht er seinem Atem. Dann ist es mit seiner Beherrschung vorbei, die Halsschlagader beginnt zu pochen. Die Kopfschmerzen werden unerträglich, doch mit der Wunde hat das nichts zu tun. Etwas drückt von innen gegen seine Schädeldecke, sucht nach einem Ausweg, den es nicht gibt.

Eine namenlose Wut erfasst ihn. Er versetzt der halb offenen Tür seines Arbeitszimmers einen so heftigen Fußtritt, dass sie aus den Angeln fliegt, und wirft dann sämtliche Gegenstände, die er zu fassen bekommt, durch den Raum.

Nachdem er seinem Zorn Luft gemacht hat, zieht er das Handy aus der Hosentasche, sucht im Adressbuch nach einer Nummer und drückt die Wahltaste.

»Nico? Ich bin's, Vincent.« Seine Stimme klingt barsch, aber da er am Telefon immer kurz angebunden ist, fällt Nico vermutlich nichts auf.

»Vincent, was gibt's?«

»Du musst mir helfen. Ich hatte einen Unfall. Wahrscheinlich muss die Wunde genäht werden – ich blute nämlich wie ein Schwein und …«

»Wie ist das passiert?«

»Lass mich gefälligst ausreden, ja?«, sagt Vincent verärgert. »Ich brauche dich. Wie gesagt, die Wunde muss genäht werden.«

»Wo bist du jetzt?«

»In Brabant.«

»Wie bitte? Nicht in Amsterdam? Du kannst doch nicht erwarten, dass ich …«

»Doch. Wenn du gleich losfährst, bist du in einer Stunde hier. Beeil dich.« Ohne die Antwort abzuwarten, beendet Vincent das Gespräch.

Nico ist einer seiner ältesten Freunde. Sie kennen sich vom Gymnasium in Roermond, wo sie seinerzeit den Laden tüchtig aufgemischt haben. Einmal hatten sie im Büro des Rektors Feuer gelegt, weil dieser ihnen wegen Betrugs einen mehrtägigen Schulverweis erteilt hatte. Allein schon das Wort Betrug für eine solche Lappalie: Sie hatten lediglich die Lösungen für eine Klassenarbeit aus der Mappe eines Lehrers geklaut.

Vincent war nach dem Vorfall endgültig von der Schule geflogen, weil er die Schuld auf sich genommen hatte. Nico konnte bleiben, machte sein Abitur und studierte danach Medizin. Inzwischen ist er wohlbestallter Arzt am Amsterdamer Uniklinikum, und Vincent versäumt es nicht, ihn immer wieder daran zu erinnern, wem er seine Karriere zu verdanken hat.

Ihm ist klar, dass Nico viel zu tun hat und nicht einfach so weg kann, aber das ist ihm egal: Soll er es eben irgendwie möglich machen.

»Was ist denn hier passiert?«, fragt Nico, als er eineinhalb Stunden später das Haus betritt und die Blutflecken auf dem Wohnzimmerteppich sieht.

»Wir hatten Streit, das Ganze ist ein bisschen aus dem Ruder gelaufen.« Vincent presst ein Handtuch an seinen Hinterkopf. Er hatte gehofft, die Blutung stillen zu können, aber vergeblich. Jedes Mal, wenn er dachte, es habe aufgehört, brach die Wunde erneut auf, und das Blut rann ihm in den Nacken.

Obwohl Nico im Umgang mit Vincent gelernt hat, sich nicht in dessen Angelegenheiten zu mischen, stehen ihm die Fragen deutlich ins Gesicht geschrieben. Er stellt sie aber nicht, sondern öffnet stattdessen seine Arzttasche.

»Na, dann sehen wir uns die Sache mal an. Setz dich, bitte.«

Vincent holt einen Stuhl vom Esstisch, setzt sich und lässt das Handtuch sinken.

Schweigend nimmt Nico die Verletzung in Augenschein.

»Stimmt, das muss genäht werden«, sagt er schließlich. »Es sieht aber schlimmer aus, als es ist.«

»Wie bitte? Hast du nicht gesehen, wie viel Blut ich verloren hab?«

»Kopfwunden bluten immer stark, deshalb sieht es gleich sehr dramatisch aus. Falls dir schwindlig oder übel ist, hast du vielleicht eine Gehirnerschütterung. Am besten, du gönnst dir ein paar Tage Ruhe und …«

»Mir fehlt nichts«, fällt Vincent ihm ins Wort. Ihm ist zwar leicht schwindlig, aber er kann es sich nicht leisten, mit so etwas Zeit zu verplempern.

»Wo ist Nathalie?«, fragt Nico.

»Fort. Das Loch im Kopf hab ich der blöden Gans zu verdanken. Wenn ich die erwische, bring ich sie um.«

Nico ist anzusehen, dass er gern mehr erfahren würde, aber er ist vernünftig genug, keine weiteren Fragen zu stellen. Schließlich kennt er Vincents Wutanfälle zur Genüge.

Kaum ist Nico gegangen, macht Vincent sich an die Arbeit. Er rollt den Teppich zusammen und deponiert ihn in einem leer stehenden Nebengebäude. Dann packt er alles, was er für eine mehrtägige Reise braucht, in einen Rucksack und stellt ihn in den Flur. Rasch erledigt er noch ein paar dringende Telefonate, alles andere muss warten.

Das Geld im Tresor war nicht alles, was er im Haus hat. Unter einer losen Bodendiele befindet sich ein Versteck, das Nathalie nicht kennt. Er war sich nie hundertprozentig sicher, ob er ihr trauen kann, und ihm war stets bewusst, dass sie ihn eines Tages verlassen würde, und zwar nicht mit leeren Händen. Da sie die Kombination für den Tresor kennt, konnte sie sich an seinem Geld bedienen; was sie jedoch nicht weiß, ist, dass er sie problemlos orten kann. Ein GPS-Gerät wird ihn zu ihr führen.

Vincent klappt das Gerät auf, aktiviert das System und konzentriert sich auf den LCD-Monitor. Das Gerät sucht ein paar Sekunden lang, dann wird die Position der ermittelten Signalquelle angezeigt.

Wütend fixiert er den blinkenden roten Pfeil.

Dann schließt er das Gerät, klemmt es sich unter den Arm, nimmt den Rucksack und geht in die Garage. Dort steht der Zweitwagen, sein Porsche.

Kurz darauf rast er auf der schmalen, kurvenreichen Landstraße in Richtung Autobahn. Die grelle Sonne blendet ihn immer wieder.

Auf dem Monitor des GPS-Geräts sieht er, dass Nathalie inzwischen Roermond erreicht hat. Der Pfeil blinkt aber nicht mehr, das heißt, sie hat angehalten.

Vincent kennt die Adresse und runzelt die Stirn. Anscheinend ist es ihm doch nicht gelungen, sie von dieser Freundin loszueisen: eine unglaubliche Tratschtante, die wahnsinnig neugierig ist und nichts für sich behalten kann. Weiß der Himmel, was Nathalie der jetzt erzählt!

Bei dieser Vorstellung packt ihn die kalte Wut. Derartige Heimlichkeiten hätte er Nathalie nicht zugetraut, so naiv und hilflos, wie sie sich immer gegeben hat.

Aber wohin sie auch fährt – er wird sie finden. Diesmal wird er sich von ihrem Jammern und Flennen nicht erweichen lassen. Noch nie zuvor hat es jemand gewagt, ihn körperlich anzugreifen – was Nathalie getan hat, ist absolut unverzeihlich, und deshalb muss sie sterben, auch wenn es ihm nicht leichtfallen wird, sie umzubringen.

Die Wut schwelt noch in ihm, als er den Stadtrand von Roermond erreicht. Eine Viertelstunde später parkt er vor einem Reihenhaus.

Der Pfeil auf dem Monitor blinkt seit Kurzem wieder, also ist Nathalie weitergefahren. Am liebsten würde er sofort die Verfolgung aufnehmen, doch erst muss er hier noch etwas klären. Er betrachtet das Haus, dessen Fenster das Sonnenlicht reflektieren.

Hier also war sie, bei ihrer Freundin und deren dämlichem Macker. Und hat den beiden Gott weiß was auf die Nase gebunden ...

Er starrt auf die Windschutzscheibe und plant sein Vorgehen. Seine große Stärke besteht darin, die Dinge systematisch anzugehen. Unüberlegte Spontanaktionen gibt es bei ihm nicht.

Als sein Plan steht und er sich wieder voll und ganz im Griff hat, lässt er den Motor an, fährt hundert Meter weiter und stellt das Auto ab.

Er nähert sich dem Haus über den Heckenweg, von der Gartenseite her.

Im Schutz eines Gebüschs zieht er die Pistole aus der Innentasche seiner Jacke und versieht die Waffe mit einem Schalldämpfer. Dann öffnet er die Gartentür und geht auf das Haus zu.

1

Wenn sie gewusst hätte, was auf sie zukommt, hätte sie sich einen Plan zurechtgelegt. Nathalie ärgert sich über sich selbst, weil sie nicht daran gedacht hat. Schließlich war abzusehen, dass sie irgendwann Hals über Kopf fliehen müsste.

Während sie auf der Autobahn dahinrast, überlegt sie, ob sie alles richtig gemacht hat. Das Nötigste dürfte sie mitgenommen haben – Kleidung zum Wechseln, ein paar Toilettenartikel, die Autopapiere, das gesamte Schwarzgeld aus dem Tresor und ihren Laptop.

Viel mehr hätte sie auch nicht mitnehmen können, der Rest besteht aus Robbies Sachen, aus Fläschchen, Milchpulver, Schnuller, Windeln, Babykleidung und was man sonst noch so für ein sieben Monate altes Kind braucht.

Im Nachhinein staunt sie selbst darüber, wie entschlossen sie die Tasche geschultert und Robbie von der Couch genommen hat, um das Haus zu verlassen. Ein letzter Blick auf den reglos am Boden liegenden Vincent hatte genügt, um ihr klarzumachen, dass sie schleunigst verschwinden sollte.

Sein Alfa stand vollgetankt vor dem Haus. Hastig legte sie Robbie auf eine Decke im Fußraum vor dem Beifahrersitz und platzierte rechts und links von ihm je eine Tasche, damit er sich während der Fahrt nicht irgendwo stieß. Robbie nuckelte zufrieden an seinem Schnuller.

Einen Kindersitz hat sie nicht, weil sie mit dem Kleinen nur selten das Haus verließ. Wenn sie überhaupt einmal ausging, dann ohne Robbie.

Sie verstaute ihr Gepäck auf dem Rücksitz, setzte sich ans Steuer und atmete mehrmals tief durch, um sich wieder zu beruhigen. Trotzdem zitterte ihre Hand, als sie den Motor anließ. Langsam wich sie den Schlaglöchern auf dem Hof aus, und als sie auf die Landstraße fuhr, war ihr bewusst, dass dies ein entscheidender Moment in ihrem Leben war.

Jetzt ist Nathalie unterwegs nach Deutschland. Sie braucht einen sicheren Ort, an dem sie für eine Weile untertauchen und ihre Gedanken ordnen kann. Erst hatte sie es bei Kristien versucht, der einzigen Freundin, die ihr noch geblieben ist. Aber Kristien war nicht bereit gewesen, sie auch nur für eine Nacht aufzunehmen, wollte sie anfangs sogar an der Haustür abfertigen.

»Du hier?«, sagte sie verwundert.

Nathalie hatte Robbie im Auto gelassen und ihm den Schlüsselbund zum Spielen gegeben. Sie wollte nicht gleich mit dem Kind aufkreuzen.

»Hallo, Kristien.« Leicht verlegen lächelte sie ihre Freundin an. »Es ist eine ganze Weile her, dass wir uns das letzte Mal gesehen haben.«

»Das kannst du laut sagen.« Statt sie ins Haus zu bitten, stellte Kristien sich breitbeinig in die Türöffnung, als fürchtete sie, Nathalie könnte versuchen, sich gewaltsam Zutritt zu verschaffen.

»Ich ... äh ... Darf ich kurz reinkommen?«

Mit sichtbarem Widerwillen gab Kristien ihrer Bitte nach.

Kristiens Freund Ruud stand von der Couch auf, reichte Nathalie die Hand, verließ dann aber gleich das Wohnzimmer, damit sie ungestört miteinander reden konnten.

Das Gespräch dauerte nicht lange.

»Ich habe nie verstanden, was du an dem Typen findest«,

sagte Kristien, als sie sich angespannt gegenübersaßen. »Du sagst, du hast ihn verlassen, aber das ist jetzt schon das vierte Mal! Immer wenn er dich holen kam, bist du klaglos wieder mitgegangen.«

»Ich weiß«, sagte Nathalie. »Aber diesmal ist es anders.«

»Ehrlich gesagt glaube ich das nicht. Ich habe immer wieder versucht, dir zu helfen, aber vergeblich. Weil du es letztlich selbst nicht wolltest. Warum sollte es diesmal anders sein?«

Nathalie schwieg, weil Kristien im Grunde recht hatte. Mehrmals hatte die Freundin ihr Zuflucht geboten, und jedes Mal war sie wieder zu Vincent zurückgekehrt, ohne danach noch etwas von sich hören zu lassen. Sie konnte Kristien unmöglich erzählen, was nun vorgefallen war; dadurch würde sie sie zur Mitwisserin eines Verbrechens machen.

Im Grunde verstand Nathalie selbst nicht mehr, warum sie auf die Idee gekommen war, Kristien um Unterschlupf zu bitten.

Also stand sie auf und ging.

Vor einer Viertelstunde hat sie das Autoradio angeschaltet. Je schneller die Musik wird, desto stärker tritt sie das Gaspedal durch. Als sie es merkt, stellt sie das Radio ab. Sie darf auf keinen Fall riskieren, wegen einer Geschwindigkeitsübertretung angehalten oder geblitzt zu werden.

Die Autobahn ist voll, aber es bildet sich kein Stau, nur hin und wieder gerät der Verkehr ins Stocken.

Dass Robbie eingeschlafen ist, passt gut – so kommt sie zügig voran.

In den Nachrichten war keine Rede von einem Leichenfund in einem abgelegenen Brabanter Landhaus. Mit ein bisschen Glück kann sie etwas Vorsprung herausholen.

Immer wenn sie daran denkt, was am Vormittag passiert ist, geht ihr Atem schneller, und das Herz setzt einen Schlag aus. Sie kann nach wie vor kaum fassen, dass sie einen Mord begangen hat.

Ihre Hände umklammern das Lenkrad. Nein, im Grunde war es kein Mord, sondern Notwehr. Auch wenn nicht sie angegriffen wurde, sondern Robbie. Und weil sich ein Baby nicht verteidigen kann, musste sie den Kleinen schützen. Es war eine Reflexhandlung ...

Früher hatte sie für Kinder nicht viel übrig und Vincent erst recht nicht, weil Babygeschrei ihn stets in Rage brachte.

Sie hatte sich so gut wie möglich um das Kind gekümmert, wenn auch zunächst eher aus Pflichtgefühl. Die erste Zeit war ihr das Baby ziemlich gleichgültig gewesen, doch das änderte sich bald. Allmählich gewann sie den Kleinen richtig lieb, und als Vincent heute auf ihn losging, regte sich ihr Mutterinstinkt. Dass er sie immer wieder schlug, war etwas anderes, daran war sie gewöhnt, aber dass er sich auf ein vollkommen hilfloses Wesen stürzte, konnte sie einfach nicht zulassen.

Als sie Vincent mit grimmiger Miene auf die Couch zugehen sah, versuchte sie, ihn zurückzuhalten. Er stieß sie so grob weg, dass sie stürzte. Ihr Blick fiel auf die Lampe mit dem schweren gusseisernen Fuß. Mit dem Mut der Verzweiflung sprang sie auf, packte die Lampe und ließ sie auf Vincents Kopf niedersausen.

Er brach sofort zusammen. Aus seinem Hinterkopf quoll Blut und tropfte in den hochflorigen Teppich.

Sie hätte die Wundränder zusammendrücken können, um die Blutung zu stoppen und dann einen Krankenwagen zu rufen. Stattdessen stand sie mit dem weinenden Kind auf dem Arm da und starrte wie gelähmt auf ihren am Boden liegenden Lebensgefährten.

Plötzlich hörte Robbie auf zu weinen, so als hätte er begriffen, dass sie ihn beschützt hatte.

Dann dämmerte ihr, was sie da angerichtet hatte. Sie sah Probleme auf sich zukommen, aber auch eine riesengroße Chance: Sie war frei! Wie lange, hing davon ab, wie geschickt sie vorging.

Der Schlag mit dem Lampenfuß war so heftig gewesen, dass Robbie und sie Blutspritzer abbekommen hatten. Sie rannte mit dem Kleinen nach oben, wusch ihn, zog ihn um und duschte anschließend selbst.

Ihre schmutzige weiße Leinenhose und das Sommertop stopfte sie in einen grauen Müllsack und warf, wieder im Wohnzimmer, auch die Tischlampe hinein.

Sie deponierte den Sack im Kofferraum des Autos und ging wieder ins Haus.

Innerhalb kürzester Zeit packte sie ihre Sachen, räumte den Tresor im Arbeitszimmer leer und suchte zusammen, was sie für Robbie brauchte.

Wie ein Wirbelwind fegte sie durchs Haus, und als sie die Tür hinter sich zuzog, war weniger als eine halbe Stunde vergangen, seit sie Vincent den Schädel eingeschlagen hatte.

2

Düsseldorf liegt bereits hinter ihr, als sie eine Raststätte ansteuert. Robbie ist aufgewacht und hat angefangen zu quengeln. Er muss etwas essen, also ist sie gezwungen, eine Pause einzulegen. Sie selbst hat auch Hunger. Außerdem ist sie müde von der langen Fahrt, die Glieder sind steif, und der Rücken schmerzt.

Nathalie fährt zur Tankstelle, hält neben einer Zapfsäule und tankt voll. Beim Zahlen nimmt sie noch rasch eine Flasche Mineralwasser und eine Tüte Paprikachips aus dem Regal. Zurück im Auto, schreit Robbie wie am Spieß; sie versucht vergeblich, ihn zu beruhigen. Langsam fährt sie weiter zum Parkplatz. Mit einer Hand öffnet sie die Heckklappe, legt Robbie in den Kofferraum und wechselt routiniert die Windel.

Ihr Blick bleibt an dem grauen Plastiksack hängen. Sie muss ihn unbedingt loswerden. Neben der Tankstelle hat sie einen Müllcontainer gesehen. Vielleicht kann sie den Sack nachher hineinwerfen, wenn weniger Leute unterwegs sind. Aber es ist Ferienzeit, und auf der Raststätte herrscht Hochbetrieb.

Sie nimmt die Reisetasche vom Rücksitz und geht mit Robbie zu einer Picknickbank. Dort versucht sie, ihm ein paar Löffel Gemüsebrei einzuflößen. Er scheint ihm nicht zu schmecken, ebenso wenig wie die kalt angerührte Milch aus der Nuckelflasche. Nachdem er eine Weile laut protestiert hat, findet er sich mit der dürftigen Kost ab. Er isst das ganze Gläschen leer und saugt dann so gierig am Fläschchen, als wäre er am Verdursten.

»Langsam, mein Schatz!«, mahnt Nathalie. Fasziniert sieht sie ihm beim Trinken zu. Als sie plötzlich jemand von der Seite anspricht, erschreckt sie sich fast zu Tode.

»Sie haben anscheinend keinen Autositz für das Kind?«

Es dauert einen Moment, bis ihr klar wird, dass sie von der Landsmännin neben ihr nichts zu befürchten hat.

»Ich habe gesehen, wie Sie Ihr Baby vorhin aus dem Auto genommen haben. Hat es etwa auf dem Beifahrersitz gelegen? Sie wissen hoffentlich, wie gefährlich das ist! Wenn Sie plötzlich scharf bremsen müssen, fällt das Kind runter oder fliegt womöglich gegen die Windschutzscheibe.« Ihr missbilligender Tonfall ist nicht zu überhören. »Wahrscheinlich fragen Sie sich, was mich das überhaupt angeht, aber ich kann so etwas einfach nicht mit ansehen. Ich habe drei Enkelkinder, und mein Schwiegersohn hat sie auch immer ohne Kindersitz im Auto mitgenommen. Bis er einen Unfall hatte. Zum Glück sind die Kinder mit ein paar blauen Flecken davongekommen, aber genauso gut hätten sie …«

»Ja«, sagt Nathalie schnell. »Sie haben völlig recht. Vielen Dank.«

Die Frau wirkt unschlüssig, ob sie gekränkt sein soll, weil Nathalie ihr ins Wort gefallen ist, oder zufrieden, weil sie ihr beigepflichtet hat. Sie holt Luft, um noch etwas zu sagen, aber Nathalie schenkt ihr ein entwaffnendes Lächeln. »Ich kaufe noch heute einen Kindersitz, versprochen!«

»Mir geht es nur um das Kind«, sagt die Frau im Gehen. »Denn am Ende sind immer die Kinder die Leidtragenden.«

Nathalie lächelt ihr noch einmal zu.

»Blöde Kuh«, murmelt sie dann, während sie Robbie das Gesicht abwischt.

Nathalie kann solche Besserwisserinnen nicht ausstehen. Außerdem wird sich diese Frau garantiert an sie erinnern, wenn nach ihr gefahndet wird. Mehr noch, sie wird sogar noch wissen, an welcher Raststätte sie sie gesehen hat.

Nathalie seufzt laut. Den Müllsack wird sie lieber woanders wegwerfen.

Eine halbe Stunde später ist sie wieder auf der Autobahn. Robbie liegt auf seiner Decke am Boden und spielt mit einem Frotteeteddy.

Nathalie nimmt sich vor, bei der ersten Gelegenheit einen Kindersitz zu kaufen. Auf keinen Fall darf sie erneut auffallen. Beim nächsten Mal ist es womöglich ein Polizist, der sie auf das Baby anspricht.

Kurz vor Köln fällt ihr ein grellbuntes Plakat am Straßenrand auf, das für ein Einkaufszentrum wirbt. Sie nimmt die Ausfahrt und folgt den Hinweisschildern.

Gleich neben dem Supermarktkomplex steht ein blaues Gebäude mit der Aufschrift BABYLAND.

Nach einer knappen Stunde steht Nathalie an der Kasse. Ihre Einkäufe – Babyspielzeug, eine Packung Wegwerfwindeln, ein Reisebett, ein Buggy und ein Maxi-Cosi – bezahlt sie bar.

Auf dem Weg zum Auto fällt ihr Blick auf einen Müllcontainer am Rand des Parkplatzes.

Sie wirft den Plastiksack hinein.

Minuten später ist sie wieder auf der Autobahn.

Inzwischen weiß sie, wohin sie will: ins Ferienhaus ihrer Eltern in Italien. Sie war jahrelang nicht mehr dort, aber die Adresse kennt sie auswendig, also dürfte es mit dem Navi kein Problem sein, dorthin zu kommen. Irgendwann wird die Polizei das mit dem Ferienhaus sicherlich herausfinden, aber mit etwas Glück dauert das noch eine Weile.

Auf den Schildern über der Autobahn ist jetzt Frankfurt angeschrieben. Die Strecke führt an Feldern mit hoch stehendem Mais vorbei. Die eintönige Landschaft wirkt wie hypnotisierend, und allmählich kommt Nathalie zur Ruhe.

Die Stimme aus dem Navi holt sie wieder in die Wirklichkeit

zurück, fordert sie vor einem Autobahnkreuz auf, sich rechtzeitig einzuordnen.

Robbie ist nach dem Abstecher ins BABYLAND in seinem neuen Kindersitz eingeschlafen. Nathalie dagegen fühlt sich noch kein bisschen müde. Notfalls kann sie die ganze Nacht durchfahren. Mit jedem Kilometer, den das Auto zurücklegt, entfernt sie sich weiter von Vincent.

Vielleicht ist die Polizei inzwischen schon im Haus, sichert Spuren und findet auch ihre Fingerabdrücke. Sie sind zwar nicht registriert, aber es gibt genug Leute, die wissen, dass Vincent und sie ein Paar waren.

Bestimmt wird man rasch ihren Namen herausbekommen. Sie nimmt sich vor, die niederländischen Nachrichten abends im Internet zu recherchieren. Die meisten Hotels bieten ja einen WLAN-Zugang an, notfalls geht sie in ein Internetcafé.

Nathalies Handy klingelt, und sie zuckt zusammen. Als sich die Freisprechanlage zuschaltet, geht das schrille Läuten in ein dezentes Summen über.

Ungläubig starrt sie auf das Display: VINCENT.

Im nächsten Moment erfasst sie Panik, und sie gerät mit dem Auto ins Schleudern.

Das ist vollkommen unmöglich! Das kann nicht sein!

Vincent ist tot – sie hat doch die heftig blutende Kopfwunde gesehen!

Jemand muss sie mit seinem Handy anrufen. Bestimmt die Polizei. Man hat ihn also gefunden und sucht bereits nach ihr!

Die Freisprechanlage summt unbeirrt weiter.

Nathalie drückt die rote Taste, und das Gerät verstummt. Gleich darauf schaltet sie auch ihr Handy aus.

3

Als Erstes riecht sie Blut. Der penetrante metallische Geruch bringt Julia zum Würgen. Automatisch beginnt sie, durch den Mund zu atmen.

Im Flur des Reihenhauses in der Bachstraat sprechen sie und ihr Partner Sjoerd Volleberg kurz mit den Kollegen von der Spurensicherung.

Durch die offene Wohnzimmertür fällt Julias Blick auf die Leiche eines jungen Mannes. Mit vorquellenden Augen und weit geöffnetem Mund liegt er am Boden, den Kopf in einer Blutlache. Auf seiner Stirn sitzen Fliegen mit blaugrün schillernden Flügeln.

Mit geschultem Blick sieht Julia sich im Raum um. Sie war schon öfter mit Mordopfern konfrontiert, doch der Anblick eines gewaltsam ums Leben gekommenen Menschen nimmt sie jedes Mal wieder aufs Neue mit.

»Ein Schuss in den Kopf, zwei in die Brust.« Sjoerd hat sich neben sie gestellt.

»Die Kollegen meinen, der Täter müsse von hinten ins Haus gelangt sein. Die Küchentür stand offen, weil es so warm ist«, sagt Julia.

Sie gehen an der Leiche vorbei zur Küche, wo das zweite Opfer liegt. In der Tür bleiben sie stehen und betrachten schweigend die auf der Seite liegende junge Frau. Sie ist höchstens fünfundzwanzig, hat knallrotes Haar und trägt ein Top mit Leopardenmuster und weiße, blutverschmierte Leggins. Auch auf ihrer Leiche haben sich Schmeißfliegen niedergelassen. Eine davon setzt sich auf Julias nackten Arm. Angewidert schlägt sie nach dem Insekt.

Der Täter muss schnell und äußerst skrupellos vorgegangen sein, denkt sie.

»Kopfschuss. Mit Sicherheit sofort tödlich.« Sjoerds Stimme klingt sachlich und beherrscht. Er zeigt auf einen halb gefüllten Picknickkorb auf der Arbeitsplatte. »Sieht so aus, als hätten die beiden einen Ausflug machen wollen, vielleicht zum Badesee.«

»Aber dann bekamen sie Besuch«, meint Julia. Von der Spurensicherung hat sie gehört, dass in der Spüle Teegläser standen, die mitgenommen wurden, um sie auf Fingerabdrücke und Speichelreste zu untersuchen.

Bevor Julia und Sjoerd das Haus betraten, haben sie mit der Nachbarin gesprochen, die die Leichen entdeckt und die Polizei verständigt hat. Sie hatte sich bei Kristien Moors etwas Mehl borgen wollen. Als niemand auf ihr Klingeln reagierte, war sie zur Hintertür gegangen und hatte die junge Frau auf dem Küchenfußboden gefunden.

Sie erwähnte auch, dass sie gegen halb zwölf einen silbergrauen Alfa vor der Tür gesehen habe.

Dem Täter kann der Wagen allerdings nicht gehören, denn Kristien Moors und Ruud Schavenmaker waren, wie die mitteilsame Frau berichtete, am frühen Nachmittag noch von anderen lebend gesehen worden.

Als es nach einer halben Stunde klingelt, wirft Julia einen Blick aus dem Wohnzimmerfenster. Vor dem Haus steht ein Leichenwagen.

Zwei Männer kommen herein, heben den toten Ruud Schavenmaker vorsichtig an und legen ihn in einen Leichensack. Ihre Behutsamkeit zeugt von Respekt und Mitgefühl. Sie werden die Leiche in die Gerichtsmedizin bringen.

Als sie weg sind, macht Julia das Fenster weit auf. Die

Schmeißfliegen umsummen sie noch eine Weile, dann verziehen sie sich ins Freie. Julia sieht ihnen nach und überlegt schaudernd, worauf sie sich wohl als Nächstes niederlassen werden.

Die Bestatter sind inzwischen in der Küche beschäftigt. Kurz darauf wird Kristien Moors' Leiche an einer Gruppe neugieriger Anwohner vorbeigetragen.

Auch die Presse hat bereits Wind von den Morden bekommen: Draußen steht ein Pulk Reporter mit Kameras und Mikrofonen.

»Gehen wir auch, oder willst du dich noch weiter umsehen?«, fragt Sjoerd.

»Lass uns zum Revier fahren. Vielleicht liegen schon Ergebnisse von der Spurensicherung vor.« Julia lässt den Blick schweifen, um auch ja nichts zu übersehen, und folgt dann Sjoerd zur Haustür.

Draußen atmet sie ein paarmal tief durch, doch es braucht mehr als nur ein wenig frische Luft, um ihrer Übelkeit Herr zu werden.

»Alles in Ordnung?« Sjoerd legt ihr die Hand auf die Schulter.

Sie nickt und geht mit ihm an dem rot-weißen Band vorbei, mit dem die Kollegen das Haus abgesperrt haben.

Ein paar Reporter kommen auf sie zu und halten ihnen ihre Mikrofone unter die Nase: »Weiß man schon etwas über den Täter?« – »Was haben die Ermittlungen bisher ergeben?« – »Gibt es ein Motiv für die Morde?« …

Sie beschränken sich auf Antworten wie »Kein Kommentar« und »Das erfahren Sie noch früh genug vom Polizeisprecher.«

Dann steigt Julia ins Auto. Sjoerd setzt sich ans Steuer, lässt den Motor an und schaltet auch gleich die Klimaanlage ein.

4

Im Eingangsbereich des Polizeireviers Roermond ist es brütend heiß. Wegen der großen Fensterfronten hat der Raum etwas von einem Gewächshaus, in dem die Temperaturen im Sommer schnell unerträglich werden.

Julia und Sjoerd gehen hinauf in den zweiten Stock. Vor dem Wasserspender im Flur bleibt Julia stehen und greift nach einem Plastikbecher.

Während das Wasser einläuft, betrachtet sie die Puppe im Regal darüber. Sie stellt einen Außerirdischen dar; ein Kollege hat sie auf dem Jahrmarkt gewonnen. Seitdem ist sie das Maskottchen der Truppe und wurde liebevoll dekoriert: mit einer Polizeimütze, Handschellen und einem ausgedienten Pistolenhalfter.

»Hallo, E. T.«, sagt Julia. »Sei froh, dass du hier deine Ruhe hast. Es gibt Tage, da denke ich, ich hätte doch lieber Kindergärtnerin werden sollen.«

E. T. verzieht keine Miene.

Julia nimmt ihren Becher und holt dann am Automaten daneben Kaffee für Sjoerd. Egal, wie heiß es ist, ihr Partner trinkt immer Kaffee. Von Wasser und Tee könne kein Mensch leben, behauptet er immer.

Mit einem Becher in jeder Hand betritt Julia das Büro, das sie mit drei Kollegen teilt.

Koenraad und Ari sind damit beschäftigt, Protokolle zu tippen. Beide sehen auf, als Julia das Zimmer betritt. Ari rollt seinen Stuhl etwas zurück und fragt: »Na, gibt's was Neues?«

Julia stellt den Kaffeebecher auf Sjoerds Schreibtisch und trinkt einen Schluck Wasser.

»Wir haben keinerlei Hinweise auf einen Einbruch gefunden«, sagt sie. »Die Hintertür war offen, sodass der Täter problemlos ins Haus konnte. Auffällige Fußspuren hat er leider nicht hinterlassen.«

»Olle Kamellen – die Tatortfotos hat uns die Spurensicherung schon geschickt. Ich wollte eigentlich wissen, ob es was Neues gibt.«

»Ach so ...« Julia zieht eine Grimasse und setzt sich an ihren Computer.

Dass Ari nicht zu ihren größten Fans gehört, weiß sie. Anfangs dachte sie, es läge daran, dass sie eine Frau ist, aber damit scheint es nichts zu tun zu haben. Bei der Kripo arbeiten noch mehr Frauen, und die behandelt Ari durchaus zuvorkommend.

Sjoerd hat ihr einmal bei einem gemeinsamen Kneipenbesuch erklärt, Ari könne nicht damit umgehen, dass sie jung und ehrgeizig sei. Er sei jahrzehntelang Streife gefahren, bevor seine Bewerbung bei der Kripo Erfolg hatte. Und dann sei sie gekommen und schon nach kurzer Zeit auf eine Fortbildung für zukünftige Führungskräfte geschickt worden. Ari fühle sich bedroht, sozusagen auf den Schwanz getreten, so Sjoerd.

Misstrauisch hatte Julia gefragt, ob er damit ebenfalls Probleme habe.

Sjoerd hatte grinsend den Kopf geschüttelt. »Quatsch! Für mich hat es nur Vorteile, dass du meine Partnerin bist. Du bist nun mal die Beste aus unserem Team, also lass ich dich die ganze Arbeit machen, heimse das Lob ein und bekomme noch eine Gehaltserhöhung.«

Sie hatte so getan, als wollte sie ihm ihr Bier ins Gesicht schütten, dann waren sie beide in Gelächter ausgebrochen.

Wenn man tagtäglich zusammen ist, lernt man sich zwangsläufig ziemlich gut kennen. Julia weiß, dass Sjoerd lieber zu Burger King geht als zu McDonald's. Sie weiß, worüber er sich ärgert und was ihn zum Lachen bringt, dass er gern klassische Musik hört und lieber wochenlang Zahnschmerzen erträgt, als einmal zum Zahnarzt zu gehen. Und dass er auf Salmiaklutscher steht.

Sie kennt Sjoerd so gut, als wäre er ihr Lebensgefährte, und die Zusammenarbeit hat von Anfang an sehr gut funktioniert.

Julia kann sich nicht vorstellen, mit jemand anderem zu arbeiten, und schon gar nicht mit einem wie Ari. Ein Albtraum! Sie würde umgehend ihre Versetzung beantragen.

Noch leicht verärgert über die Provokation, macht sie sich an die Arbeit und ist schon bald völlig darin vertieft. Sjoerd sitzt inzwischen ebenfalls an seinem Schreibtisch. Nachdem sie eine halbe Stunde still vor sich hingearbeitet und ihre Ermittlungen dokumentiert haben, kommt Hauptwachtmeisterin Rietta herein und legt Julia eine Mappe hin: Sie enthält die Auswertung der Anwohnerbefragung.

»Danke, Rietta«, sagt Julia, ohne die Finger von der Tastatur zu nehmen.

»Gern geschehen. Sind das hier die Fotos vom Tatort?« Rietta zeigt auf eine Klarsichthülle. »Habt ihr schon Hinweise?«

»Bisher nicht. Wir warten auf die Ergebnisse von der Kriminaltechnik.«

»Und wie schätzt du den Fall ein?«

Aus dem Augenwinkel sieht Julia, dass Ari und Koenraad Blicke tauschen. Sie kehrt ihnen den Rücken zu.

»Auf den ersten Blick sieht es aus wie eine Abrechnung«, sagt sie.

»Ja«, pflichtet ihr Rietta bei. »Den Nachbarn zufolge hatte Ruud Schavenmaker ziemliche Probleme mit den Ausländern im Viertel.«

»Aber wenn das der Grund war, verstehe ich nicht, warum seine Freundin ebenfalls umgebracht wurde. Vermutlich geht es hier um mehr als nur um Diskriminierung«, sagt Julia. »Du weißt ja, dass Donderberg nicht gerade ein Musterviertel ist.«

Roermond-Donderberg ist ein Multikultiviertel, in dem es immer wieder zu Konflikten zwischen ausländischen und einheimischen Bürgern kommt. Außerdem sind etliche Bewohner in kriminelle Machenschaften verstrickt. Im Grunde reichen die drei Problemviertel der Stadt – Donderberg, 't Veld und De Kemp – bereits aus, um sämtliche Streifenkollegen rund um die Uhr auf Trab zu halten. Kneipenschlägereien, Messerstechereien und dergleichen sind dort an der Tagesordnung, und die Zeugen schweigen meist aus Angst vor Racheakten.

»Die Kollegin Vriens hat den Fall schon gelöst.« Ari dreht seinen Bürostuhl so, dass er Julia im Visier hat. »Jedenfalls theoretisch. Und ganz ohne Beweise.«

»Ich recherchiere, Walraven«, sagt Julia. »Nach Beweisen muss man erst einmal suchen.«

»Mit deinem Tunnelblick wirst du bestimmt schnell welche finden«, sagt Ari.

Julia dreht ihm seufzend den Rücken zu.

»Lass dich nicht ärgern!«, sagt Rietta. »Ari ist ein großes Kind. Ich gehe jetzt Kaffee holen. Möchtest du auch einen?«

»Ja, gern. Danke.«

»Nett von dir, Rietta!«, ruft Ari dazwischen. »Du weißt ja, wie ich ihn trinke.«

»Allerdings«, sagt Rietta im Hinausgehen. »Schwarz – genau wie deine Seele.«

Zwanzig Kripoleute von verschiedenen Revieren in Midden-Limburg werden als Sonderkommission auf den Fall angesetzt.

Julia und Sjoerd haben sich Fotos und Videoaufnahmen vom Tatort angesehen und die Akten straffällig gewordener Bewohner des Viertels unter die Lupe genommen.

Inzwischen ist bekannt, dass das ermordete Paar in dem überwiegend von Ausländern bewohnten Stadtteil nicht besonders beliebt war. Als einer der letzten Einheimischen hatte Ruud Schavenmaker vehement den »Verfall des Viertels« beklagt und damit weniger den renovierungsbedürftigen Zustand vieler Reihenhäuser und Wohnblocks, sondern deren Bewohner gemeint.

»Ruud hat sich immer wieder mit den Marokkanern angelegt«, hatte eine ältere Frau, die ein paar Häuser weiter wohnt, berichtet. »Dabei machen die gar nichts, sondern stehen nur rum, rauchen und reden miteinander. Aber Ruud hat sich trotzdem daran gestört. Vor allem mit einem von ihnen, einem gewissen Rachid, lag er im Clinch. Den hat er immer wieder einen stinkenden Kameltreiber genannt. Manchmal habe ich gedacht, das kann auf die Dauer nicht gut gehen. Eines schönen Tages hat Ruud noch ein Messer im Bauch, so wie Theo van Gogh.«

Ein Messer war es zwar nicht, denkt Julia, aber das Ergebnis ist dasselbe.

Julia hat wie Sjoerd Überstunden gemacht, trotzdem ist sie mir ihrer Schreibtischarbeit noch längst nicht fertig. Häuft sich diese zu sehr, sehnt Julia sich manchmal nach der Zeit zurück, in der sie als Streifenpolizistin unterwegs war. Sie mochte es, durch die Stadt zu gehen, hier und da einen Streit zu schlichten oder bei einer Rauferei einzugreifen.

Trotzdem hat sie zugegriffen, als sich ihr die Möglichkeit bot, zur Kripo zu gehen. Und ihr Chef hat ihr geraten, sich zur Kommissarin ausbilden zu lassen. Dafür muss Julia viel lernen, und das neben ihrer Vollzeitarbeit, aber sie ist ehrgeizig und möchte beruflich weiterkommen.

Schnell ordnet sie die Papiere auf dem Schreibtisch, nimmt ihre Tasche und geht in die Waffenkammer. Sie schließt gerade ihre Dienstpistole ein, als auch Sjoerd hereinkommt und sein Schulterhalfter abnimmt.

»Hast du heute noch was vor?«, fragt er, während er seine Waffe verstaut.

»Ich bin mit Taco in der Stadt zum Essen verabredet.«

»Nett.«

»Ja.«

Sie sehen sich an.

»Tja«, sagt Julia. »Dann geh ich mal. Dir noch einen schönen Abend.«

»Danke, ebenso. Bis morgen.«

Julia verlässt gerade die Waffenkammer, als Sjoerd ihren Namen ruft.

Mit fragendem Blick dreht sie sich zu ihm um.

»Pass auf dich auf.« Mehr sagt er nicht.

Julia nickt und geht dann zum Ausgang.

5

Auf der Höhe von Frankfurt sieht Nathalie von der Autobahn aus ein Novotel-Logo. Sie setzt den Blinker und nimmt die Ausfahrt.

Hinter ihr schreit Robbie zum Steinerweichen, aber sie kann sich jetzt nicht um den Kleinen kümmern. Also begnügt sie sich damit, über den Rückspiegel Blickkontakt aufzunehmen und dabei Kinderlieder zu singen, die sie von früher kennt.

Doch das hilft nicht viel. Nur hin und wieder schweigt Robbie, um Luft zu holen und dann mit neuer Energie loszubrüllen.

Er hat genug vom Autofahren und Nathalie ebenfalls. Sie fährt in die Tiefgarage des Hotels, holt den Buggy aus dem Kofferraum und klappt ihn auf. Kaum sitzt Robbie darin, hört er auf zu schreien. Froh um die himmlische Ruhe, seufzt Nathalie auf.

Sie hängt ihr Gepäck an die Handgriffe und schiebt den Buggy vor sich her zum Aufzug.

»Guten Abend.« Die Rezeptionistin lächelt Nathalie freundlich an und wirft dann einen mitleidigen Blick auf das verweinte Kind mit dem hochroten Kopf.

Ja, selbstverständlich könne sie ein Zimmer haben, beantwortet sie Nathalies auf Englisch gestellte Frage und greift nach einem Formular. Hastig füllt Nathalie es aus, holt ihren Pass aus der Tasche und legt ihn auf den Tresen.

Die junge Frau überfliegt das Formular.

Gespannt wartet Nathalie ab. Weder Pass noch Führerschein

ist auf ihren richtigen Namen ausgestellt. Beide Dokumente sind gefälscht, nur hat sie sie bisher noch nie im Ausland vorzeigen müssen. Sie atmet erleichtert auf, als die Frau nickt.

Nathalie erkundigt sich, ob sie auf ihrem Zimmer ins Internet könne, und erfährt, dass es mit einem drahtlosen Zugang ausgestattet ist, vierundzwanzig Stunden zu achtzehn Euro. Ob sie einen Laptop dabeihabe?

Nathalie nickt. Sie nimmt die Schlüsselkarte in Empfang und schiebt den Buggy samt Robbie und ihrem Gepäck zum Lift.

Ihr Zimmer befindet sich in der dritten Etage. Es ist nicht gerade groß, bietet aber alles, was sie braucht: ein Bett mit guter Matratze, einen Schreibtisch, zwei Sessel um ein rundes Tischchen, einen Fernseher und eine Minibar.

Sie stellt den Buggy vor den Fernseher, zappt durch die Kanäle, bis sie eine Kindersendung findet, stellt dann ihren Laptop auf den Schreibtisch und schließt ihn an.

Während er hochfährt, inspiziert sie die Minibar. Eine kleine Flasche Weißwein, sehr gut! Das braucht sie jetzt.

Als sie den Schraubverschluss öffnet, fällt sie vor Hunger fast um. Mit einer Hand schenkt sie sich ein, mit der anderen greift sie nach der Speisekarte des Restaurants. Während sie liest, nimmt sie ein paar Schlucke und spürt sofort, wie ihr der Alkohol zu Kopf steigt. Kein Wunder, schließlich hat sie den Tag über kaum etwas gegessen.

Sie gibt ihre Bestellung an den Zimmerservice durch.

Nathalie ruft Google auf und gibt verschiedene Suchbegriffe ein, doch die angezeigten Treffer verweisen nicht auf einen Mord in einem Brabanter Landhaus.

Der Anruf von Vincents Handy aus beweist jedoch, dass die Leiche gefunden wurde. Gut möglich, dass die Polizei die Medien noch nicht informiert hat …

Aber solange ihr Handy ausgeschaltet ist, kann man sie nicht orten. Zumindest hofft sie das.

Als Robbie zu quengeln beginnt, steht sie auf.

»Ach, mein Kleiner, du hast ja Hunger! Fast hätte ich dich vergessen.«

Sie nimmt den Babykostwärmer aus der Reisetasche, füllt ihn zur Hälfte mit Wasser und stellt ein Gläschen mit orangefarbenem Inhalt hinein: Möhren mit Fisch. Bis der Brei die richtige Temperatur hat, lenkt Nathalie das weinende Kind ab, indem sie ihm die neuen Spielzeuge hinhält.

Das gefällt Robbie offenbar, denn er strahlt sie an, sodass sie ganz gerührt ist.

Sie kniet sich neben den Buggy.

Es klopft. Nathalie fährt herum und bekommt prompt Herzrasen.

Sie steht auf, geht zur Tür, macht aber nicht auf.

»Ja, bitte?«

»Zimmerservice.« Eine Männerstimme.

Nathalie öffnet die Tür nur einen Spaltbreit. Im Flur steht ein Mann mit einem Tablett. Sie nimmt es ihm ab, bedankt sich und schiebt die Tür mit dem Fuß wieder zu.

Das Beefsteak und die Bratkartoffeln duften verführerisch.

Sie trägt das Tablett zum Tisch und geht dann ins Badezimmer, um Robbies Möhrenbrei zu holen. Wie gut, dass sie nun den Buggy hat: Sie stellt ihn neben ihren Stuhl und füttert das Kind, während sie selbst isst.

Mit einer warmen Mahlzeit im Magen fühlt sie sich gleich bedeutend besser. Trotzdem will sie früh schlafen gehen. Weil der Kleine immer sehr früh wach wird, ist an Ausschlafen nicht zu denken. Aber das hat sie auch gar nicht vor, zumal ihr wieder eine lange Fahrt bevorsteht.

Als Nathalie im Bett liegt, kann sie lange nicht einschlafen. Sie starrt in die Dunkelheit. Erinnerungen kommen hoch und drohen sie regelrecht zu überrollen.

Unruhig wirft sie sich im Bett hin und her und ist ihren bedrückenden Gedanken hilflos ausgeliefert.

6

Bis zu ihrem zwölften Lebensjahr verstand sich Nathalie gut mit ihrem Vater. Er war so voller Energie und Optimismus, ein typischer Selfmademan. Er hatte es zu etwas gebracht, obwohl er aus einem der ärmeren Viertel Roermonds stammte. Als junger Mann hatte er eine Autowerkstatt aufgemacht und damit recht gut verdient. Später spekulierte er mit Immobilien, und weil er sich geschickt anstellte, brachte ihm das ein Vermögen ein.

Er konnte sich eine Villa im Nobelviertel Kitskensdal leisten und heiratete eine bildschöne Frau, mit der er drei Kinder bekam: zwei Töchter und einen Sohn.

Nathalie war zehn und Cécile sechzehn, als ihre heile Welt zusammenbrach.

Ihre Mutter und der kleine Bruder, ein ungeplanter Nachkömmling, kamen bei einem Autounfall ums Leben. Aus ihrem Vater, der bisher immer gesellig und gut gelaunt gewesen war, wurde ein in sich gekehrter, mürrischer Mann. Zu allem Übel musste er auch noch harte geschäftliche Rückschläge einstecken. Er war gezwungen, die Villa zu verkaufen, und sie zogen in ein einfaches Reihenhaus.

Das gab ihm offenbar den Rest, denn nun veränderte sich sein Wesen vollends. Er trank zu viel, bekam wegen der kleinsten Kleinigkeit Wutanfälle und prügelte. Cécile musste als Sündenbock für alles herhalten. Sie war fünfeinhalb Jahre älter als Nathalie, mitten in der Pubertät und aufmüpfiger als ihre

Schwester. Nicht selten bekam Nathalie mit, wie sich der Vater mit roher Gewalt Zugang zu Céciles Zimmer verschaffte, wenn sie sich nach einem heftigen Streit eingeschlossen hatte.

In solchen Situationen versteckte sie sich hinter dem Vorhang in ihrem Zimmer und hielt sich die Ohren zu, um die Schläge und Céciles lautes Weinen nicht zu hören.

Kurz nach ihrem achtzehnten Geburtstag zog Cécile aus und ließ sich so gut wie nicht mehr zu Hause blicken.

»Zum Glück hab ich dich noch«, sagte der Vater. »Versprich mir, dass du nie so wirst wie deine Schwester!«

Nathalie versprach es und meinte es durchaus ernst. Nie würde sie es wagen, ihren Vater so anzuschreien wie Cécile, geschweige denn, sich gegen seine Schläge zu wehren. Dass man mit einem solchen Verhalten alles nur noch schlimmer macht, hatte sie zur Genüge mitbekommen. Sie nahm sich fest vor, ihm nicht den geringsten Anlass zu geben, sie zu schlagen.

Zunächst deutete auch nichts darauf hin. Nathalie war der erklärte Liebling ihres Vaters.

»Dass ich dich habe, ist wie ein Geschenk«, sagte er. »Du bist meine kleine Prinzessin.«

Als ausgesprochen hübsches Kind mit dunklen Locken und braunen Augen hatte Nathalie von jeher alle bezaubert, und ihr Vater wurde nicht müde, das immer wieder zu erwähnen. »Du bist so ein liebes Mädchen und hast deiner Mutter und mir immer nur Freude gemacht«, sagte er. »Warum spielst du eigentlich nicht mehr Geige wie früher? Hol sie doch mal und lass was hören!«

Als Nathalie dreizehn wurde, hatte sie nur noch wenig Lust, auf Kommando Geige zu spielen, bloß damit ihr Vater keinen Wutanfall bekam.

Sie war ihren Klassenkameradinnen in der Entwicklung voraus, hatte bereits ihre Tage, bekam einen Busen, begann sich zu schminken und für Jungs zu interessieren. Gleichzeitig merkte sie deutlich, dass ihr Vater Probleme damit hatte.

Also kleidete sich Nathalie so, dass ihre weiblichen Formen nicht auffielen, und tat, als stünde sie noch auf Zoobesuche oder eine Partie »Mensch ärgere dich nicht«.

War sie im Badezimmer, traute sie sich nicht, sich einzuschließen, zog sich jedoch in Windeseile an, wenn sie den Vater die Treppe heraufkommen hörte. Er kam zwar nicht absichtlich ins Bad, wenn sie gerade duschte, fand aber, sie solle sich nicht so anstellen, wenn er sich mal kurz die Hände waschen oder rasieren wollte.

Abends vor dem Fernseher zog er sie an sich, genau wie früher. Und obwohl ihr das unangenehm war, protestierte sie nie. Er erklärte ihr Zusammenhänge in den Nachrichten und übersetzte die Gags aus englischsprachigen Sitcoms, dabei konnte Nathalie damals schon ziemlich gut Englisch. Ein einziges Mal beging sie den Fehler, ihn zu korrigieren, und zog sich damit seinen Zorn zu. Er geriet so außer sich, dass er ihr eine Ohrfeige gab, die erste von vielen.

Nathalie wurde klar, dass nicht nur ihre körperliche Entwicklung den Vater irritierte. Er tat sich generell schwer damit, wenn etwas sich seiner Kontrolle entzog. Der Tod seiner Frau und seines Sohns, die finanziellen Einbußen und zwei heranwachsende Töchter, die ihn mit jedem Jahr weniger brauchten – er hatte wohl das Gefühl, alles entgleite ihm.

Und damit, dass Nathalie, sein ganzer Stolz, erwachsen wurde, ohne dass er etwas dagegen tun konnte, kam er schon gar nicht zurecht.

Niemand merkte etwas, weder die Klassenkameraden noch die Lehrer. Die Freundinnen ihres Vaters ahnten es bestimmt, aber keine von ihnen kam ihr zu Hilfe, und wenn die Beziehung vorbei war, sah Nathalie sie nie wieder. Auch den Nachbarn dürften die lautstarken Zornausbrüche ihres Vaters nicht verborgen geblieben sein, doch keiner sprach sie je darauf an. Cécile studierte inzwischen in Amsterdam und rief nur alle paar Monate einmal an. Aber da sie weit weg wohnte und ohnehin nichts für sie tun konnte, antwortete Nathalie nur ausweichend auf ihre Fragen.

Wenn der Vater sie schlug, achtete er perfiderweise darauf, dass die Spuren nicht auffielen. Die blauen Flecken am Körper konnte Nathalie mühelos unter der Kleidung verbergen, die seelischen Wunden waren ohnehin unsichtbar.

Im Nachhinein versteht sie selbst nicht, warum sie sich nie jemandem anvertraut hat. Wahrscheinlich aus Scham. Oder weil ihr Vater sich jedes Mal, wenn er sie geschlagen hatte, wortreich dafür entschuldigte und danach eine gute Woche besonders nett und liebevoll war. In diesen Phasen war die Welt wieder in Ordnung, und trotz allem liebte Nathalie ihren Vater, zumal sie ja nur ihn hatte. Sie gab sich alle Mühe, nichts zu tun, was ihn aufregte und dazu brachte, seine andere Seite zu zeigen. Aber es nützte wenig, er schlug immer wieder zu.

7

Julia wohnt in der Koninginnelaan, in einer hellen, geräumigen Eigentumswohnung am Ende einer Reihe moderner Häuser mit breiten Glasfronten. Von hier aus hat sie es nicht weit in die Stadt, und zur Arbeit kann sie ohne Weiteres zu Fuß gehen, aber meist fährt sie mit dem Rad. Das Auto nimmt sie nur selten; eigentlich steht es die ganze Woche über ungenutzt vor dem Haus. Im Grunde braucht sie kein Auto, aber verkaufen will sie es dennoch nicht.

Das Auto ist so ziemlich der einzige Luxus, den Julia sich gönnt. Kneipenbesuche locken sie nicht, ins Kino geht sie allenfalls ein, zweimal im Jahr, sie raucht nicht, trinkt wenig Alkohol und hat keine kostspieligen Hobbys.

Dank ihrer Sparsamkeit konnte sie sich die relativ teure Wohnung unweit der Innenstadt kaufen. Sie hält sich gern zu Hause auf und genießt im Sommer den kleinen Garten hinter dem Haus, in dem ihr schwarzer Kater Morf den lieben langen Tag herumstromert und sein Revier bewacht.

Kaum hat sie die Wohnungstür hinter sich geschlossen, kommt er auch schon an und streicht ihr um die Beine.

»Na, mein Guter, hast du Hunger? Warte, gleich kriegst du was.«

Julia geht in die Küche, öffnet eine Dose Katzenfutter und gibt den Inhalt mit einem Löffel in Morfs Napf.

Sofort verliert der Kater jegliches Interesse an seinem Frauchen und macht sich über sein Futter her.

Julia ignoriert den Stapel Geschirr in der Spüle und geht nach oben ins Bad.

Während sie unter der lauwarmen Dusche steht und sich den Schweiß des Tages von der Haut spült, denkt sie an Taco.

Sie haben sich auf der Geburtstagsfeier von Sjoerds Frau, Melanie, kennengelernt. Normalerweise gibt sie sich bei neuen Bekanntschaften eher zurückhaltend, doch Taco zog ihren Blick wie magisch an. Taco wiederum blieb ihr Interesse nicht verborgen, denn als ein Stuhl neben ihr frei wurde, setzte er sich zu ihr und begann ein Gespräch.

Eine gute Stunde redeten sie so vertraut miteinander, als würden sie sich schon seit Jahren kennen. Sie tauschten Telefonnummern aus, und als sie das Fest gleichzeitig verließen, gingen sie noch auf einen Absacker in eine Kneipe.

So hatte ihre Beziehung vor zwei Monaten begonnen. Dass sie sich eher locker gestaltet, stört Julia nicht, zumal sie daran zweifelt, ob Taco der richtige Partner für sie ist. Aber weil momentan alles gut läuft, macht sie sich keine weiteren Gedanken.

Sjoerd hingegen scheint von ihrer Beziehung mit Taco nicht allzu begeistert zu sein.

»Mit dem wirst du nicht glücklich«, hatte er schon wenige Tage nach der Geburtstagsfeier gesagt, als sie ihm erzählte, dass sie noch mit Taco in einer Kneipe gewesen war.

»Ach«, meinte Julia, leicht pikiert, weil er ihr offenbar so wenig Urteilsvermögen zutraute. »Und wie kommst du darauf?«

»Ich kenne ihn«, sagte Sjoerd lediglich und hüllte sich ansonsten in Schweigen.

Bis heute weiß Julia nicht genau, was er damit gemeint hat, aber eine Vermutung hat sie schon: Sjoerd ist ein ruhiger Mensch, unerschütterlich und ohne Launen. Logisch, dass er für jemanden, der immer und überall im Mittelpunkt steht, nicht viel übrig hat. Taco hat etwas, das die Leute veranlasst, ihn zu umkreisen wie Planeten die Sonne. Die Männer spielen gern eine Partie Billard mit ihm, die Frauen fühlen sich durch seine Aufmerksamkeit geschmeichelt. Er versteht es, jedem das Gefühl zu geben, wichtig zu sein.

Julia stellt die Dusche aus und trocknet sich ab. Sie muss an den aktuellen Fall denken. Nicht zum ersten Mal wünscht sie sich, sie könnte ihn mit ihrem Vater besprechen. Er war ebenfalls Polizist, aber bei der Sitte. Was er von seiner Arbeit erzählte und vor allem sein unermüdlicher Einsatz weckten bei Julia schon in jungen Jahren das Interesse für die Polizeiarbeit. Trotz der Einwände ihrer Mutter, die die Tochter nur ungern in einem so anstrengenden und gefährlichen Beruf sehen wollte, stand für Julia fest, dass sie auf die Polizeischule gehen würde.

Sie zählte zu den besten Absolventen ihres Jahrgangs.

Voller Tatendrang trat sie ihre Arbeit als Streifenpolizistin an. Und auch an ihren ersten Fall als frisch gebackene Kripobeamtin erinnert sie sich noch gut: Ein junges Ehepaar war bei einem Raubüberfall umgekommen, der vierjährige Sohn lag schwer verletzt auf der Intensivstation. Die Sache nahm sie damals sehr mit, und sie setzte alles daran, dass der kleine Junge zumindest in dem Wissen aufwachsen konnte, dass der Mann, der ihm die Eltern genommen hatte, zur Rechenschaft gezogen wurde. Selbst als dieser längst hinter Gittern saß, ließ das Schicksal des Jungen sie nicht los, und sie erkundigte sich regelmäßig nach ihm.

Den Tag, an dem sie zum ersten Mal eine Uniform trug, hatten Julias Eltern allerdings nicht mehr erlebt. Sie kamen bei einem Autounfall ums Leben, als Julia fünfzehn war. Ein Lkw, der auf der falschen Straßenseite fuhr, prallte frontal auf ihren Wagen.

Oma Emma, ihre Großmutter väterlicherseits, nahm sie bei sich auf. Sie war bei der Abiturfeier dabei, nahm regen Anteil an Julias Ausbildung und hörte gern zu, wenn sie von ihren ersten Erfahrungen auf Streife berichtete. Sie hat bis heute immer ein offenes Ohr für ihre Enkelin. Die beiden haben eine enge Bindung, und Julia besucht ihre Großmutter, so oft sie kann.

Sie haben sich in einem Restaurant am Munsterplein verabredet. Taco sitzt bereits an einem Tisch im Freien, trinkt sein erstes Bier und schäkert mit zwei jungen Deutschen am Nebentisch, vermutlich Touristinnen. Als er Julia kommen sieht, steht er sofort auf.
»Hi, meine Süße.« Er legt den Arm um sie und küsst sie auf dem Mund. »Wie war dein Tag? Hast du ein paar Verbrecher gefangen?«
Lachend nimmt Julia Platz. »Schön wär's! Jeden Tag ein paar Verbrecher ... dann wäre ich im Nu Kommissarin.«
»Lieber nicht. Meine Freunde meiden mich jetzt schon, weil sie Angst vor dir haben.«
Taco bestellt ein Weißbier für Julia. »Ist doch in Ordnung, oder?«, sagt er, als die Bedienung bereits wieder weg ist.
»Schon gut.« Die letzten paar Male, die sie aus waren, hat sie tatsächlich Weißbier getrunken, aber eigentlich macht sie sich nicht viel aus Alkohol. Eine Cola wäre ihr auch recht gewesen.
»Ganz schön warm, was?«, sagt Taco. »Was meinst du, wollen wir im Freien essen?«
»Gern. Ich finde es gemütlich hier.« Entspannt lehnt Julia sich zurück und lässt den Blick über den belebten Munsterplein schweifen. Sämtliche Straßencafés sind voll, und von überall her hört man Leute reden und lachen. Mitten auf dem Platz steht ein Musikpavillon, in dem ein kleines Orchester aufspielt und nach jedem Stück großen Applaus erhält.
Die Kellnerin bringt Julias Getränk und nimmt die Essensbestellung auf.
Während sie warten, tauschen sie Neuigkeiten aus. Julia erzählt nicht viel von ihrer Arbeit, denn das meiste ist streng vertraulich. Außerdem hat sie sich vorgenommen, Beruf und

Privatleben strikt zu trennen, was jedoch nicht immer gelingt. Oft verfolgen sie Dinge, die sie tagsüber erlebt hat, bis in den Schlaf.

Dafür redet Taco umso mehr. Er arbeitet als Fahrlehrer und erzählt gern von seinen haarsträubenden Erlebnissen mit Fahrschülern.

»... und dann hat sie den rechten Blinker gesetzt, also dachte ich, sie will am Straßenrand halten. Aber nein, sie schert nach links aus! Das Auto hinter uns hatte schon zum Überholen angesetzt und konnte gerade noch ausweichen. Der Fahrer war puterrot im Gesicht und hat wie wild gehupt. Und ich selber hab vor Schreck fast einen Herzkasper bekommen.«

»Und deine Fahrschülerin?«

»Die ist seelenruhig weitergefahren. Hat nur ›hoppla‹ gesagt. ›Hoppla‹!«

Julia grinst. »Ich werde oft gefragt, warum ich ausgerechnet bei der Polizei arbeite, aber wenn ich das höre, finde ich deinen Beruf viel gefährlicher.«

»Tja, man muss auf alles gefasst sein. Besonders darauf, dass manche Leute rechts und links nicht unterscheiden können. Und zwar ganz schön viele.«

Die Kellnerin bringt die Gerichte, und sie greifen hungrig zum Besteck.

»Mir ist mal was ziemlich Peinliches passiert, als ich gerade erst den Führerschein hatte«, sagt Julia nach dem ersten Bissen. »Damals war ich zwanzig und mit Don zusammen.«

»Dein Freund vom Gymnasium?«

»Genau. Er lag nach einer Knieoperation im Krankenhaus, und ich konnte so lange sein Auto haben. Als ich ihn besuchen wollte, war der Krankenhausparkplatz brechend voll, aber schließlich fand ich doch noch eine Lücke und manövrierte das Auto irgendwie hinein. Ich stand neben einem großen Kombi, und zwar so dicht, dass die Fahrertür nicht mehr aufging. Ich wollte korrigieren und stieß vorsichtig zurück, aber die Hinterräder blieben in einer Abflussrinne stecken. Ich traute mich nicht, mehr Gas zu geben, weil ich Angst hatte, ich könnte den Kombi beschädigen. Also ließ ich das Auto einfach stehen und hoffte, dass der andere vor mir ausparken würde.«

»Tat er aber nicht, oder?« Taco grinst breit.

»Nein. Ich bin durch die Beifahrertür ausgestiegen und zu Don gegangen. Die ganze Zeit über war ich nervös und habe immer wieder aus dem Fenster geschaut, ob der Kombi schon weg war. Irgendwann fragte Don, was los sei, und ich habe ihm alles gebeichtet. Er erklärte mir, wie ich die Sache am besten anstellen soll. Doch als ich dann wieder im Wagen saß, gab ich viel zu viel Gas, sodass der Motor laut aufheulte. Genützt hat es nichts. Schließlich habe ich einen älteren Herrn, der vorbeikam, um Hilfe gebeten. Der rangierte das Auto souverän aus der Lücke. Als ich vor dem Wegfahren noch mal zu Dons Fenster hochsah, stand er auf seine Krücken gestützt und mit leichenblassem Gesicht da.«

Taco kann sich das Lachen nicht verkneifen.

»Kein Wunder, wo doch ein fremder Mann in seinem Auto saß. Der hätte ohne Weiteres damit abhauen können«, sagt Julia.

»Wenn du mal Nachhilfe in Sachen Ausparken brauchst, dann sag Bescheid«, neckt Taco.

»Nicht nötig, vielen Dank.«

Sie lachen beide und merken im nächsten Moment, dass sie ein paar Tische weiter nachgeäfft werden.

Verdutzt dreht Julia sich um und sieht mehrere etwa achtzehnjährige Jungen, die sich einen Spaß daraus machen, andere Leute zu veralbern.

Zwei junge Frauen halten Ausschau nach einem freien Tisch. Eine von beiden hat einen ziemlich dicken Hintern, was prompt abfällig kommentiert wird.

Julia runzelt die Stirn. »Idioten!«, murmelt sie.

Taco beugt sich vor und mustert die Jungen mit zusammengezogenen Brauen. Einer bemerkt es, beugt sich ebenfalls vor, ahmt Tacos Miene nach und flüstert seinen Freunden etwas zu, die laut losprusten. Dann nehmen sie wieder die beiden Frauen aufs Korn.

Taco richtet sich auf und strafft seine Schultern. »Hört auf mit dem Scheiß, aber sofort!«

Schlagartig wird es still, die Jungen sehen Taco verblüfft an.

»Meinst du uns, Alter, oder was?«, ruft einer.

»Klar meine ich euch. Ihr wollt hier nichts als Stunk machen.«

Julia ist die Situation höchst unangenehm. Sie rutscht nervös auf ihrem Stuhl hin und her.

»Lass doch!«, flüstert sie Taco zu. »Am besten, wir ignorieren sie.«

Doch die Jungen scheinen nicht vorzuhaben, Taco zu ignorieren. Einen von ihnen, offenbar der Wortführer, steht auf.

»Du brauchst wohl 'ne Abreibung, was?«, fragt er drohend.

»Nur zu!« Taco schiebt seinen Stuhl zurück und steht ebenfalls auf.

Julia legt ihm die Hand auf den Arm, doch er schüttelt sie ab und geht auf den Tisch der Jungen zu. Sein Widersacher setzt sich ebenfalls in Bewegung.

Auf halbem Weg treffen sie sich. Der Junge stemmt die Hände in die Hüften und hat bereits eine freche Bemerkung auf den Lippen, als Taco ohne Vorwarnung ausholt und ihm mit der Faust ins Gesicht schlägt.

Der Junge stolpert und taumelt gegen einen Tisch. Teller und Gläser zerschellen am Boden, und die Gäste springen erschrocken auf.

Sekundenlang herrscht Verwirrung, dann stehen auch die anderen Jungen auf und kommen auf Taco zu, der ungerührt stehen bleibt.

Gegen so viele kommt er nicht an, denkt Julia und geht auf die Gruppe zu. »Hört jetzt auf, Jungs«, sagt sie beschwichtigend. »Sonst rufe ich die Polizei.«

Der Anführer der Gruppe hat sich inzwischen aufgerappelt. Mit wenigen Schritten ist er bei Julia und versetzt ihr einen heftigen Stoß. »Halt dich raus, du blöde Kuh, sonst kriegst du auch was ab!«

Bevor er sie ein zweites Mal anfassen kann, hat Julia ihm auch schon den Arm auf den Rücken gedreht. Er schreit vor Schmerz auf.

»Aufhören, hab ich gesagt! Das war jetzt die sanfte Tour, aber wenn du mir noch einmal blöd kommst, brech ich dir den Arm.« Sie lässt ihn los und versetzt ihm einen Schubs.

Die anderen Gäste klatschen spontan Beifall.

Für die Jungen ist dies das Signal abzuziehen. Sie hinterlassen jede Menge Scherben und einen verärgerten Restaurantbesitzer.

»Mann, das war echt 'ne Lachnummer«, meint Taco später, als sie bezahlt haben und über den Platz gehen.

»Lachnummer? Was war denn daran lustig?«, entrüstet sich Julia. »Oder findest du es vielleicht witzig, anderen einen Fausthieb zu versetzen?«

»Die Typen haben's voll drauf angelegt«, verteidigt sich Taco. »Wenn denen keiner Grenzen setzt, machen die doch, was sie wollen. Aber nicht mit mir!«

»Ich versteh dich ja, aber ...«

»Was aber? Was hätte ich denn tun sollen? Zulassen, dass sie die Frauen weiter beleidigen und uns den Abend verderben? Das ist doch nicht dein Ernst!«

Julia seufzt tief. Als Polizeibeamtin ist sie wahrhaftig nicht darauf aus, eine Schlägerei zu provozieren. Andererseits sollen die Leute auch nicht einfach wegsehen, sondern füreinander eintreten. Dass es dabei auch mal etwas härter zugeht, ist wohl nicht zu vermeiden.

»Du hast recht. Im Grunde genommen bin ich ganz schön stolz auf dich.« Sie lächelt Taco an.

»Wenn ich nicht eingegriffen hätte, hätte mir das keine Ruhe gelassen.«

»Wirklich?«

Taco nickt. »Klar. Und eins noch: Misch dich beim nächsten Mal nicht mehr ein, verstanden?«

»Wie bitte?«

»Ich brauche keine Hilfe«, sagt Taco barsch. »Schon gar nicht von meiner Freundin.«

8

»War's nett gestern Abend?«, erkundigt sich Sjoerd, als sie gemeinsam zum Konferenzraum gehen.

»Ja, doch«, sagt Julia kurz.

Sie hat sich am Abend zuvor nicht zu Tacos Bemerkung, er brauche keine Hilfe von ihr, geäußert, obwohl sie ziemlich irritiert war. Ihr Abschied fiel dementsprechend kühl aus, und sie weiß nicht, ob sie ihm heute eine SMS schicken soll oder nicht.

»Ich habe euch gesehen«, sagt Ari, der neben ihnen hergeht. »Auf dem Munsterplein. Ist der Typ dein neuer Stecher? Der ist doch viel zu jung für dich! Geht der vielleicht noch zur Schule?«

Julia wendet sich der E.T.-Puppe am Wasserspender zu. »Hallo, Ari«, sagt sie. »Du siehst gut aus heute. Hast du abgenommen?«

Ari lässt sich nicht aus dem Konzept bringen und fährt fort: »Letzte Woche hätte ich doch glatt bei 'ner blutjungen Mieze landen können. Ich sitz in der Kneipe und trink mein Bier, als die auf mich zukommt und mich nach allen Regeln der Kunst anmacht. Wenn ich gewollt hätte, wär da garantiert 'ne heiße Nacht drin gewesen. Die hätte sich nur zu gern von mir abschleppen lassen.«

»Ja, wenn zu Hause nicht zufällig deine Frau im Bett gelegen hätte«, quittiert Julia.

Aris Angeberstorys über sein Liebesleben sind allseits bekannt, und wie immer ignoriert er den Hinweis darauf, dass er verheiratet ist.

»Echt, das Mädel war 'ne Sensation. Und ihr wisst ja, ich bin nicht so leicht zufriedenzustellen: Bei mir müssen Frauen einen Knackarsch haben, dicke Titten und dabei gertenschlank sein.«

»Sehr originell«, bemerkt Sjoerd.

»Originell oder nicht – das ist nun mal mein Geschmack. Punkt.«

In Julia steigt Wut auf. »Soso«, sagt sie mit einem kritischen Blick auf Aris stattlichen Bauch. »Und was hast du so zu bieten?«

Ari baut sich vor ihr auf und stemmt die Hände in die pummeligen Hüften.

»Mach jetzt keine Mätzchen, Ari«, sagt Sjoerd. »Die Besprechung fängt gleich an.«

Julia sitzt bereits im Konferenzraum, als Sjoerd hereinkommt und neben ihr Platz nimmt. »Lass dich von Ari nicht provozieren. Du weißt doch, wie er ist.«

»Schon, aber daran will ich mich einfach nicht gewöhnen. Gott sei Dank ist er nicht mein Partner. Wir würden vor lauter Streiten gar nicht zum Ermitteln kommen.«

Inzwischen ist die gesamte Sonderkommission anwesend; verhaltenes Murmeln erfüllt den Raum. Als Hauptkommissar Maarten Ramakers zur Weißwandtafel geht, wird es still.

»Wir sind zusammengekommen, um die Ergebnisse zu besprechen, die inzwischen im Fall Bachstraat vorliegen.« Ramakers räuspert sich und fährt fort: »Wie Sie bereits wissen, hat eine Anwohnerin am Mittwoch, dem dritten Juli, gegen halb zwölf Uhr mittags beobachtet, dass eine junge Frau mit schulterlangem, dunklem Haar ihren silbergrauen Alfa Romeo in der Bachstraat geparkt, bei dem Paar Moors und Schavenmaker geklingelt hat und ins Haus gelassen wurde. Auf der Wohnzimmercouch wurden zwei dunkle Haare gefunden, die nicht von den Mordopfern stammen, also möglicherweise von der Besucherin. Die Haare hatten intakte Wurzeln, sodass ein DNA-

Profil erstellt werden konnte. Leider hat sich keinerlei Übereinstimmung mit einem Profil in unserer Datenbank ergeben.«

Ramakers dreht sich um und notiert mehrere Uhrzeiten auf der Tafel.

»Zwischen 12:15 Uhr und 12:30 Uhr verließ die junge Frau das Haus wieder; das wurde ebenfalls beobachtet. Frau Moors und ihr Lebensgefährte wurden kurz darauf noch einmal lebend gesehen, als sie Decken in den Kofferraum ihres Autos packten. Anschließend gingen sie ins Haus, vermutlich um weitere Vorbereitungen für ihr Picknick zu treffen. Dazu ist es aber nicht mehr gekommen. Als die Nachbarin von nebenan gegen 14:40 Uhr an der Hintertür war, sah sie Frau Moors leblos auf dem Küchenboden liegen.« Er zeigte mit dem Stift auf die entsprechende Uhrzeit an der Tafel. »Der Täter muss also zwischen 13:00 Uhr und etwa 14:35 Uhr zugeschlagen haben. Auf dem Klingelknopf neben der Haustür wurde ein Fingerabdruck gefunden. Er stimmt mit dem auf einem der benutzten Teegläser überein, allerdings mit keinem in unserem Datenbestand. Um wen es sich bei der Frau mit dem Alfa Romeo handelt, ist also nach wie vor unbekannt. Das Gleiche gilt für den Täter, denn er hat keinerlei Spuren hinterlassen, keine Fingerabdrücke, nichts. Ermittlungen im Viertel haben allerdings ergeben, dass in der fraglichen Zeit ein silbergrauer Porsche in der Bachstraat parkte, und zwar etwa hundert Meter vom Tatort entfernt. Das Kennzeichen des Wagens ist nicht bekannt.«

»Dort fahren jede Menge Leute teure Autos«, bemerkt Koenraad, »auch wenn die wenigsten mit ehrlicher Arbeit verdient wurden.«

»Hat denn jemand die Schüsse gehört?«, fragt Sjoerd.

Ramakers schüttelt den Kopf. »Wir vermuten, dass der Täter einen Schalldämpfer benutzt hat. Weil es so heiß war, stand die Hintertür des Hauses offen, ebenso mehrere Fenster, also hätte die ganze Nachbarschaft die Schüsse hören müssen. Beiden

Opfern wurde in den Kopf geschossen, Ruud Schavenmaker außerdem zweimal in die Brust, und zwar mit einer Neun-Millimeter-Pistole, wahrscheinlich einer Smith & Wesson.«

Er blättert in seinen Unterlagen und fährt dann fort: »Spuren des Täters wurden, wie gesagt, weder in der Wohnung noch in der unmittelbaren Umgebung gefunden. Was wir aber haben, ist eine Speichelprobe. Sie fand sich auf dem T-Shirt von Herrn Schavenmaker, und die Untersuchung hat ergeben, dass der Speichel nicht von ihm stammt. Es kann also gut sein, dass es sich bei der Tat um einen Racheakt handelt und der Täter Schavenmaker angespuckt hat. Bedauerlicherweise befindet sich die DNA aus dem Speichel des mutmaßlichen Täters nicht in unserer Datenbank.«

Er schweigt einen Moment und fügt dann hinzu: »Trotzdem werden wir alles Menschenmögliche tun, um ihn zu finden. Und zwar so schnell wie möglich. Noch Fragen?«

Bisher haben alle konzentriert zugehört, jetzt bricht ein wahres Sperrfeuer von Fragen los.

Die meisten kann Ramakers allerdings nicht beantworten. Die nächste halbe Stunde vergeht damit, dass Ramakers den anwesenden Beamten Aufträge erteilt. Einer nach dem anderen verlässt den Raum.

Am Ende winkt er Julia und Sjoerd heran.

»Frau Vriens, Sie sind doch in Donderberg aufgewachsen, oder?«

»In Sterrenberg.«

»Egal, liegt ja gleich daneben. Also kennen Sie dort jede Menge Leute. Sie und Herr Volleberg werden die Aussagen der Anwohner überprüfen und weitere Nachforschungen anstellen. Wir haben es mit einem Täter zu tun, der offenbar noch nie mit der Polizei in Berührung gekommen ist und jetzt aus heiterem Himmel einen Doppelmord begangen hat. Das irritiert mich. Es könnte gut sein, dass er im Auftrag eines Dritten gehandelt hat.«

»Oder er ist ein Krimineller, der so schlau vorgeht, dass er bisher nie erwischt wurde.«

»Genau das sollen Sie herausfinden. Nehmen Sie sich die Befragungsprotokolle vor, und dann los!«

»Die geben kaum etwas her. In einem Viertel wie Donderberg deckt jeder jeden.«

»Dann sorgen Sie eben dafür, dass die Leute den Mund aufmachen«, sagt Ramakers. »Ich brauche Namen. Und zwar noch heute.«

9

»Noch heute«, wiederholt Julia, als sie über den Parkplatz zum Auto gehen. »Sehr wohl, Euer Gnaden. In einer Stunde bekommen Sie eine ganze Liste von mir.«

Verärgert lässt sie sich auf den Fahrersitz fallen. Diesmal ist sie dran mit Fahren, doch als sie gerade den Motor anlassen will, sagt sie zu Sjoerd: »Sei so nett und fahr du. Dann kann ich mich besser umsehen.«

Er fängt den Autoschlüssel auf, den sie ihm zuwirft, und sie tauschen die Plätze.

Ramakers hat gut reden!, denkt Julia, als sie den Andersonweg entlangfahren. Sie ist zwar in Sterrenberg, dem Stadtteil neben Donderberg, aufgewachsen, aber die meisten ihrer früheren Bekannten leben längst woanders. Gut, ein paar Leute kennt sie noch, aber nicht so gut, dass von ihnen Insider-Informationen zu erwarten wären …

»Wohin zuerst?«, fragt Sjoerd. »Oder soll ich einfach ein bisschen durch die Gegend fahren?«

»Ja, mach mal. Oder nein: Lass uns zu dem Imbiss neben dem Spielplatz am Park fahren, der ist ein beliebter Treffpunkt.«

Sie biegen rechts in die Koninginnelaan, fahren dann in den Bredeweg und sind kurz darauf in Donderberg.

Die Gegend wirkt friedlich, aber der Eindruck täuscht. In den letzten vier Monaten wurden hier mehrmals Routinekontrollen durchgeführt und bei insgesamt hundert Personen dreißig Waffen gefunden, darunter so große Messer, dass es schon an ein Wunder grenzte, dass die Besitzer sich nicht selbst damit verletzt hatten.

Vor einer Dönerbude steht eine Gruppe Jugendlicher in Kapuzenjacken und mit Bierflaschen in der Hand.

Als das Auto langsam an ihnen vorbeifährt, sehen sie ihm misstrauisch nach. Julia und Sjoerd sind zwar mit einem Zivilfahrzeug unterwegs und tragen keine Uniform, dennoch ist es so, als stünde ihnen das Wort »Polizei« auf die Stirn geschrieben.

Noch vor Kurzem hätten die Jungen ihr Auto mit Müll beworfen – vor der Einführung der Nulltoleranzstrategie war das die übliche Reaktion auf Polizeipräsenz.

In der Nähe des kleinen, ziemlich heruntergekommenen Spielplatzes parkt Sjoerd am Straßenrand, und sie steigen aus. Im Park, der von der Bachstraat aus zugänglich ist, sehen sie ein paar Kinder. Ein etwa zwölfjähriges Mädchen mit langen dunklen Locken hat ein Kleinkind an der Hand, ein jüngeres Mädchen schiebt den leeren Buggy hinterher.

Gleich an der Ecke liegt die Imbissstube »Donderberg«. Sie gehört Roy, den Julia noch von früher kennt.

»Hallo, Roy«, sagt sie beim Eintreten. Auch Sjoerd grüßt, doch dem Wirt scheint ihr Besuch ganz und gar nicht zu passen. Mit einem Geschirrtuch in der Hand steht er hinterm Tresen und brummt etwas in seinen Bert.

»Wir möchten dich etwas fragen«, sagt Julia.

»Ich weiß nichts über die Morde in der Bachstraat, okay? Rein gar nichts!«

»Schon gut. Wir wollten auch nur fragen, ob du Milchshakes für uns hast. Ich nehme Erdbeere.« Sie wendet sich ihrem Kollegen zu: »Und du? Vanille?«

»Genau.«

Misstrauisch mustert Roy die beiden. »Ihr seid doch wohl nicht wegen zwei Milchshakes gekommen?«

»Nein, wir hätten gern noch Kroketten dazu.«

Mit hochgezogenen Brauen macht Roy sich an der Fritteuse zu schaffen und wirft hin und wieder einen Blick über die Schulter.

»Du hast die Morde in der Bachstraat erwähnt«, sagt Julia. »Darüber wird hier bestimmt wild spekuliert, was?«

Roy kehrt ihr weiterhin den Rücken zu und gibt keine Antwort. Die Kroketten gleiten zischend ins Fett.

Als er sich umdreht, beugt Julia sich über den Tresen und sieht ihn fragend an.

»Die Morde ... Klar wird darüber geredet. Aber ich sag nichts dazu, kein Wort. Ich leg's doch nicht drauf an, dass die mir den Laden kurz und klein schlagen.« Er wirft einen verstohlenen Blick durchs Fenster.

»Sie wissen also, wer die Tat begangen hat?«, hakt Sjoerd nach.

»Nö, keine Ahnung. Ich weiß bloß, dass hier 'ne Menge Gesindel rumläuft. Mich würd's nicht wundern, wenn einer von denen was damit zu tun hätte. Aber wissen tu ich nichts.«

»Aber dir kommt doch sicher öfter mal was zu Ohren«, sagt Julia.

Ohne sie anzusehen, stellt Roy zwei Milchshakes auf den Tresen.

»Roy, wenn es Ihnen unangenehm ist, hier darüber zu sprechen, nehmen wir Sie eben mit aufs Revier«, sagt Sjoerd. »Was halten Sie davon?«

Der Wirt wirft ihm einen abschätzigen Blick zu. »Und was denken die Typen dann wohl von mir, hm?«

»Die denken, dass Sie was ausgeplaudert haben, vor allem, wenn wir Sie ein paar Stunden festhalten. Aber Sie können uns auch gleich sagen, was Sie wissen, dann sind wir im Nu wieder weg.«

»Ich weiß aber nichts! Das hab ich doch schon gesagt! Ich krieg hin und wieder etwas mit, ja, und ich hab so meine Vermutungen. Aber sicher wissen tu ich nichts. Und schon gar nicht, wer hinter den Morden in der Bachstraat steckt, ehrlich. Wenn ich das wüsste, würd ich's sagen. Kristien und Ruud waren nämlich Stammkunden, die haben oft Pommes oder Eis bei mir gekauft. Nette Leute. Furchtbar, was da passiert ist, aber ich weiß wirklich nichts. Was hättet ihr auch davon, wenn ich jetzt ein paar Namen nenne?«

Wieder geht Roys Blick zum Fenster, und er erstarrt.

Julia sieht acht junge Männer auf dem Bürgersteig gegenüber, sechs dunkelhäutige Typen, zwei Weiße. Sie stehen da und fixieren die Imbissstube wie Raubtiere, die auf Beute lauern. Als sie sich in Bewegung setzen und auf den Eingang zukommen, tastet Julia automatisch nach ihrer Walther P5.

10

Drei, vier Stunden, mehr Schlaf ist nicht drin. Obwohl Nathalie hundemüde ist, fährt sie beim kleinsten Geräusch hoch und liegt anschließend lange wach. Sie hat einmal gehört, dass sterbende Menschen ihr Leben wie einen Film an sich vorüberziehen sehen. Ganz ähnlich ergeht es ihr in dieser Nacht. Jedes Mal, wenn sie kurz eindämmert, stürmen Bilder auf sie ein. Bilder, die sie bis ins Innerste aufwühlen, sodass sie beim Wachwerden völlig desorientiert ist.

Sie dreht den Kopf zur Seite. Robbie liegt neben ihr in tiefem Schlummer. Hin und wieder schmatzt er leise.

Seltsamerweise wirkt sein Anblick beruhigend auf Nathalie, dabei müsste sie sich eigentlich Sorgen um das Kind machen, statt Trost aus seiner Anwesenheit zu ziehen.

Sie döst wieder ein, wird jedoch bald darauf abrupt aus dem Schlaf gerissen, weil Robbie jämmerlich zu schreien beginnt.

Sie nimmt das Baby in den Arm und flüstert ihm Koseworte ins Ohr. Tatsächlich wird der Kleine ruhiger, fängt aber sofort wieder zu quengeln an, als sie ihn ablegt.

Seufzend steht Nathalie auf, um seine Windel zu wechseln. Dann setzt sie ihn in den Buggy und gibt ihm seinen Frotteeteddy, den er jedoch auf den Boden wirft. Er macht seinen Körper steif, schreit lauthals, und sein Köpfchen läuft rot an.

Hastig bereitet sie im Badezimmer eine Mahlzeit für ihn zu. Sie gibt Milchpulver in das Fläschchen, dazu Wasser, dann schüttelt sie das Ganze und stellt es in den Babykostwärmer.

Kaum ist die Milch einigermaßen warm, eilt sie damit zu dem schreienden Robbie.

Zu Hause hat sie festgestellt, dass er schon allein trinken kann, wenn sie ein zusammengerolltes Handtuch unter die Flasche legt. Als er zu nuckeln begonnen hat, schaltet sie ihr Handy an. Ungeduldig fixiert sie das Display und wartet auf die Einschaltmelodie.

Fünf Anrufe werden angezeigt, alle von Vincent. Sekundenlang ist Nathalie wie vor den Kopf geschlagen.

Könnte es sein, dass nicht die Polizei angerufen hat, sondern tatsächlich Vincent selbst? Hat er überlebt?

Nervös beißt sie sich auf die Unterlippe und ruft die letzte Nachricht ab. Als sie die Stimme hört, ist alle Hoffnung dahin: »Nathalie, ich bin's. Ich weiß nicht, was in dich gefahren ist, jedenfalls hast du verdammtes Glück, dass ich noch lebe. Aber bilde dir bloß nicht ein, dass du so einfach davonkommst.« Die Stimme schweigt für ein paar Sekunden. »Nico hat sich um meine Kopfverletzung gekümmert. Sei froh, dass ich dich gestern nicht erwischt habe, sonst hättest du dein blaues Wunder erlebt. Aber inzwischen hab ich mich wieder eingekriegt. Wir müssen reden, Nathalie. Ich weiß, dass du in Frankfurt bist. Ich bin im gleichen Hotel abgestiegen und warte morgen im Frühstücksraum auf dich. Bis dann.«

Nathalie wird schwindlig vor Angst. Das Telefon in der Hand, lässt sie sich auf die Bettkante sinken. Vincent ist hier, mit ihr unter einem Dach! Sie zweifelt keinen Moment daran, dass es stimmt. Er hat sie gefunden, wahrscheinlich mithilfe irgendeines Peilsenders am Auto. Das wäre typisch für ihn. Er muss immer alles unter Kontrolle haben. Nicht zuletzt deshalb hat sie schon mehrmals versucht, ihn zu verlassen.

Diesmal aber ist sie fest entschlossen, sich nie mehr schlagen und herumkommandieren zulassen. Nicht von Vincent und auch von sonst niemandem mehr. Sie ist erwachsen und kommt allein zurecht. Zu Vincent zurückzukehren kommt für sie nicht infrage, sonst wäre sie, nach allem, was passiert ist, so gut wie tot. Sie kennt seine Sprüche. Im Frühstücksraum, vor den anderen Hotelgästen, würde er sich nachsichtig geben, aber sobald sie allein wären, müsste sie büßen – wie, das will sie sich gar nicht erst vorstellen.

Bleibt also nur die Flucht. Aber falls er sie doch irgendwann zu fassen kriegt, hat sie ein Riesenproblem …

Kalte Schauder laufen ihr über den Rücken, Panik steigt auf.

Dann reißt sie sich zusammen und zwingt sich zu handeln. Hastig zieht sie sich an und packt ihre Sachen.

Robbie, der zufrieden an seinem Fläschchen nuckelt, folgt ihr mit den Augen.

Um halb sechs ist sie so weit. Der Kleine ist satt, und das wenige Gepäck, das sie mit aufs Zimmer genommen hat, steht an der Tür.

Frühstücken kann man zwischen sieben und elf, hat sie im Prospekt gelesen. Vincent kann warten, bis er schwarz wird – sie hat ihm nichts mehr zu sagen.

Rasch prüft sie, ob sie auch nichts vergessen hat, dann hängt sie das Gepäck an die Griffe des Buggys und schiebt ihn in den Flur. Kurz darauf drückt sie im Lift den Knopf fürs Erdgeschoss.

Dass Vincent nicht der Märchenprinz ist, für den sie ihn anfangs hielt, hat sie schon relativ bald gemerkt. Nachdem sie Knall auf Fall zu ihm gezogen war, kam sie vom Regen in die Traufe. Und er versuchte gar nicht erst, vor ihr zu verbergen, womit er sein Geld verdient.

Ab seinem siebzehnten Lebensjahr schlug er sich als Kleinkrimineller durch. Später beging er Einbrüche, auch im Auftrag für einen Anteil an der Beute, und organisierte Drogentransporte. So machte er sich im Milieu einen Namen und galt bald als einer der ganz schweren Jungs.

Zu Anfang hatte Nathalie kein Problem damit, dass Vincent

auf illegale Weise seinen Lebensunterhalt bestreitet. Dass er anderen damit schadet, war ihr ziemlich egal, zumal sie sich selbst stets von ihren Mitmenschen im Stich gelassen fühlte. Nur bei Vincent wusste sie, dass er zu ihr halten würde, deshalb nahm sie den Preis dafür in Kauf.

Als sie herausfand, dass er noch viel üblere Dinge verübte als Einbrüche und Erpressungen, war sie bereits hoffnungslos in seine Machenschaften verstrickt. Sie war entsetzt, dass er auch vor Mord nicht zurückschreckte, und verweigerte ihm ihre Unterstützung, was Vincent mit Schlägen quittierte. Weil sie keinen Ausweg aus ihrem Dilemma sah, ließ sie zu, dass er sie mit falschen Papieren ausstattete, und tat alles, was er ihr auftrug. Mitmachen schien ihr weniger riskant zu sein, als sich zu verweigern oder die Polizei einzuschalten. Bis gestern Morgen, als er sich auf Robbie stürzte. Sie wollte unter allen Umständen verhindern, dass er sich an dem unschuldigen Kind vergriff, und handelte aus einem mütterlichen Reflex heraus.

Frankfurt, Mannheim, Karlsruhe … Unter höchster Anspannung fährt Nathalie in Richtung Süden. Sollte sich tatsächlich irgendwo ein Peilsender am Auto befinden, ist Vincent mit Sicherheit schon wieder hinter ihr her. Vorausgesetzt, er ist früh aufgestanden …

Es macht sie hypernervös, dass sie keine Ahnung hat, wie weit er von ihr entfernt ist. Sie hätte lieber ein Taxi zum Bahnhof nehmen und ihre Flucht per Zug fortsetzen sollen, aber an diese Möglichkeit hat sie in ihrem aufgelösten Zustand nicht gedacht. Sie kann es immer noch tun, das heißt, sobald sie sicher weiß, dass der Sender tatsächlich am Auto angebracht wurde. Genauso gut kann er im Futter ihrer Handtasche oder im Absatz ihres Schuhs verborgen sein.

Nein, denkt sie. Vincent konnte ja nicht wissen, welche Handtasche und welche Schuhe ich nehme.

Klar war lediglich, dass sie niemals ohne Robbie gehen würde. Sie nimmt sich vor, seine Sachen bei der nächsten Rast genau zu überprüfen.

Zwei Stunden nachdem sie aufgebrochen ist, hält sie an einer Raststätte auf der Höhe von Straßburg, um ein paar Sachen fürs Frühstück zu kaufen.

Ans Auto gelehnt, isst sie ein belegtes Brötchen und trinkt Milch aus einem Tetrapak. Dann wechselt sie in fliegender Hast Robbies Windel und füttert ihn mit etwas Obstbrei. Als er satt ist, nimmt sie sich die Wickeltasche vor und tastet das Futter ab. Nichts. Falls der Sender doch darin versteckt sein sollte, hat Vincent ganze Arbeit geleistet.

Sicherheitshalber leert Nathalie die Tasche komplett und räumt sie anschließend wieder ein.

Eigentlich müsste sie sofort weiterfahren, aber nach der unruhigen Nacht fühlt sie sich wie gerädert. Sollte Vincent plötzlich hier auftauchen, wird er sich hüten, sie zu belästigen. Sie weiß aus bitterer Erfahrung, dass man sich nicht auf die Hilfe anderer verlassen darf, aber es gibt Grenzen, und als Frau mit Baby hat sie gute Chancen, dass jemand sie in Schutz nimmt.

Mit Robbie auf dem Arm geht sie über die Wiese neben dem Parkplatz. Der Kleine lehnt das Köpfchen an ihre Brust und schließt die Augen.

Als Nathalie wieder am Auto ist und Robbie in seinen Maxi-Cosi gesetzt hat, macht sie ein paar Dehn- und Streckübungen, dann setzt sie sich ans Steuer.

Kurz darauf ist sie in Richtung Schweiz unterwegs. Wenn sie keine Pause mehr macht, kann sie in zwei Stunden in Zürich sein und mit etwas Glück gegen Abend an ihrem Ziel in Italien.

Weil Robbie eingeschlafen ist, macht Nathalie den CD-Player aus. Allmählich wird es voller auf der Autobahn, trotzdem kommt wie weiterhin zügig voran. In der Ferne kann sie bereits die Alpen sehen. Als Kind war sie immer begeistert, wenn sie auf der Fahrt nach Italien an schneebedeckten Berggipfeln vorbeikamen.

Die Strecke ist ihr vertraut, obwohl sie sie noch nie selbst gefahren ist. Bevor Cécile von zu Hause auszog, fuhren sie immer zu dritt an den Lago Maggiore. Als die Geschäfte ihres Vaters schlecht liefen und er die Villa verkaufen musste, konnte sie nicht verstehen, warum er das Ferienhaus unbedingt behalten wollte. Jetzt ist sie ihm dankbar dafür. Es ist schon komisch, dass sie es nun ausgerechnet ihrem Vater zu verdanken hat, für eine Weile untertauchen zu können.

11

Vincent war der erste Mensch, dem sie sich anvertraute. Und er sah auch nicht weg, als sie ihm die blauen Flecken zeigte, sondern nahm sie liebevoll in den Arm.

Von Cécile hatte Nathalie keine Hilfe zu erwarten. Jahrelang musste sie zusehen, wie sie allein zurechtkam. Nie wäre Nathalie auf die Idee gekommen, ihren eigenen Vater anzuzeigen. Lange wusste sie überhaupt nicht, dass Kindesmisshandlung strafbar ist. Sie wusste auch nicht, dass man ihrem Vater deswegen das Sorgerecht entziehen könnte, und selbst wenn, hätte sie vermutlich nichts unternommen. Für sie war sein Verhalten mehr oder weniger normal; er fuhr nun einmal leicht aus der Haut. Wenn er sie schlug, hasste sie ihn, aber sobald sich seine Wut gelegt hatte und er sich bei ihr entschuldigte, hatte sie ihn wieder gern. Ja, er tat ihr sogar leid, wenn er das Gesicht in den Händen verbarg und weinte, weil er schon wieder die Beherrschung verloren hatte.

Am meisten verwirrte sie seine Unberechenbarkeit. Völlig unvermittelt wurde aus dem vertrauten, liebevollen Vater ein gewalttätiger Fremder.

Nathalie lernte die kleinen Zeichen zu erkennen, die auf einen Wutausbruch hindeuteten. Eine pulsierende Ader an der Schläfe, mahlende Kiefer, ein verbissener Ausdruck in den Augen – dann wusste sie, dass sie sich in Acht nehmen musste. In solchen Situationen gab sie sich alle Mühe, sich unsichtbar zu machen, aber es half nichts: Seine Wut entlud sich mit Schlägen und Tritten, und sie war vollkommen machtlos.

Einmal stieß ihr Vater sie sogar die Treppe hinunter. Sie hatte sich noch im letzten Moment am Geländer festhalten können und sich dabei den Arm verrenkt und am Rauputz des Treppenaufgangs böse aufgeschürft.

Sosehr ihr die Mutter auch fehlte, war sie doch jedes Mal froh, wenn ihr Vater eine neue Freundin hatte. Kaum war wieder eine Frau in sein Leben getreten, war er wie verwandelt. Dann stand er singend am Herd und probierte neue Rezepte aus, brachte Nathalie Musik-CDs aus der Stadt mit, und sie unternahmen zu dritt Ausflüge.

Wenn er verliebt und guter Stimmung war, durfte Nathalie abends ausgehen, auch wenn sie um Punkt zwölf zu Hause sein musste. Dann schimpfte ihr Vater nicht, wenn sie sich ein wenig schminkte, und sie konnte es sogar riskieren, ab und zu eine Klassenkameradin mit nach Hause zu bringen.

Wenn die Liebe nach Wochen oder Monaten erste Sprünge bekam, weil ihrem Vater die Hand ausgerutscht war, gab Nathalie sich alle Mühe, zu vermitteln. Aber es half nichts, und letztlich lief es immer gleich ab: Beim ersten Mal ließen sich die Frauen meist noch einmal umstimmen, weil Nathalies Vater sich reuevoll und zerknirscht gab. Aber wenn er dann zum zweiten Mal zugeschlagen hatte, packten sie unweigerlich ihre Sachen, und nach dem dritten Mal waren auch die Langmütigsten weg.

In der Zeit danach schlich Nathalie buchstäblich auf Zehenspitzen durchs Haus. Sie traute sich nicht, Radio zu hören, und überlegte sich jedes Wort zu ihrem Vater sehr genau. Dass sie eine Klassenkameradin einlud, war dann undenkbar und abends ausgehen kein Thema. Meist saß sie nach dem Unterricht in ihrem Zimmer, machte Hausaufgaben und vertrieb sich die Zeit mit Lesen. Um sechs kam ihr Vater von der Arbeit nach Hause. Beim gemeinsamen Abendessen war er wortkarg, stellte allenfalls eine Routinefrage, wie es denn so in der Schule gehe, und Nathalie gab die übliche Antwort: bestens, in der Schule laufe alles prima und ansonsten auch.

In der Schule lief es tatsächlich gut, jedenfalls in Zeiten relativer Ruhe. Nathalie lernte eifrig, denn sie wollte wie ihre Schwester Cécile Abitur machen und danach möglichst schnell von zu Hause ausziehen.

Als sie Vincent kennenlernte, befand sie sich in einer Phase tiefer Verzweiflung und hatte das Gefühl, ihrer Situation nicht mehr gewachsen zu sein.

Sie sah ihn täglich mit einer Gruppe von Freunden in der Nähe ihrer Schule, dem Gymnasium, das er früher selbst besucht hatte. Dass er seine Intelligenz für kriminelle Zwecke einsetzte, wusste sie damals noch nicht. Sie sah nur den attraktiven jungen Mann, der unglaublich cool wirkte und mit undurchsichtigen Typen abhing, die sie einerseits misstrauisch machten, andererseits aber auch anzogen.

Eines Tages wartete sie an der Haltestelle auf den Bus, und weil es regnete, hatte sie sich ganz ans Ende der Bank gesetzt. Vincent trat in das Wartehäuschen und studierte die Tafel mit den Abfahrtszeiten. Sie beobachtete ihn aus dem Augenwinkel, was ihm nicht entging. Er lächelte ihr zu und zeigte fragend auf die Bank. Als sie schüchtern nickte, setzte er sich neben sie, bis der Bus kam.

Am nächsten Tag stand er vor dem Schultor, lächelte sie wieder an, sagte aber nichts.

Erst eine Woche später kamen sie miteinander ins Gespräch.

Anfangs redeten sie nur über oberflächliche Dinge. Was sie dazu veranlasste, Vincent von ihrer Misere zu erzählen, weiß sie bis heute nicht. Vielleicht, weil sie wusste, dass bald etwas geschehen müsste, wenn sie nicht zugrunde gehen wollte. Dass sie irgendetwas tun musste, um ihrem Leben eine neue Richtung zu geben.

Nachdem sie erst einmal angefangen hatte zu reden, gab es kein Halten mehr. Sie erzählte Vincent alles: dass sie sich vor Schmerzen oft tagelang kaum bewegen könne, dass im Flur zu Hause ein großer Fleck an der Wand sei, weil ihr Vater sie dort so hart ins Gesicht geschlagen habe, dass sie heftiges Nasenbluten bekam. Dass er sie die Treppe hinabgestoßen habe ...

Vincent hörte zu, ohne sie auch nur einmal zu unterbrechen, und sein Gesicht verzerrte sich vor Empörung und Wut. »Zu dem Arsch gehst du nicht mehr zurück!«, sagte er. »Nie mehr.«

Nathalie hatte nicht protestiert. Noch am gleichen Nachmittag hatten sie zusammen ihre Sachen aus dem Haus geholt, und sie war zu Vincent gezogen.

Ihr Vater hatte bald herausgefunden, wo sie steckte. Mehrmals stand er vor der Haustür, klingelte Sturm und drohte, sie grün und blau zu schlagen.

Dann wurde er eines Abends in einer einsamen Seitenstraße überfallen und brutal zusammengeschlagen. Mit einer schweren Gehirnerschütterung, einem gebrochenen Arm und einem Milzriss wurde er in die Klinik gebracht. Er starb am nächsten Tag.

12

Sie stehen einander gegenüber wie Boxer im Ring, die versuchen, den Gegner einzuschätzen. Die jungen Männer haben sich in der Tür der Imbissstube breitgemacht, wortlos, mit verschränkten Armen und finsterem Blick.

Erst will Julia ihren Dienstausweis zücken, aber das dürfte diese Typen kaum beeindrucken. Außerdem wissen sie garantiert, dass Sjoerd und sie Polizisten sind. Deswegen stehen sie ja da.

Julia hebt unwillkürlich die Hand, um nach der Dienstwaffe zu greifen, lässt sie jedoch nach einem sanften Rippenstoß von Sjoerd wieder sinken.

»Bitte sehr, die Kroketten!« Roys Stimme klingt gepresst. »Wollen Sie sie hier essen oder ...«

... oder haut ihr endlich ab? Er sagt es zwar nicht, aber sein Blick spricht Bände. Damit Julia und Sjoerd endlich kapieren, packt er die Kroketten gleich ein.

Sjoerd bezahlt, sie nehmen Milchshakes und Tüte und gehen auf die Männer zu.

»Dürfen wir mal durch?« Sjoerds Tonfall ist drohend.

Mit sichtlichem Widerwillen wird ein schmaler Durchgang freigegeben.

Ohne ein weiteres Wort verlassen Julia und Sjoerd die Imbissstube. Sie brauchen sich nicht umzudrehen, um zu wissen, dass man ihnen nachsieht.

»Eigentlich sollten wir uns das nicht gefallen lassen«, meint Julia am Auto.

»Und was hätten wir deiner Ansicht nach tun sollen?«, entgegnet Sjoerd. »Schließlich haben die uns bloß angestarrt, mehr nicht.« Er steigt an der Fahrerseite ein und lässt sofort die Scheibe herunter. »Meine Güte, ist das heiß hier drin! Zum Glück haben wir eine Klimaanlage. Los, steig ein, damit ich fahren kann.«

Julia nimmt auf dem Beifahrersitz Platz.

»Die wollten uns einschüchtern!« Julia öffnet die Tüte mit den Kroketten. »Damit wir möglichst schnell verschwinden. Und was machen wir? Wir ziehen den Schwanz ein!«

»Ich glaube eher, es ging ihnen um Roy. Er hat ohnehin nicht viel gesagt, und als sie reinkamen, ist er völlig verstummt. Die Burschen haben ihn im Griff.«

Julia nimmt die Kroketten heraus und reicht eine davon ihrem Kollegen.

Sie fahren die Koninginnelaan entlang und an Julias Haus vorbei. Einen Moment lang beneidet sie ihren Kater, der jetzt bestimmt im Garten liegt und döst.

»Ich verstehe nicht, warum keiner den Täter gesehen hat«, sagt sie. »An so warmen Tagen sind doch jede Menge Leute draußen unterwegs.«

»Garantiert hat ihn jemand gesehen, wahrscheinlich sogar mehrere. Nur hat niemand auf ihn geachtet.«

»Oder niemand traut sich, was zu sagen.«

»Vielleicht kommt ja noch eine anonyme Meldung rein.«

»Möglich«, sagt Julia, nicht sehr überzeugt.

Als sie sich dem Revier nähern, steckt sie das letzte Stück Krokette in den Mund und wischt sich dann die Finger an der Serviette ab.

Sjoerd fährt auf den Hof hinter dem Revier. Im Auto hängt penetranter Frittierfettgeruch.

»So früh am Tag sollte man das fette Zeug nicht essen«, meint Sjoerd naserümpfend.

»Wir haben auch noch die Milchshakes. Vielleicht können

wir damit einen Kollegen beglücken. Ari zum Beispiel, der ernährt sich doch ausschließlich von Junkfood. Guck mich mal an – ich glaube, du hast da was am Mund.«

Julia beugt sich vor und wischt einen Klecks Krokettenfüllung von Sjoerds Wange.

Als er sie ansieht, richtet sie sich rasch wieder auf und spielt mit einer Serviette. Sie breitet sie auf ihrem Schoß aus und streicht sie glatt.

Auf Roys Tresen steht ein Serviettenspender, an dem sich die Kunden selbst bedienen. Diese Serviette hat er jedoch selbst in die Tüte gepackt. Und während er ihnen den Rücken zukehrte, mit schwarzem Kugelschreiber etwas darauf notiert: die Initialen R. A.

»Jetzt bin ich aber platt!«, sagt Julia.

»Rachid Amrani ...«, sagt Ramakers kurze Zeit später, als sie zum Rapport angetreten sind. »Meines Wissens hat der einen niederländischen Pass.«

Julia, die ihm gegenübersitzt, nickt. Sjoerd lehnt an der Wand, ebenso Ari und Koenraad, die der Chef herbeigerufen hat.

In den Strafakten haben sich nur wenige Personen mit den Initialen R. A. gefunden, und eine der dicksten Akten gehört einem zweiundzwanzigjährigen Marokkaner namens Rachid Amrani.

»Ein Aufschneidertyp«, sagt Julia und legt den Computerausdruck auf den Tisch. »Der fährt den lieben langen Tag in einem frisierten Schlitten durch die Gegend und hat jede Menge zwielichtige Freunde, alle polizeibekannt, mit denen er krumme Dinger dreht. Das Dumme ist nur, dass wir momentan nichts gegen ihn in der Hand haben.«

Ramakers nimmt einen Schluck Kaffee aus dem Becher mit Katzenmotiv, den ihm seine sechsjährige Tochter zum Geburtstag geschenkt hat.

»Trotzdem sollten wir uns den jungen Mann mal näher ansehen. Stellt bitte alles zusammen, was über ihn rauszukriegen ist. Los geht's, Leute!«

Sie verlassen Ramakers' Büro und machen sich an die Arbeit. Es dauert nicht lange, und alle verfügbaren Systeme werden nach Hinweisen durchsucht, auch soziale Netzwerke wie Hyves und Facebook unter die Lupe genommen.

Das Ergebnis ist enttäuschend. Es findet sich kein einziger Anhaltspunkt, der auf eine Verbindung Rachid Amranis mit den Morden in der Bachstraat hinweist.

»Wenn er es tatsächlich war, ist er ein so ausgefuchster Typ, dass man schon fast Respekt vor ihm haben muss.« Julia streckt die steifen Glieder. »Ich hol mir einen Kaffee. Wollt ihr auch welchen?«

Alle nicken.

Sie geht in den Flur zum Kaffeeautomaten. In der Tür stößt sie mit Ramakers zusammen.

»Das Ergebnis des Speicheltests ist da«, sagt er. »Die DNA aus dem Speichel auf Schavenmakers T-Shirt stimmt mit der von Rachid Amrani überein. Dann wollen wir uns den jungen Mann mal vornehmen. Bin gespannt, was er zu sagen hat.«

13

Nathalie ist nicht ganz so schnell vorangekommen wie geplant, doch jetzt nähert sie sich der Schweizer Grenze bei Basel. Sie hat gehofft, rasch durchgewinkt zu werden, aber anscheinend nehmen die Zöllner jeden Wagen einzeln ins Visier.

Nathalie wiederum behält die Autos hinter sich im Auge. Keine Spur von Vincent, trotzdem wähnt sie sich noch lange nicht in Sicherheit. Wenn er sie zu fassen kriegt, bringt er sie um, das steht fest.

Die Beziehung zu ihm führte dazu, dass sie in eine völlig andere Welt eintauchte, in eine Art Labyrinth, aus dem es bald keinen Ausweg mehr gab. Schon nach kurzer Zeit organisierte er falsche Papiere für sie. Nach allem, was sie bei ihrem Vater durchgemacht hatte, fiel es ihr nicht weiter schwer, ihre alte Identität hinter sich zu lassen. Das Mädchen, das sie gewesen war, gab es nicht mehr, stattdessen eine junge Frau namens Nathalie. Vincent sprach sie ab sofort nur noch so an, und auch für sie selbst war der neue Name bald eine Selbstverständlichkeit. Zudem war er nützlich, weil Vincent sie mehr und mehr in seine Machenschaften mit einbezog. Auf ihren Namen kaufte er leer stehende Fabrikhallen, um dort Cannabis zu züchten, mietete Autos für illegale Transporte und eröffnete Konten, um Geld am Fiskus vorbeizuschleusen. Bald bediente er sich nicht nur ihres Namens, sondern setzte sie auch für Kurierdienste ein, für Drogen- und Geldtransporte. Solange sie machte, was er ihr auftrug, behandelte er sie gut. Nur wenn sie widersprach, schlug er zu. Und vor allem verlangte er nie von ihr, mit anderen Männern ins Bett zu gehen, wie es seine Freunde bei ihren Mädchen taten. Im Gegenteil, Vincent betonte immer wieder, sie gehöre nur ihm allein.

»Unsere Liebe ist für immer«, sagte er. »Wenn du dich je mit einem anderen einlässt, bring ich dich um.«

Sie hatte gelacht, er nicht: Ihm war es todernst damit.

Nathalie wischt ihre feuchten Hände an der Jeans ab. Die Grenzer lassen die Autos nur langsam passieren, sehen sich jedes Nummernschild genau an, so als suchten sie nach einem verdächtigen Fahrzeug.

Nathalie setzt sich entspannt hin, ganz die gelassene Touristin, die die Verzögerung nicht weiter tragisch nimmt.

Als sie an der Reihe ist und der Grenzbeamte sie aufmerksam mustert, wendet sie den Blick nicht ab und bleibt äußerlich ruhig, obwohl sie rasendes Herzklopfen hat. Ihr falscher Pass ist eine echte Profiarbeit, dennoch ist es riskant, ihn vorzuzeigen.

Als der Mann die Hand hebt, wird ihr angst und bange. Sie will bereits das Seitenfenster herunterlassen, als er ihr bedeutet weiterzufahren.

Erleichtert gibt sie Gas.

Nach ein paar hundert Metern dreht sie sich zu Robbie um, der sie mit seinen braunen Augen groß anschaut.

»Wir sind in der Schweiz, Robbieboy! Es hat geklappt! Jetzt hält uns keiner mehr auf!«

Letzteres muss sich erst noch erweisen, aber nachdem sie ohne Probleme zwei Grenzen passiert hat, ist sie guten Mutes.

Zum Glück hat sie das Ferienhaus am Lago Maggiore Vincent gegenüber nie erwähnt. Es gehört Cécile und ihr gemeinsam. Sie selbst war in den letzten Jahren nie mehr dort, ihre Schwester hingegen macht öfter Urlaub in Italien. Hoffentlich nicht ausgerechnet jetzt, denn auf eine Begegnung mit Cécile ist sie wahrhaftig nicht erpicht.

Hinter Basel wird die Autobahn extrem voll. Nathalie kommt nur noch langsam vorwärts, und bei Zürich steht sie in einem kilometerlangen Stau, Stoßstange an Stoßstange mit vollgepackten Autos. Es sind Urlauber, deren Kinder auf den Rücksitzen herumtoben.

Robbie, der eine Weile geschlafen hat, wacht auf und wird unleidlich.

Glücklicherweise löst sich der Stau bald wieder auf, und allmählich verändert sich die Landschaft: Die azurblauen Seen weichen mächtigen Bergmassiven mit schneebedeckten Gipfeln, kleine Wasserfälle strömen über das graue Gestein. Die Strecke steigt an.

Nach einer Weile kündigen Schilder den siebzehn Kilometer langen Gotthardtunnel an. Nathalie beschließt, eine kurze Pause einzulegen.

Leider ist sie nicht die Einzige mit dieser Idee. Weil der Parkplatz brechend voll ist, stellt sie das Auto in zweiter Reihe ab, zumal sie in wenigen Minuten wieder da sein will. Nur rasch aufs Klo, etwas zu essen kaufen und weiter.

Robbie tut die kleine Abwechslung gut. Interessiert guckt er sich um, egal ob sie nun vor den Toiletten ansteht oder im Laden belegte Brötchen kauft.

Wieder am Auto, protestiert er lauthals, als Nathalie ihn in seinen Sitz verfrachtet, aber ein Stück Zwieback wirkt Wunder.

Damit sich der Verkehr im Tunnel nicht staut, wird die Zufahrt durch Ampeln geregelt. Es dauert eine kleine Ewigkeit, bis die Ampel auf Grün schaltet.

Nathalie graut ein wenig vor der Fahrt durch die enge, dunkle Röhre, ohne Sonnenlicht und Aussicht auf die urwüchsige Bergwelt.

Ihre Gedanken wandern zu Vincent. Wo mag er sein? Ist er

nur wenige Autolängen hinter ihr, oder konnte sie ihn abschütteln? Immer wieder schaut sie in den Rückspiegel, doch sein Porsche ist nirgends zu sehen.

Sie überlegt, ob sie sich auch mit ihm eingelassen hätte, wenn ihre Mutter nicht so früh gestorben wäre und ihr Vater sich nicht so stark verändert und ihr das Leben zur Hölle gemacht hätte. Wohl eher nicht. Was er ihr zu bieten hatte, als sie siebzehn war, hätte sie unter anderen Umständen kein bisschen interessiert. Aber er trat in einer Phase in ihr Leben, als sie kurz vor dem Selbstmord stand. Für sie war er ein Rettungsanker, nach dem sie greifen musste, um nicht unterzugehen. Warum er sich ausgerechnet sie als Freundin nahm, ist ihr bis heute schleierhaft. Ihr jedenfalls war von Anfang an klar, dass er eine dunkle Seite hat, doch das hatte sie nicht abgeschreckt, im Gegenteil, es hatte sogar eine geradezu magische Anziehungskraft auf sie ausgeübt. Der Tag, an dem sie sich auf ein längeres Gespräch mit ihm einließ, markierte den Anfang ihres neuen Lebens. Und den Anfang vom Ende – nur wusste sie das damals noch nicht.

Ein Stück vor ihr kracht es, Bremslichter leuchten auf, rot wie Blutstropfen. Metall knirscht, Glas splittert.

Geistesgegenwärtig tritt Nathalie aufs Bremspedal. Mit quietschenden Reifen kommt ihr Auto zum Stehen. Sie wird nach vorn geschleudert, gleichzeitig steigt ihr der Geruch nach verbranntem Gummi in die Nase.

Sie richtet sich auf und prüft, ob sie sich verletzt hat. Nein, nichts Schlimmes. Nur das Brustbein schmerzt vom Aufprall auf das Lenkrad.

Entsetzt merkt Nathalie, dass sie sich mitten in einer Massenkarambolage befindet und nichts tun kann, um zu verhindern, dass der Hintermann auf ihren Wagen auffährt.

Neben ihr auf der Standspur rast plötzlich ein Auto vorbei und kracht in den Wagen, hinter dem sie vorhin an der Ampel stand. Im nächsten Moment gerät ein roter Fiat ins Schleudern und streift ihr Auto im hinteren Bereich.

Rasch wirft sie einen Blick auf Robbie. Mit ihm ist alles in Ordnung, er ist lediglich erschrocken, wie das Geschrei, das er angestimmt hat, vermuten lässt.

Vor und hinter ihr steht nun der Verkehr. Leute steigen aus, laufen aufgeregt umher, besehen den Schaden an ihren Autos.

Auch Nathalie steigt aus und inspiziert den Alfa Romeo. Die linke Hintertür ist eingedellt.

Sie lässt den Blick über das Chaos schweifen, über die kaputten Autos, die Menschen, die in Grüppchen zusammenstehen, betroffene Gesichter machen oder sich lautstark ereifern. Plötzlich sieht sie etwas zwischen den kreuz und quer stehenden Autos aufsteigen. Rauch?

Zögernd geht sie ein paar Schritte darauf zu. Tatsächlich, es ist Rauch! Und dann züngeln auch schon die ersten Flammen.

»Feuer!«, schreit Nathalie. »Es brennt!«

Die Angst in ihrer Stimme und ihr wildes Gestikulieren alarmieren alle, auch jene, die ihre Sprache nicht verstehen. Plötzlich schießt eine Stichflamme empor und erhellt kurz den Tunnel.

Nathalie taumelt zurück, das Gesicht mit dem Arm schützend.

Ein paar Männer rennen zu ihren Wagen. Als sie mit Feuerlöschern wiederkommen, brennt das Auto, von dem der Rauch aufgestiegen ist, bereits lichterloh. Sie richten die Schaumstrahlen darauf, da ertönt ein Schrei, und jemand zeigt auf einen neuen Brandherd. Offenbar sind Funken auf die Benzin- und Öllachen auf dem Asphalt übergesprungen.

Nathalie weiß, dass sich ein Feuer rasend schnell ausbreiten kann, aber erlebt hat sie so etwas bisher noch nie. Wie gelähmt steht sie da und sieht die Flammen auf ein weiteres Auto übergreifen.

Auf den Schildern unter der Tunneldecke leuchten in Giftgrün Hinweise in Deutsch, Italienisch und Englisch auf: Man werde so schnell wie möglich einen Fluchttunnel öffnen, um den Verkehr sicher ins Freie zu schleusen. Bis dahin solle man den Motor auslassen.

Trotzdem stürmen die meisten zu ihren Autos. Die ersten beginnen, ungeduldig zu hupen, andere folgen.

Nathalie schaut zur Tunneldecke. Dort sammelt sich Rauch, der mit jeder Sekunde dichter wird.

14

Ihre Handflächen sind so schweißnass, dass sie sich kaum noch an der Jeans abwischen lassen. Noch scheint die Rauchentwicklung nicht allzu bedrohlich zu sein; das meiste steigt nach oben und wird von der Entrauchungsanlage angesaugt. Da inzwischen aber mehrere Fahrzeuge brennen, dürfte die Lage demnächst kritisch werden.

Nathalie wirft einen Blick auf ihr Auto. Es ist noch fahrtüchtig, aber bei dem Chaos ist kein Durchkommen möglich, auch wenn jetzt ein paar Männer mit vereinten Kräften versuchen, die beschädigten Autos an den Rand zu schieben.

Ihr wird klar, dass sie schnell handeln muss. Bis zum Tunnelausgang sind es noch drei Kilometer, eine ganz schöne Strecke zu Fuß, aber sie hat keine Wahl. Und anders als viele um sie herum hat sie kein Problem damit, ihren Wagen einfach im Stich zu lassen.

Sie zwingt sich zur Ruhe, öffnet die Autotür und nimmt ihr Gepäck heraus. Dann holt sie den Buggy aus dem Kofferraum, klappt ihn auf und hebt Robbie aus seinem Kindersitz.

Ganz ruhig, als stünde ein Spaziergang im Grünen bevor, setzt sie das Kind in den Buggy, hängt ihre Sachen an die Handgriffe und lenkt ihn durch eine Pannenbucht an den brennenden Wagen vorbei.

Bald hat sie die rechte Fahrspur ganz für sich, denn sämtliche Autos, die vor der Unfallstelle fuhren, haben den Tunnel längst verlassen.

Über ihr leuchtet jetzt eine andere Aufschrift. Im Weiterlaufen registriert sie das Wort *pompieri* – die Feuerwehr scheint unterwegs zu sein.

Entschlossenen Schritts geht sie weiter. Sie sieht sich kurz um und merkt, dass sich auch andere auf den Weg gemacht haben.

Das Ende des Tunnels ist noch nicht in Sicht, als sie weit hinter sich einen ohrenbetäubenden Knall hört. Sein dumpfes Echo wird von den Tunnelwänden zurückgeworfen.

Als sie im Laufen einen Blick über die Schulter wirft, bleibt ihr vor Schreck fast das Herz stehen. Die Druckwelle schiebt eine schwarze Rauchwand vor sich her!

Die Leute hinter ihr beginnen zu rennen, zerren heulende Kinder mit. Nathalie hört verzweifelte Schreie, gedämpft von Hustenanfällen.

Auch die Leute auf der Gegenspur verlassen jetzt ihre Autos und laufen los.

Nathalie fröstelt vor Angst. Von Weitem erklingt Sirenengeheul.

Robbie, der den Ernst der Lage nicht erfassen kann, lacht zunächst vergnügt, als Nathalie das Tempo beschleunigt, bald jedoch beginnt er kläglich zu weinen. Sie kann sich nicht um ihn kümmern – jetzt gilt es zu rennen, schnell, noch schneller, so gut es mit dem Buggy und dem Gepäck eben geht.

Die Rauchwand holt sie ein, umhüllt sie wie rasch aufziehender Nebel. Noch bekommt sie genügend Luft, um weiterzurennen, aber lange wird sie nicht mehr durchhalten.

Zwei junge Frauen in ihrem Alter überholen sie, barfuß, modische Sonnenbrillen im wehenden Haar.

Wie mag es den Familien mit Kleinkindern ergehen? Nathalie wagt nicht, sich vorzustellen, welche Dramen sich hinter ihr abspielen.

Sie atmet immer mehr Rauch ein, kämpft sich hustend weiter. Jetzt bloß nicht stehen bleiben, das wäre ihr Tod!

Mittlerweile ist es so dunkel um sie, dass sie Robbie kaum mehr sieht. Ihre Augen tränen, mühsam stolpert sie vorwärts.

Sie ist kurz davor zusammenzubrechen, als sie spürt, wie starke Arme sie packen und weiterzerren, auf den rettenden Ausgang zu.

Als sie endlich im Freien ist, sieht sie schemenhaft einen Feuerwehrmann in Uniform vor sich – ihren Retter.

Trotz der frischen Luft lässt ihre Atemnot nicht nach, sondern verschlimmert sich sogar noch. Zudem blendet sie die plötzliche Helligkeit so sehr, dass sie die Augen zukneifen muss.

Sie hat das Gefühl, gleich zu ersticken, als ihr etwas aufs Gesicht gedrückt wird. Sauerstoff strömt in ihre Lunge, sie hört italienische Worte, versteht nichts, doch die Stimme klingt freundlich, beruhigend. Jemand betupft ihre Augen, langsam lässt das Brennen nach.

Als sie die Augen aufschlägt, liegt sie in einem Krankenwagen. Der Sanitäter neben ihr, ein Mann mit schwarzem Haar und Schnauzbart, lächelt ihr aufmunternd zu.

Nach ein paar Minuten nimmt er die Sauerstoffmaske weg. Nathalie wird von Hustenanfällen geschüttelt, spuckt schwarzen Schleim. Dann hat sie endlich das Gefühl, wieder einigermaßen durchatmen zu können.

»Robbie ...«, stößt sie heiser hervor. »*My baby, where's my baby?*«

Der Sanitäter zeigt nach draußen. »*Va bene, signora. The baby is okay. We take you to ospedale. Hospital.*«

Nathalie richtet sich auf, will protestieren, nein, sie brauche nicht ins Krankenhaus, da schlägt die Erschöpfung zu. Bevor sie zurücksinkt, sieht sie gerade noch den Buggy mit Robbie draußen stehen. Gott sei Dank, sie haben das Kind gerettet!

Sie zeigt zum Fenster, der Sanitäter nickt und tätschelt ihr beruhigend die Hand.

Egal, denkt sie, dann eben ins Krankenhaus. Immerhin

kommt sie auf diese Weise in die nächstgrößere Stadt, dort wird sie weitersehen …

Der weinende Robbie wird hereingereicht, sie streckt die Arme nach ihm aus.

Er kuschelt sich an sie und wird ruhiger. Auf den ersten Blick scheint ihm nichts zu fehlen.

Der Sanitäter erklärt ihr in seinem holprigen Englisch, dass sie beim Rennen viel mehr Rauch eingeatmet habe als das Kind. Es bestehe kein Grund zur Sorge, dennoch sei es ratsam, sich und den Kleinen in der Klinik untersuchen zu lassen.

Sie nickt ergeben, obwohl sie den Aufwand für unnötig hält, aber es lässt sich wohl nicht vermeiden. Fest drückt sie Robbie an sich, als der Krankenwagen mit heulender Sirene losfährt.

15

»Ich weiß überhaupt nicht, was ihr von mir wollt. Mit diesen Morden hab ich nichts zu schaffen.« Rachid Amrani lehnt sich gelangweilt in seinem Stuhl zurück.

Bisher gibt sich der junge Marokkaner ausgesprochen renitent. Seit gut fünf Stunden wird er nun vernommen, aber außer dass er sich mehrmals in Widersprüche verwickelt hat, ist dabei nichts herausgekommen.

»Warum sagen Sie uns nicht zur Abwechslung mal die Wahrheit?«, fragt Sjoerd.

»Mann, ich sage schon die ganze Zeit die Wahrheit! Ich habe diesen Leuten nichts getan – wann kapiert ihr das endlich? Warum glaubt ihr mir nicht?«, empört sich Rachid.

»Auf Ruud Schavenmakers T-Shirt wurde Speichel gefunden. Die daraus gewonnene DNA stimmt mit Ihrer überein.«

»Ich hab das schon x-mal erklärt: Der Typ hat mich angepöbelt, wir haben Streit gekriegt, und ich hab ihn bespuckt. Aber das war schon am Vormittag, um halb elf oder so.«

Sjoerd behält den Verdächtigen scharf im Auge. »Vorhin haben Sie behauptet, am Tattag in Amsterdam gewesen zu sein, und jetzt sagen Sie, Sie hätten Herrn Schavenmaker um halb elf angespuckt. Auch aus Ihren Handydaten geht hervor, dass Sie an besagtem Tag in Roermond waren, genauer: in Donderberg. Dass Sie lügen, Herr Amrani, gibt uns sehr zu denken.«

»Das mit Amsterdam hab ich bloß gesagt, damit ihr mich in Ruhe lasst. Ich hab das vorhin schon den zwei anderen Bullen erklärt. Und wenn ich ein einziges Mal nicht die Wahrheit sage, heißt das noch lange nicht, dass ich immer lüge!«

»Von immer war keine Rede«, sagt Sjoerd. »Wir glauben lediglich, dass Sie lügen, was die Morde in der Bachstraat betrifft. Sie hatten also gegen halb elf einen Streit mit Herrn Schavenmaker und haben ihm dabei aufs T-Shirt gespuckt. Als er tot aufgefunden wurde, trug er das T-Shirt noch. Das wundert uns, weil wir uns nicht vorstellen können, dass man stundenlang mit einem derart beschmutzten Kleidungsstück herumläuft.«

»Wahrscheinlich war der an so was gewöhnt.«

Seufzend lehnt Sjoerd sich zurück, und Julia übernimmt die weitere Befragung.

»Wie gut kannten Sie Kristien Moors und Ruud Schavenmaker, Herr Amrani?«

Rachid verdreht genervt die Augen. »Mann, das hab ich doch schon hundertmal erzählt!«

»Dann erzählen Sie es jetzt eben noch mal.«

»Ich hab die beiden bloß flüchtig gekannt, wie man eben Leute kennt, die auch in der Gegend wohnen.«

»Unseren Kollegen gegenüber haben Sie anfangs aber behauptet, sie überhaupt nicht zu kennen«, sagt Julia nach einem kurzen Blick in Aris und Koenraads Notizen. »Später haben Sie zugegeben, dass Sie immer wieder mal Streit mit Herrn Schavenmaker hatten. Aber gekannt haben wollen Sie ihn nur flüchtig. Wie reimt sich das zusammen?«

»Man braucht jemanden nicht unbedingt gut zu kennen, um Krach mit ihm zu kriegen, oder?«, sagt er so langsam und dezidiert, als hätte er es mit Begriffsstutzigen zu tun.

»Das sehe ich anders«, meint Julia. »Erst recht, wenn man häufiger mit dem Betreffenden aneinandergerät. Dabei lernt man sich zwangsläufig kennen, wenn auch im negativen Sinn.«

»Meinetwegen. Wenn ihr wollt, kannte ich diesen Ruud eben im negativen Sinn gut.« Rachid hebt kapitulierend die Hände. »Der Typ war ein Arschloch.«

»Warum?«

»Weil er ein Rassist war«, sagt Rachid. »Und zwar einer von der übelsten Sorte. Er hat mich und meine Kumpel überall schlechtgemacht. Und seine Tussi war genauso – gleich und gleich gesellt sich gern. Die standen beide voll auf Geert Wilders und haben bloß darauf gewartet, dass man alle Ausländer rauswirft. Dabei bin ich in Roermond geboren. Ich bin hier aufgewachsen und zur Schule gegangen, also hab ich ein Recht darauf, in diesem Scheißland zu leben.«

»Scheißland?«, wiederholt Julia.

»Genau. Holland ist echt ein Scheißland geworden. Aber immerhin ist es *mein* Scheißland, also brauch ich mir von solchen Ärschen nicht sagen lassen, dass ich abhauen soll.«

»Und deshalb mussten Ruud Schavenmaker und seine Freundin sterben?«, mischt Sjoerd sich ein.

»Wegen mir nicht. Aber da war wohl jemand anderer Meinung.«

»Ich halte aber Sie für den Täter.« Sjoerd beugt sich ein Stück vor. »Sie hatten einen ausgewachsenen Streit mit Herrn Schavenmaker, sind mit einer Riesenwut im Bauch abgezogen, haben eine Pistole geholt und sind zur Wohnung des Paars gegangen. Weil die Hintertür offen war, konnten Sie ohne Probleme ins Haus. Kristien Moors hat versucht, Sie aufzuhalten, deshalb haben Sie erst sie niedergeschossen. Dann sind Sie ins Wohnzimmer gegangen und haben sich Ruud Schavenmaker vorgenommen. So war es doch, Herr Amrani, oder? Ist es so gelaufen?«

Sekundenlang starrt Rachid ihn an. Dann beugt auch er sich vor und sagt im gleichen Tonfall: »Nein, so ist es nicht gelaufen. Wenn ihr glaubt, ihr könntet ein Geständnis aus mir herauspressen, habt ihr euch getäuscht. Ich habe mit der Sache nichts zu tun!«

»Man könnte fast an seiner Schuld zweifeln«, meint Sjoerd, als sie den Verhörraum verlassen. »Unglaublich, dem Burschen ist nicht beizukommen. Aber wir werden ihn schon noch überführen.«

»Oder auch nicht.« Julia sieht Rachid nach, der von einem uniformierten Kollegen in seine Zelle gebracht wird. Maximal drei Tage dürfen sie ihn festhalten. Wenn bis dahin nichts gegen ihn vorliegt, müssen sie ihn gehen lassen.

»Wie meinst du das? Glaubst du etwa nicht, dass er es war?« Sjoerd holt am Wasserspender etwas zu trinken und hält Julia den Becher hin. Als sie den Kopf schüttelt, trinkt er ihn selbst in langen Zügen aus.

»Ich bin mir nicht sicher. Vieles deutet darauf hin, dass er der Täter ist, aber irgendetwas sagt mir, dass er es nicht war. Das Gefühl hatte ich schon vorhin, bei der Vernehmung. Ich merke ganz genau, ob jemand mich anlügt oder nicht.«

»Bei allem Respekt, Julia, so was *kannst* du nicht genau merken. Ich kenne etliche Kriminelle, die hervorragend schauspielern können, manche fast schon oscarreif.«

»Wenn dieser Rachid Schavenmaker angespuckt hat, nachdem er ihn umgelegt hat, müsste eigentlich Speichel in der Wunde sein«, überlegt Julia laut. »Weißt du zufällig, ob das der Fall ist?«

»Ich seh mal eben nach.« Sjoerd betritt ihr gemeinsames Büro, nimmt einen Stapel Unterlagen von seinem Schreibtisch und blättert.

»Da steht es: Der Fleck befand sich auf dem T-Shirt knapp unterhalb des Brustbeins, drumherum waren ein paar Spritzer«, fasst er zusammen.

»Und in den Wunden?«

»Nichts.« Sjoerd legt die Papiere wieder weg. »Schavenmaker hatte zwei Einschüsse in der Brust, aber Speichel wurde darin anscheinend nicht gefunden. Vielleicht ist er mit dem Blut rausgeflossen und …«

»Na, schon was rausgefunden?« Ramakers steht in der Tür und mustert sie mit zusammengezogenen Brauen, wie immer, wenn er eine positive Antwort erwartet.

»Nicht viel«, muss Julia zugeben. »Dieser Rachid streitet alles ab.«

»Hmmm.« Ramakers lässt den Blick durch den Raum schweifen. »Wir haben also nicht viel gegen Amrani in der Hand. Ein DNA-Nachweis allein reicht in diesem Fall für eine Verurteilung nicht aus. Wir müssen weitersuchen, bis handfeste Beweise vorliegen. Immerhin können wir ihn fürs Erste festhalten und eine Haussuchung vornehmen. Wie ich gelesen habe, befand sich nur an Schavenmakers T-Shirt Speichel, nicht aber in den Wunden. Der Streit inklusive Anspucken muss also vor dem Mord stattgefunden haben. Somit hatte Amrani durchaus ein Motiv.« Er macht eine säuerliche Miene. »Wenn sich innerhalb von drei Tagen nichts ergibt, müssen wir den Burschen laufen lassen.«

16

Als kurz vor Feierabend Julias Telefon klingelt, ist sie gerade dabei, Papiere zu ordnen. Am liebsten würde sie sich jeden Morgen an einen picobello aufgeräumten Schreibtisch setzen, aber das ist nur selten drin; meist türmen sich dort die Akten, Protokolle und Notizen von Kollegen.

»Hallo, Julia, hast du heute Abend schon was vor?« Melanie, Sjoerds Frau, ist am Apparat.

Julia hatte gehofft, es wäre Taco, der sich für sein Benehmen entschuldigen will. Seit sie zusammen essen waren, hat er sich nicht mehr gemeldet – kein Anruf, keine SMS, nichts. Sie ist ziemlich sauer deswegen, aber da sie sich nichts vorzuwerfen hat, sieht sie keinen Grund, als Erste einzulenken.

»Ach, du bist's. Ob ich was vorhabe? Ich will endlich den Abwasch in Angriff nehmen und muss die Wohnung gründlich saugen, weil mein Kater ständig haart. Das heißt, falls ich überhaupt dazukomme, denn in meinem Kühlschrank herrscht bis auf ein paar abgelaufene Joghurts gähnende Leere.«

Melanie lacht. »Für das letztgenannte Problem wüsste ich eine Lösung.«

»Dann schieß los.«

»Sjoerds Eltern wollten eigentlich zum Essen kommen, aber nun hat sich sein Vater eine Darmgrippe eingefangen und sie haben kurzfristig abgesagt. Also sitze ich mit meinem Essen da. Und weil ich weiß, dass du gern Nudelauflauf isst, zähle ich fest auf deine Unterstützung.«

Unwillkürlich muss Julia lächeln. Es ist typisch für Melanie, eine Einladung so zu formulieren, dass man das Gefühl hat, sie im Stich zu lassen, wenn man ablehnt. Und dass Julia ablehnen würde, liegt auf der Hand, weil sie sich in letzter Zeit ziemlich rar gemacht hat.

»Hast du denn so viel vorbereitet?«, fragt sie, um Zeit zu schinden.

»Der Auflauf ist für vier Personen. Wär doch schade, wenn ich die Hälfte wegwerfen müsste.«

Julia fühlt sich ein wenig in die Enge getrieben. »Ich weiß nicht recht«, sagt sie langsam. »Der Tag war ziemlich anstrengend. Ich bin müde.«

»Gerade dann solltest du kommen.« Melanie lässt sich nicht so leicht abwimmeln. »Du brauchst nichts zu tun, nur im Garten zu sitzen. Nun gib dir schon einen Ruck, Julia! Gemeinsam essen ist doch viel gemütlicher, als wenn du für dich allein was kochst.«

Gemütlicher schon, denkt Julia, aber auch schmerzhaft. Das Zusammensein mit Melanie und Sjoerd wird ihr so zusetzen, dass sie garantiert die halbe Nacht wach liegt.

Julia sucht gerade nach Worten, um höflich, aber bestimmt abzulehnen, da kommt Melanie ihr zuvor:

»Fein, dann also bis in einer Stunde!«, sagt sie und legt auf.

Zu Hause versucht Julia, den Knick aus ihrem schulterlangen Haar zu bürsten. Damit es ihr bei der Arbeit nicht ständig ins Gesicht fällt, trägt sie tagsüber einen Pferdeschwanz.

Als der Knick nicht verschwindet, macht sie das Haar nass und föhnt es, bis es in weichen Wellen ihr Gesicht umrahmt. Anschließend trägt sie etwas Make-up auf, damit sie nicht allzu blass wirkt.

Auf dem Weg in die Küche streichelt sie Morf, der sich maunzend an ihre Beine schmiegt, bevor er sich durch sein Katzentürchen in den Garten verdrückt.

Julia holt eine Flasche Rosé aus dem Kühlschrank, nimmt ihre Tasche und verlässt das Haus.

Kurz darauf ist sie mit dem Fahrrad nach Hammerveld unterwegs, wo Sjoerd und Melanie wohnen. Hammerveld gehört zu den besseren Vierteln Roermonds. Dass sich die beiden dort ein hübsches Einfamilienhaus kaufen konnten, ist wohl Melanies Erbe zu verdanken. Auch sie hat schon sehr früh ihre Eltern verloren. Ihr braucht Julia nicht groß zu erklären, dass solch ein Verlust selbst noch nach langer Zeit schmerzt. Bei Geburtstagsfeiern oder anderen festlichen Anlässen brauchen sie sich nur anzusehen und wissen, wie ihnen zumute ist.

Melanie könnte eine wirklich gute Freundin sein, aber Julia sieht sich außerstande, die Bekanntschaft zu vertiefen.

Vor einem weißen Haus in einer baumbestandenen Straße hält sie an. Die Strahlen der Abendsonne fallen durchs Laub und zeichnen Licht- und Schattenmuster auf den Bürgersteig.

Kaum hat sie ihr Rad abgeschlossen, geht auch schon die Haustür auf, und Melanie eilt ihr entgegen.

»Julia! Schön, dich endlich mal wiederzusehen!«

Sie nimmt Julia in den Arm und begrüßt sie mit einem Wangenkuss. Noch bevor diese etwas erwidern kann, hat Melanie sie auch schon untergehakt.

»Moment, ich hab hier noch was.« Julia holt die Flasche Wein unter den Schnellbindern hervor.

»Super, ich hab auch schon eine Flasche kalt gestellt. Die hier lege ich gleich dazu.«

Sie betreten das Wohnzimmer, in dem ein Fußboden aus Eichenholz und helle Möbel eine behagliche Atmosphäre schaffen.

Von oben ist Wasserrauschen zu hören.

»Sjoerd steht noch unter der Dusche«, erklärt Melanie. »Komm, wir setzen uns schon mal nach draußen.«

Julia folgt ihr durch die offene Glastür. Auf den weiß lackierten Verandadielen steht ein Laufstall, darin liegt auf einer bunt gemusterten Decke ein fünf Monate altes Baby und spielt mit einem Plüschteddy.

Julia beugt sich zu dem Kind hinunter.

»Na, Joey, kleiner Mann, wie geht's? Du bist ja schon ein bisschen braun geworden.« Sie dreht sich zu Melanie um, die mit verschränkten Armen am Türrahmen lehnt, ganz die glückliche Mutter. »Niedlich, euer Sohn. Mir scheint, er ist ganz schön groß geworden seit dem letzten Mal.«

»Ja, er gedeiht prächtig, man kann ihm fast schon beim Wachsen zusehen. Sjoerd verdächtigt mich, dass ich ihm Kraftfutter gebe, aber ich denke, das sind die väterlichen Gene. Wenn er so groß wie Sjoerd werden will, muss er früh anfangen.« Melanie stellt sich neben Julia. »Willst du ihn ein wenig auf den Schoß nehmen?«

»Lass nur, er spielt gerade so schön.« Julia setzt sich auf einen Gartenstuhl im Halbschatten.

Melanie kitzelt Joey am Bauch und schnalzt mit der Zunge, was der Kleine mit einem hinreißenden Lächeln belohnt. Dann widmet sie sich Julia: »Was möchtest du trinken?«

»Am liebsten einen Rosé, zumal du jetzt zwei Flaschen kalt gestellt hast.«

»Dem schließe ich mich an.« Melanie geht in die Küche und kommt mit zwei gefüllten Gläsern wieder. »Wie geht's dir denn so? Wir haben uns ja eine ganze Weile nicht gesehen.«

»Gut, bis auf die viele Arbeit im Moment.«

»Tja, wenn man hier im Garten sitzt, möchte man nicht glauben, was für schlimme Dinge in der Welt passieren.« Melanie lässt den Blick über den Rasen und die Blumenbeete gleiten.

»Wie läuft's denn so mit Taco? Alles okay bei euch?«

»Ja, alles bestens.«

»Deinem Gesicht nach zu urteilen eher nicht, oder täusche ich mich? Habt ihr euch gestritten?«

Julia muss unwillkürlich lachen. Melanie scheint einen siebten Sinn zu haben.

»Nicht wirklich«, sagt sie. »Taco ist manchmal etwas hitzköpfig. Nicht mir gegenüber, aber wenn wir ausgehen, gibt es meist irgendwelchen Ärger. Neulich waren wir mit dem Auto unterwegs, und so ein Blödmann hat uns beim Überholen geschnitten. An der nächsten Ampel stand er vor uns. Jeder andere hätte ihm den Vogel gezeigt oder kurz gehupt, Taco dagegen steigt aus und macht den Mann zur Schnecke. Im Grunde hat er ja recht, dass er sich nichts gefallen lässt, aber manchmal nervt es einfach.«

»Hmmm. Ich verstehe gut, was du meinst. Taco kann nett und charmant sein, aber auch ganz schön rabiat werden. Besonders, wenn du dabei bist.«

»Ich? Was hat das denn mit mir zu tun?«

»Ich glaube, er hat ein Problem damit, dass du bei der Polizei arbeitest. Deshalb hängt er den dicken Max raus, als Ausgleich sozusagen.«

Julia stutzt, findet Melanies Erklärung dann aber durchaus einleuchtend.

»Da könntest du recht haben«, sagt sie. »Vielleicht fühlt er sich irgendwie unterlegen und will das mit seinen Auftritten kompensieren.«

»Genau, das braucht er wohl für sein Ego. Bei Taco kann ich mir das gut vorstellen.«

Julia seufzt. »Wenn das so ist, haben wir ein Problem, denn ich hab absolut keine Lust, ihm das hilflose Weibchen vorzuspielen, nur damit er sich nicht zurückgesetzt fühlt.«

»Hoffentlich nimmst du mir meine Offenheit nicht übel, aber ich finde, dass ihr beide nicht gut zusammenpasst.« Melanie macht eine entschuldigende Geste. »Taco ist, wie gesagt, sehr nett, kann aber schwierig sein. Was du brauchst, ist ein vernünftiger Mann, auf den man sich verlassen kann.«

Im Wohnzimmer sind Schritte zu hören, dann betritt Sjoerd die Veranda.

17

»Na, klatscht ihr gerade über mich?«, sagt er neckend. Sein Haar ist noch nass, und er trägt eine kurze Jeans, dazu ein hellblaues T-Shirt. Er lacht Julia an, wuschelt Melanie durch die rotbraunen Locken und zeigt auf die Weingläser: »Wie ich sehe, habt ihr schon angefangen.«

Melanie lächelt ihm zu. »Angeblich heißt es, Frauen würden eine Ewigkeit im Bad brauchen, bei uns ist es genau umgekehrt. Was trinkst du, Schatz?«

»Ein Bier.« Sjoerd geht zum Laufstall, nimmt seinen Sohn auf den Arm und setzt sich dann auf den Stuhl neben Julia. Die vertraute Nähe versetzt ihr einen Stich.

»Findest du nicht auch, dass Joey ordentlich gewachsen ist?«, fragt er voller Vaterstolz.

»Doch, ich hab's vorhin schon zu Melanie gesagt.« Julia nimmt Joeys Händchen und streichelt es. »Er ist total niedlich.«

»Ganz meine Meinung!« Sjoerd hebt den Kleinen vor sich in die Höhe, bis er vergnügt kräht, dann setzt er ihn wieder auf seinen Schoß. »Na, hast du dich ein bisschen von dem harten Arbeitstag erholt?«

»Ich fürchte, dafür braucht es noch mehr. Ich muss dauernd an die zwei Toten denken.«

Bevor sie weiterreden können, kehrt Melanie zurück. Sie stellt eine Flasche Bier und ein Glas vor Sjoerd hin und legt den Flaschenöffner daneben. »Wie wär's mit was zu knabbern? Der Auflauf ist noch im Ofen.«

»Es eilt ja nicht – wir haben noch den ganzen Abend Zeit«, sagt Sjoerd. »Nicht wahr, Julia?«

Sie nickt.

Melanie holt eine Schale mit Knabberzeug, dann setzt sie sich und trinkt einen Schluck Wein. »So eine Schönwetterphase gab's schon lange nicht mehr, was? Wir sitzen jeden Abend draußen und sehen kaum noch fern. Meine Lieblingsserien fehlen mir richtig!«

»Sie meint so was wie *CSI* und *Bones*.« Sjoerd verzieht das Gesicht.

»Sjoerd kann diese Krimiserien nicht ab, er regt sich furchtbar darüber auf«, erklärt Melanie. »Vor allem *CSI* findet er voll daneben.«

Julia grinst; sie kann sich gut vorstellen, warum.

»Diese dämlichen Sendungen haben doch überhaupt keinen Realitätsbezug«, sagt Sjoerd. »Wenn man schon sieht, wie die Spurensicherer am Tatort rumlaufen: ohne jede Schutzkleidung, stattdessen in Jeans und mit offenem Haar. Und die Fälle sind immer im Nu geklärt. Die Leute gucken sich einmal gründlich um und voilà: Schon haben sie die entscheidende Spur. Die analysieren sie dann mit irgendwelchen futuristischen Geräten und haben den Täter überführt.«

»Ich sehe das trotzdem gern«, verteidigt sich Melanie. »Dass Spurensicherer in Wirklichkeit keine Waffen tragen und nicht ermitteln, um Fälle aufzuklären, weiß ich sehr wohl. Trotzdem finde ich es spannend zu sehen, wie ein paar unscheinbare Textilfasern zur Aufklärung eines Mordfalls führen können.«

»Die meisten Spuren, die man findet, bringen einen nicht weiter.« Julia nippt an ihrem Glas.

»Genau.« Sjoerd greift nach dem Öffner, hebelt den Kronkorken ab und schenkt sich ein Bier ein. »Ich habe schon so oft erlebt, dass am Tatort rein gar nichts Sachdienliches zu finden war, und wenn man doch Fasern entdeckt, stammen sie nur selten vom Täter.«

»Aber mit DNA-Spuren von Haaren, Hautschuppen und so kommt man doch weiter. Und die hinterlässt jeder Täter, oder?«, sagt Melanie.

»Damit lässt sich nur was anfangen, wenn die DNA im Polizeicomputer gespeichert ist. Wenn es um einen Ersttäter geht, kann er noch so viele DNA-Spuren hinterlassen, dann tappt die Polizei trotzdem im Dunkeln. Am besten wäre es, alle Bürger würden mit ihrer DNA irgendwo zentral registriert.«

»Gehst du da nicht ein bisschen weit?«, wendet Julia ein.

Auch Melanie hat Bedenken: »Da wäre ich strikt dagegen – wir werden schon genug überwacht. Für mich ist das eine beklemmende Vorstellung.«

»Warum denn?«, fragt Sjoerd. »Wer nichts zu verbergen hat, braucht auch nichts zu befürchten.«

»Ich glaube, das siehst du zu eng.« Julia greift nach ihrem Glas, nimmt einen Schluck Wein und stellt es wieder ab. »Auf diese Weise könnten jede Menge Unschuldige in Verdacht geraten. Stell dir vor, heute Abend landet zum Beispiel ein Haar von mir zufällig auf deinem T-Shirt und fällt, wenn du morgen – rein theoretisch gesprochen, natürlich – ein Verbrechen begehst, am Tatort ab. Was dann?«

»Die Richter gehen bei Verurteilungen nie ausschließlich von DNA-Spuren aus«, sagt Sjoerd. »Selbst wenn man welche hat, wird der Betreffende höchstwahrscheinlich freigesprochen, wenn er nicht gesteht oder sich keine weiteren Beweise finden. Deshalb spricht nichts gegen eine gesetzliche DNA-Registrierungspflicht. Außerdem könnte ich mir vorstellen, dass so was enorm abschreckend wirkt.«

»Stimmt«, muss Julia zugeben. »Aber man findet ja längst nicht an allen Tatorten DNA von den Tätern. Die sind ja nicht von gestern und treffen Vorkehrungen. Denk nur an den Vergewaltigungsfall vor einem Jahr: Da hat der Täter ein Kondom benutzt und das Opfer hinterher gezwungen, zu duschen und sich die Zähne zu putzen. In solch einem Fall kann man lange nach DNA-Spuren suchen.«

»Wie? Das ist tatsächlich passiert?« Melanie sieht sie mit großen Augen an.

»Ja, wir haben sogar schon mal von einem Fall gehört, bei dem der Täter den Staubsauger angeworfen hat, um Spuren zu beseitigen. Und den Staubsaugerbeutel hat er gleich mitgenommen.«

»Das kommt auch von diesen dämlichen Serien«, brummt Sjoerd. »Nicht nur harmlose Zuschauer lernen was dabei, sondern leider auch Kriminelle.«

Minutenlang ist es still. Ein leichter Wind lässt das Laub der Bäume rascheln.

»Ich glaube, wir sollten das Thema wechseln«, meint Melanie schließlich. »Sonst verderben wir uns noch den schönen Abend.«

Sie essen gemeinsam, reden über alles Mögliche, und die Zeit vergeht wie im Flug.

Als Julia aufbricht, ist es bereits stockdunkel.

»Ich kann dich gern nach Hause fahren«, bietet Sjoerd an. »Wir beide wissen nur zu gut, was für Gesindel sich nachts herumtreibt.«

Julia muss lachen. »Die kurze Strecke mit dem Rad wird schon nichts passieren. Und tagsüber jage ich ja selbst Verbrecher, wie du weißt.«

»Tagsüber bist du aber bewaffnet.«

»Ich werd's auch ohne Dienstpistole schaffen, mir die Unholde vom Leib zu halten.«

Mit einem Wangenkuss verabschiedet Julia sich von Sjoerd und Melanie. »Danke für den schönen Abend«, sagt sie. »Es war echt gemütlich bei euch.«

»Ja, das sollten wir bald wiederholen.« Melanie lächelt Julia zu, als sie sich aufs Rad schwingt. Der kühle Abendwind lässt sie frösteln, und Sjoerd legt schützend den Arm um seine Frau.

Ohne sich noch einmal umzusehen, fährt Julia los.

18

Bellinzona liegt am Fuß des Gotthardmassivs, umgeben von bewaldeten Hängen. Durch die Scheibe des Krankenwagens sieht Nathalie die Landschaft an sich vorüberziehen.

Sie erreichen die Klinik San Giovanni und halten vor der Notaufnahme. Als die Tür des Krankenwagens geöffnet wird, hört Nathalie Sirenen heulen, und gleich darauf fahren zwei weitere Ambulanzen vor.

Eine Schwester hilft ihr und Robbie aus dem Wagen, bringt sie in ein reichlich überfülltes Wartezimmer und bittet sie, Platz zu nehmen.

Offenbar schätzt man ihren Zustand als nicht sehr bedrohlich ein. Nathalie sieht das genauso. Nachdem sie Sauerstoff bekommen hat, fühlt sie sich wieder völlig obenauf.

Nach zehn Minuten wird Robbie unleidlich. Er mag nicht mehr auf dem Schoß sitzen, dreht und windet sich und schreit aus Leibeskräften. Ein Zeichen, dass mit seiner Lunge alles in Ordnung ist, denkt Nathalie. Allerdings sieht der Kleine verheerend aus; Gesicht und Kleider sind rußgeschwärzt. Und sie selbst könnte auch eine Dusche gebrauchen. Auf ihren Armen hat der Rauch eine fettige schwarzgraue Schicht hinterlassen.

So wie es aussieht, wird es noch eine ganze Weile dauern, bis sich ein Arzt um sie kümmert.

Nathalie steht auf und fragt am Empfang nach ihren Sachen. Sie macht eine Geste, als wollte sie trinken und zeigt dann auf

Robbie. Die Schwester nickt und holt den Buggy, der hinterm Tresen steht.

Nathalie setzt den Kleinen hinein und macht sich auf die Suche nach einer Toilette.

Dort öffnet sie ihre Reisetasche und kontrolliert hastig den Inhalt. Zu Glück ist alles noch da.

Erleichtert bereitet sie ein Fläschchen für Robbie vor. Der kann es kaum erwarten und streckt die Hände danach aus.

Während die Milch warm wird, betrachtet Nathalie sich im Spiegel und rückt dem Schmutz mit Papiertüchern, Wasser und Seife zu Leibe.

Als Robbie getrunken hat, kommt er an die Reihe. Er sträubt sich mit Händen und Füßen gegen die Reinigungsaktion.

Nicht mehr ganz so schmutzig, wenn auch noch längst nicht sauber, verlassen sie den Waschraum.

Nathalie sieht, wie durch eine Tür weitere Opfer des Tunnelbrands hereingetragen werden. Auf sie und das Kind achtet kein Mensch, also schiebt sie den Buggy nach links, einen Flur entlang, um die Ecke in den nächsten Flur. Dort sind mehr Leute unterwegs; ein paar Patienten und Schwestern mustern sie neugierig.

Nathalie lässt sich nicht beirren, folgt den Schildern mit der Aufschrift USCITA und geht, ohne zu zögern, ins Freie.

Unweit der Klinik sieht sie ein Schild mit der Aufschrift »Holiday Cars« und findet ein Stück weiter an der Via San Gottardo eine Autovermietung.

Der Mann am Tresen, Enzo Cappecchi laut Namensschild, starrt sie zunächst mit offenem Mund an und sagt dann etwas auf Italienisch.

Nathalie versteht lediglich den Namen des Tunnels und fragt, ohne sich aus dem Konzept bringen zu lassen, auf Englisch nach einem Auto. Nach einem Kleinwagen mit Kindersitz für eine Woche.

Während Cappecchi in seinem Computer nach einem passenden Wagen sucht, wirft er ihr immer wieder Seitenblicke zu.

Sie sucht währenddessen in der Reisetasche nach ihrem Handy, findet es aber nicht. Plötzlich fällt ihr ein, dass es im Auto sein muss – sie hatte es auf die Konsole neben der Handbremse gelegt.

»Verdammter Mist!«

Wenigstens muss sie jetzt nicht mehr mit Anrufen von Vincent rechnen.

Vielleicht glaubt er ja, sie wäre im Tunnel ums Leben gekommen. Wo er wohl war, als der Brand ausbrach? Noch vor der Ampel an der Zufahrt oder bereits mittendrin und damit in der Falle?

Wie dem auch sei, sie hat jetzt einen tüchtigen Vorsprung, denn mit Sicherheit hat sich vor dem Tunnel ein ellenlanger Stau gebildet. Selbst wenn Vincent die Passstraße genommen hat, ist er bestimmt nicht als Einziger auf diese Idee gekommen. Und falls der Sender tatsächlich am Alfa angebracht war, kann er sie nicht weiter verfolgen.

Cappecchi bietet ihr einen Fiat Punto an.

Nathalie nickt und holt Führerschein und Pass heraus.

Er betrachtet die Papiere und schnuppert daran, denn sie verströmen einen penetranten Rauchgeruch, wie auch Nathalies Kleider.

Eine Viertelstunde später verlässt sie mit dem lilafarbenen Fiat das Gelände der Autovermietung und fährt die Via San Gottardo entlang.

Mehrere Fahrzeuge mit niederländischem Kennzeichen kommen ihr entgegen, alles Urlauber, wie es scheint. Von Vincents Porsche ist weit und breit nichts zu sehen. Nathalie fühlt sich nun, da sie ein Auto mit ausländischem Kennzeichen fährt, ein wenig sicherer.

Die Stadt wirkt friedlich im Schein der Nachmittagssonne. Als Nathalies Blick das grandiose Bergpanorama erfasst, denkt sie mit Schaudern an die Katastrophe im Tunnel zurück.

Über Locarno fährt sie am Westufer des Lago Maggiore entlang in Richtung Cannobio. Die kurvenreiche Strecke erfordert ihre ganze Konzentration, trotzdem wirft sie hin und wieder einen Blick auf den See. Blau glitzernd liegt er da, atemberaubend schön zwischen den bewaldeten Hängen.

Sie sieht auf die Uhr: zehn nach halb fünf. Es ist nicht mehr weit bis zum Ferienhaus. Wenn nichts dazwischenkommt, ist sie in einer Stunde dort.

Eine Dreiviertelstunde später erreicht sie Cannobio mit seiner reizvollen Uferpromenade voller Cafés, Bars, Restaurants und Läden.

Alles wirkt vertraut, sie fühlt sich an frühere Zeiten erinnert – das letzte Mal war sie vor Jahren zusammen mit ihrem Vater und einer seiner Freundinnen hier.

Der Weg führt jetzt bergauf, vorbei an üppig blühenden Gärten. Nach mehreren Kurven sieht sie das Haus mit seinen terrakottafarbenen Mauern und blauen Fensterläden, halb verdeckt vom Laub der Bäume.

Ihre Eltern hatten das Anwesen, das sich Casa di Lago nennt, obwohl es nicht direkt am See liegt, zu einer Zeit gekauft, als die Immobilienpreise in Italien noch günstig waren. Heute ist es bestimmt ein kleines Vermögen wert.

Eine Kurve noch, dann biegt Nathalie in die Zufahrt ein. Als sie den dunkelblauen Ford Galaxy mit niederländischem Kennzeichen sieht, lässt sie das Auto ausrollen und kommt ein paar Meter von dem Wagen entfernt zum Stehen.

Auch das noch!

Unschlüssig sitzt sie am Steuer. Soll sie umkehren und sich im Ort ein Zimmer nehmen? Doch um diese Jahreszeit sind sämtliche Hotels und Pensionen bestimmt längst ausgebucht.

Ihre Augen brennen vor Müdigkeit, sie sehnt sich nach einer Dusche und hat Hunger und Durst.

Auf eine längere Suche nach einem Nachtquartier hat sie

ebenso wenig Lust wie auf eine Begegnung mit ihrer Schwester. Also was tun?

Die Entscheidung wird ihr abgenommen, weil die Haustür aufgeht und ein Mann auf die Schwelle tritt. Er legt die Hand über die Augen und mustert misstrauisch den fremden Wagen. Dann ruft er etwas ins Haus und kommt auf sie zu.

Sie fügt sich ins Unvermeidliche, öffnet die Autotür und steigt aus.

»Hallo, Edwin«, sagt sie. »Wie braun du bist! Schon länger hier?«

Für einen Moment ist ihr Schwager irritiert, dann erkennt er sie.

»Na so was!«, sagt er verdutzt und wirft einen Blick auf das Nummernschild. »Wie kommst du denn hierher?«

»Eins nach dem anderen ... Ist Cécile auch da?« Eine dämliche Frage – selbstverständlich ist ihre Schwester auch da. Sekunden später tritt sie in die Tür, in Bikini und dazu passendem Wickelrock.

Anders als ihr Mann muss Cécile nicht erst überlegen, wer vor ihr steht.

»Was soll das? Was hast du hier zu suchen?«

Verärgert über den unfreundlichen Empfang, lehnt Nathalie sich ans Auto und verschränkt die Arme vor der Brust. »Was ich hier zu suchen habe? Das Haus gehört schließlich auch mir!«

»Du bist doch sonst nie hier.«

»Jetzt aber schon.«

Cécile kommt näher, mustert Nathalie eingehend und verzieht dann das Gesicht.

»Und wie du aussiehst! Man könnte dich glatt für eine Pennerin halten.«

»Im Gotthardtunnel hat es gebrannt, und ich war mittendrin.« Nathalie bemüht sich um einen sachlichen Tonfall, doch ihre Stimme zittert.

»Im Gotthardtunnel soll es gebrannt haben?« Es klingt so

argwöhnisch, als glaubte Cécile, ihre Schwester wollte ihr irgendein Schauermärchen auftischen.

»Das stimmt«, mischt Edwin sich ein. »Vorhin im Fernsehen haben sie sogar eine Sondersendung darüber gebracht. Anscheinend hat es etliche Todesopfer gegeben.« Er starrt seine Schwägerin entgeistert an: »Und du warst da drin? Wie um Himmels willen bist du rausgekommen?«

»Ich bin kurz nach dem Unfall losgerannt. Viele andere sind bei ihren Autos geblieben, weil sie wohl dachten, es wäre nicht so schlimm.« Nathalie geht ein paar Schritte vom Wagen weg und auf ihre Schwester zu. »Ich bin ziemlich durstig. Habt ihr vielleicht was zu trinken für mich?«

»Selbstverständlich.« Céciles Ton ist jetzt freundlicher, aber sie rührt sich nicht vom Fleck. Misstrauisch reckt sie den Hals, scheint nach einer zweiten Person Ausschau zu halten, die ihr noch weniger willkommen ist als die Schwester. »Wo ist Vincent?«, fragt sie schließlich geradeheraus.

»Ich bin allein. Und keine Angst, ich will nicht bleiben. Wenn ich gewusst hätte, dass ihr hier seid, wäre ich gar nicht gekommen. Ich möchte nur was trinken, danach suche ich mir ein Hotelzimmer.«

»Kommt nicht in Frage – du bleibst natürlich hier.« Edwin wirft seiner Frau einen beschwörenden Blick zu.

»Natürlich ...«, echot Cécile, wenn auch nicht sehr überzeugt.

Weil sie ein paar Meter vom Auto entfernt stehen, haben Edwin und Cécile das Baby noch nicht gesehen. Zum Glück, denn Nathalie hat weder den Nerv noch die Energie für eine Auseinandersetzung und auch absolut keine Lust auf irgendwelche Vorwürfe oder abfälligen Bemerkungen.

»Lasst nur, ich finde bestimmt was im Ort.« Sie geht zum Auto und öffnet die Tür. Als sie einsteigen will, stimmt Robbie ein klägliches Weinen an. Er hat Hunger und vermutlich auch die Windel voll.

Auf Céciles Gesicht zeichnen sich Fassungslosigkeit und Entsetzen ab. Bevor Nathalie es verhindern kann, rennt sie zum Auto und reißt die hintere Tür auf.

»Das darf nicht wahr sein!«, schreit sie. »Jetzt hat sie auch noch ein Kind von dem Kerl!«

19

»Ihr steckt also in einer Sackgasse mit euren Ermittlungen«, sagt Emma Vriens. Sie trägt ein Tablett in ihr mit Möbeln, Zierrat und Krimskrams vollgestopftes Wohnzimmer.

Julia, die auf dem Sofa Platz genommen hat, beugt sich vor und schiebt ein paar Gegenstände auf dem Couchtisch beiseite, um Platz für das Teegeschirr zu schaffen.

»Wir haben jede Menge Leute befragt: Anwohner, Kollegen, Bekannte und Freunde des Paars, natürlich auch Verwandte«, sagt sie. »Da sind einige Probleme ans Licht gekommen, aber nichts so Gravierendes, dass jemand einen Grund gehabt hätte, die beiden aus dem Weg zu räumen. Ein Motiv hat eigentlich nur der junge Marokkaner.«

»Waren die Opfer denn wirklich so schlimme Rassisten?«, fragt Emma beim Einschenken.

»Nun ja, man ist heutzutage schnell als Rassist abgestempelt«, sagt Julia. »Jedenfalls scheint der Mann ein Anhänger von Geert Wilders' Rechtspartei gewesen zu sein und hat mit seiner Meinung über Ausländer nicht hinterm Berg gehalten. Ich könnte mir gut vorstellen, dass er sich damit Feinde gemacht hat, aber deshalb erschießt man doch keinen …«

»So was kommt vor«, wendet ihre Großmutter ein. »Da reicht ein einziger Fanatiker.«

»Du hast recht«, gibt Julia zu. »Aber bisher haben wir nichts gegen diesen Rachid in der Hand. Keinen einzigen Beweis.«

Im Grunde wissen sie nicht einmal, ob mit den Initialen

R. A. tatsächlich er gemeint ist. Julia war noch einmal in der Imbissstube, um bei Roy nachzufragen, doch der tat so, als wüsste er von nichts, und behauptete, vermutlich hätte jemand zufällig etwas auf die Serviette gekritzelt.

»Aber ihr müsst doch wenigstens irgendeinen Verdacht haben«, hakt Emma nach.

Julia unterdrückt einen Seufzer. Dienstagabends spielt ihre Großmutter immer mit ein paar älteren Leuten Bridge und möchte dabei gern mit Neuigkeiten auftrumpfen, die sie von ihrer Enkelin bei der Polizei hat. Schon x-mal hat sie versucht, ihr klarzumachen, dass sie eigentlich nichts über die Ergebnisse polizeilicher Ermittlungen erzählen darf. Mal ganz abgesehen davon, dass es bislang so gut wie keine Ergebnisse gibt.

Rachid Amranis Umfeld wurde genauestens unter die Lupe genommen, doch die Nachforschungen haben wenig ergeben. Dass er in allerlei kriminelle Machenschaften verwickelt ist, war schon vorher bekannt. Neu ist lediglich, dass er in letzter Zeit auch mit Waffen gehandelt hat. Mit den Morden in der Bachstraat jedoch scheint er nichts zu tun zu haben.

Geistesabwesend streichelt Julia Sammie, den roten Kater, den ihre Großmutter aufgenommen hat, nachdem ihn ein paar Nachbarkinder am Fluss gefunden hatten. Das etwa vier Wochen alte Tier steckte in einem Sack, der halb im Schilf, halb im Wasser lag, und wäre um ein Haar ertrunken.

Ebenso selbstverständlich wie seinerzeit um ihre Enkelin kümmert sich Emma Vriens seitdem um den Kater.

Ohne sie wäre Julia bestimmt in einem Heim gelandet – wer weiß, was dann aus ihr geworden wäre.

Sie lässt den Blick über die vielen Kartons und prallen Plastiktüten im Zimmer schweifen. Ein vertrauter Anblick, denn ihre Oma bringt es nicht über sich, Sachen wegzuwerfen, egal ob alte Kleider, Schuhe, Gardinen, Stoffreste, Schallplatten, Häkeldeckchen oder Stickbilder.

Längst nicht alles stammt aus ihrem Besitz. Wenn sie erfährt, dass jemand seinen Speicher oder Keller aufräumt, ist sie zur Stelle und nimmt alles mit, was nicht völlig kaputt ist und ihr noch irgendwie brauchbar erscheint.

»Viel zu schade zum Wegwerfen«, sagt sie immer. »Damit kann ich bestimmt noch jemandem eine Freude machen.«

Niemand, der Emma besuchen kommt, verlässt ihr Haus mit leeren Händen. Wollmützen, Strickschals, Nippesfiguren oder alte Bücher – sie verschenkt ihre zusammengehamsterten Schätze großzügig an Freunde und Bekannte.

Julia hat einmal die Vermutung geäußert, diese Marotte stamme aus der Kriegszeit, als es kaum etwas zu kaufen gab.

»Ach was!«, hatte Emma daraufhin gesagt. »Der Krieg ist doch schon eine Ewigkeit her – damals war ich fast noch ein Kind. Und später hatten wir dann wieder alles, was wir brauchten, auch wenn wir nicht im Luxus gelebt haben. Meine Mutter hatte es viel schwerer: Sie musste in den Kriegsjahren neun hungrige Mäuler stopfen. Sie hat alles für uns Kinder getan, aber als wir dann aus dem Haus waren, hat sie kurzen Prozess gemacht und das alte Zeug weggeworfen. Ich dagegen habe noch heute sämtliche Sachen, die dein Vater als Kind getragen hat, und sein ganzes Spielzeug.«

Julias Blick bleibt an einem gut zwei Meter hohen Turm aus Kartons neben dem Fenster haften.

»Ist jemand umgezogen oder gestorben?«, fragt sie. »Es kommt mir so vor, als wäre dein Wohnzimmer noch voller als sonst.«

»In den Kartons sind Sachen aus den zwei hinteren Zimmern. Die möchte ich nämlich vermieten.«

»Warum denn das?«

»Warum nicht? Ich stelle mir das ganz nett vor. Dann hab ich Beschäftigung und ein bisschen Ansprache.«

»Aber du hast doch jede Menge Beschäftigung mit deinen vielen Sachen.«

»Schon, aber ich fühle mich oft einsam. Das soll kein Vorwurf sein, Kind. Du kommst mich ja besuchen, wann immer du kannst. Aber ich hätte gern ständig jemanden bei mir.«

»So was geht nicht immer gut, Oma«, wendet Julia ein.

»Ich weiß. Aber mach dir keine Sorgen; ich nehm schon nicht den erstbesten Mieter. Erst sehe ich mir die Interessenten gründlich an. Und wenn ich bei jemandem Zweifel hab, kann ich ja dich fragen, ob er was auf dem Kerbholz hat.« Emma nippt an ihrer Teetasse.

Liebe Güte, denkt Julia, ich kann doch nicht einfach Leute überprüfen, die meiner Oma suspekt vorkommen. Trotzdem nimmt sie sich vor, ihre Großmutter nach Kräften zu unterstützen und sich die Mieter, wenn es so weit ist, wenigstens einmal anzusehen.

»Wenn ich dir helfen kann, meldest du dich, ja?«, sagt sie.

»Ist schon in Ordnung, Liebes. Lukas, das ist der Sohn einer Bekannten, geht mir öfter zur Hand. Er hat einen Kleinbus und transportiert ab und zu mal was für mich. Der hilft mir auch beim Räumen und mit den Kartons.« Sie zeigt auf den Turm, der den beigefarbenen Vorhang gegen die Wand drückt. »Aber reden wir nicht weiter von mir, sondern von dir. Bist du immer noch verliebt?«

»Mit Taco läuft alles gut«, sagt Julia, obwohl sie nach wie vor vergeblich auf einen Anruf von ihm wartet.

Emma Vriens schüttelt ihre weißen Locken. »Den meine ich nicht, sondern deinen Kollegen. Den Verheirateten. Ich hoffe, du bist inzwischen darüber hinweg.«

Ihre Oma hat sie schon immer durchschaut. Ihr konnte Julia nichts vormachen, als sie von der Beziehung zu Taco berichtete.

Sie radelt nach Hause, an Kornfeldern und Wiesen vorbei, doch die friedliche, sonnenbeschienene Landschaft wirkt heute nicht so beruhigend auf sie wie sonst.

Die Worte ihrer Großmutter hatten ein wenig spitz geklungen, ganz so, als fände sie es ziemlich daneben, dass ihre Enkelin, eine beruflich erfolgreiche und gut aussehende Frau, ihr Herz an einen Mann hängt, von dem nichts zu erwarten ist.

Seit drei Jahren arbeitet Julia inzwischen mit Sjoerd zusammen, und ebenso lange lässt sie jeden Abend den Tag Revue passieren und überlegt, ob da nichts war, das darauf hindeutet, dass Sjoerd ihre Gefühle erwidert.

Nächtelang hat sie schon wach gelegen und gegrübelt, ob er schlicht nicht merkt, was in ihr vorgeht, oder ob er vielleicht doch in sie verliebt ist, aber nicht wagt, es zuzugeben.

Vermutlich wäre ihre Verliebtheit längst wieder vorüber, wenn sie ihn nicht ständig sehen, nicht täglich seinen Duft wahrnehmen würde und sein Gesicht vor sich hätte: die hellbraunen Augen, das markante, nie ganz glatt rasierte Kinn. Oft muss sie sich zusammenreißen, um ihm nicht spontan über die Wange oder durchs Haar zu streichen.

Jedes Wochenende ist eine Erleichterung für sie, wäre da nicht die Sehnsucht.

Dabei weiß sie nicht einmal, was sie täte, wenn Sjoerd sich ihr tatsächlich zuwenden würde. Wäre sie in der Lage, Melanie zu hintergehen und mit ihrem Mann ein Verhältnis zu beginnen?

Die Versuchung wäre zugegebenermaßen groß, zu groß wahrscheinlich.

Eine Zeit lang war da eine merkwürdige Spannung zwischen ihnen, sodass Julia das Gefühl hatte, es könnte vielleicht doch noch etwas mit Sjoerd werden. Aber das ist vorbei, denn inzwischen geht es nicht mehr nur um Melanie, sondern auch um den kleinen Joey, den Sjoerd über alles liebt. Schon als Melanie schwanger war, hatte Julia den Eindruck, dass er sich merklich zurückzog.

Heute sind sie gute Kollegen, arbeiten wunderbar zusammen, und Sjoerd behandelt sie wie eine Art Schwester.

Ob sie will oder nicht, Julia muss sich damit abfinden. Am besten, sie sucht ihr Glück in einer anderen Beziehung. Bei

Taco zum Beispiel. Aber irgendwie klappt es nicht so recht, was nicht an Taco liegt, wie sie ehrlich zugeben muss, sondern an ihr. In der Liebe ist ein Ersatzmann nun einmal keine Lösung.

Als sie zu Hause eine Tasse Tee auf den Küchentisch gestellt und die Samstagszeitung bereitgelegt hat, sieht Julia, dass sie einen Anruf auf ihrem Handy verpasst hat.
TACO steht auf dem Display.
Nachdenklich betrachtet sie die vier Buchstaben, unsicher, was ihre Gefühle angeht. Ist sie erleichtert, weil er sich endlich gemeldet hat? Ja, schon. Spürt sie eine unbezwingbare Sehnsucht nach ihm? Eher nicht.
Aber soll sie den Rest ihres Lebens Sjoerd und damit einer unmöglichen Liebe nachtrauern und deshalb keine andere Bindung eingehen? Darauf hat Julia ganz und gar keine Lust.
Ruf zurück!, sagt sie sich.
Sie drückt die Wahltaste und wartet.
Kurz darauf hört sie Tacos Stimme: »Hi, Julia!«
»Du hast angerufen.«
»Stimmt. Aber ich hab dich nicht erreicht. Warst du bei deiner Großmutter?«
»Vermutlich gerade auf dem Rad, auf dem Nachhauseweg.«
»Ach so.«
Sekundenlang ist es still, dann räuspert sich Taco: »Was meinst du: Wollen wir uns wieder vertragen? Ich verspreche auch, dass ich mich ab jetzt zusammenreiße.«
Unwillkürlich grinst Julia. »Kannst du das denn?«
»Wenn ich mir Mühe gebe ... Oder du leihst mir deinen Dienstausweis, und ich beeindrucke die Leute damit. Das wär doch was.«
Jetzt muss sie laut lachen. »Ich weiß eine einfachere Lösung: Du hast ab jetzt nur noch Augen für mich, wenn wir ausgehen.«
»Und wenn dich irgendein Kerl belästigt?«
»Dann ignorierst du ihn zur Abwechslung mal.«

»Gut. Ich werd's versuchen. Soll ich dich nachher abholen?«
»Okay, bis dann. Tschüs.« Lächelnd beendet sie das Gespräch und geht dann nach oben, um sich umzuziehen und zu schminken. Zu ihrer Verwunderung merkt sie, dass sie dabei leise vor sich hin summt. Vielleicht ist ein Ersatzmann doch nicht so verkehrt …

20

Sie sitzen im Wohnzimmer, in dem Weiß und verschiedene Brauntöne vorherrschen. Seit Nathalie geduscht und frische Kleider angezogen hat, fühlt sie sich bedeutend wohler. Vorhin haben sie auf der Terrasse neben dem Swimmingpool zu Abend gegessen, in noch recht angespannter Atmosphäre.

»Ich wollte dich wirklich nicht beleidigen«, sagt Cécile nun schon zum zweiten Mal. »Dein Sohn ist total niedlich. Und er kann schließlich nichts dafür, dass Vincent so ein Schweinehund ist.«

Nathalie nickt. Ja, Robbie ist niedlich, er kann nichts dafür, und Vincent ist ein Schweinehund ... Ohne jeden Zweifel.

Sie trinkt einen Schluck Milchkaffee. Als sie aufsieht, begegnet sie dem forschenden Blick ihrer Schwester.

»Wie wär's, wenn du jetzt endlich mal erzählst, weshalb du hier bist«, sagt sie. »Mit Robbie, aber ohne Vincent. Ist was passiert?«

Mit einem Mal überfällt Nathalie eine bleierne Müdigkeit. Drei lange Jahre hat sie ihre Schwester nicht mehr gesehen, drei Jahre, in denen unendlich viel geschehen ist – aber nichts, was sie erzählen könnte. Cécile würde das alles nicht verstehen. Sie war schon immer schnell mit einem Urteil bei der Hand und hat wenig Einfühlungsvermögen. Dass es Menschen gibt, die nicht so entschlussfreudig sind wie sie selbst, kann sie einfach nicht begreifen, und sie hat Nathalie immer wieder Vorwürfe gemacht, weil sie bei Vincent blieb.

»Wir haben Probleme.« Nathalie rührt den Milchschaum in ihrer Tasse um. »Ich brauche ein paar Tage für mich, um in Ruhe nachzudenken.«

Sie hält den Blick gesenkt, fühlt sich wie eine Laborratte unter Beobachtung.

»Was ist passiert?«

»Nichts. Wir haben eben Probleme – so was kommt vor.«

Céciles abschätzige Miene lässt vermuten, dass sie ahnt, um welche Probleme es sich handelt. »Er hat dich geschlagen, stimmt's?«

»Nein. Wie kommst du darauf?«

»Es würde zu ihm passen. Er ist der Typ dafür, ich kenne diese Sorte Männer.«

»Du kennst Vincent nicht!«, braust Nathalie auf. »Und über unsere Beziehung weißt du erst recht nichts!«

»Mag sein, aber eins weiß ich sehr wohl: nämlich dass du ihn schon vor Jahren hättest verlassen müssen. Du hättest dich gar nicht erst mit dem Kerl einlassen dürfen.« Die Stimme ihrer Schwester trieft vor Verachtung.

»Wie kommst du dazu, mir Vorhaltungen zu machen!«, fährt Nathalie sie zornig an. »Wenn es dich gekümmert hätte, wie ich lebe, hättest du früher eingreifen müssen – viel früher! Aber du hast mich im Stich gelassen. Nach deinen Auszug hast du keinen Gedanken mehr an mich verschwendet.« Nathalie krempelt ihre Jeans hoch und zeigt Cécile eine lange Narbe an der Wade. »Da! Das habe ich Pa zu verdanken! Mit seinem Gürtel hat er mich geschlagen, die Schnalle hat mir die Haut aufgerissen. Du hättest mich wegholen oder zumindest dafür sorgen müssen, dass das Jugendamt eingreift. Mit welchem Recht machst du mir jetzt Vorwürfe?«

Cécile stützt den Ellbogen auf die Sessellehne und legt den Kopf in die Hand. »Wie lange willst noch auf dieser Sache herumreiten? Darüber haben wir wahrhaftig zur Genüge geredet. Ich hatte doch keine Ahnung, dass er dich schlug. Du warst sein Liebling, sein Prinzesschen.«

»War ich, aber nur bis zur Pubertät! Was dann kam, hast du nicht mitbekommen. Weil du dir in Amsterdam ein schönes Leben gemacht hast!«

»Du hättest etwas sagen können.«

»Ach ja? Und wann? Wenn du einmal im Jahr angerufen hast?«, ereifert sich Nathalie.

»Natürlich. Woher hätte ich sonst wissen sollen, wie schlimm es für dich war? Dass du dir ab und zu mal eine Ohrfeige einfängst, hatte ich schon vermutet, aber ...«

»Grün und blau geschlagen hat er mich, aber dir war das egal!«

Edwin steht auf und verlässt das Wohnzimmer.

Weder Cécile noch Nathalie protestieren.

Schließlich seufzt Cécile auf. »Weißt du, ich dachte, du hättest es besser als ich. Als ich noch zu Hause gewohnt habe, hat Pa dir kein Haar gekrümmt, während ich immer als Sündenbock herhalten musste. Du warst sein Augenstern, und ich war rasend eifersüchtig. Im Grunde meines Herzens habe ich dich sogar gehasst, damals. Nicht dass ich dir deshalb etwas Böses gewünscht hätte, aber es hat mir schon schwer zugesetzt, dass er dich so viel lieber mochte als mich. Ich weiß noch, wie ihr aus der Karibik zurückgekommen seid, mit – wie hieß sie doch gleich? – Kirsten. Du hast vom Urlaub geschwärmt, durftest sogar einen Tauchkurs machen. Du warst gut in der Schule, Pa hat dich ständig gelobt, dich als leuchtendes Beispiel hingestellt und ...«

»Er hat uns gegeneinander ausgespielt. Du weißt doch selbst, wie gut er sich verstellen konnte. Und nach den Ferien auf Bonaire ging seine Beziehung mit Kirsten in die Brüche, und er hat seinen Frust wochenlang an mir abreagiert.« Nathalie zieht die Beine an und legt die Arme darum.

Eine Weile schweigen beide.

»Das tut mir leid«, sagt Cécile leise. »Wenn ich das alles gewusst hätte, hätte ich dich weggeholt. Das heißt, vielleicht wusste ich es ja oder ahnte es zumindest. Aber ich war die ersten Jahre nach meinem Auszug sehr mit mir selbst beschäftigt. Mir ging es nicht gut, und ich wollte die Vergangenheit einfach hinter mir lassen. Erst als ich Edwin kennenlernte, wurde es besser. Er war mein Retter. Und glaub mir, ich wollte dich auch retten – nicht vor Pa, aber vor Vincent. Mir war von Anfang an klar, dass du mit dem nicht glücklich wirst.«

Nathalie blinzelt mehrmals, um die Tränen zurückzudrängen.

»Damals war Vincent mein Retter.«

»Blödsinn! Er hat dich geschlagen!«

»Aber nicht so schlimm wie Pa. Und auf seine Art war er auch gut zu mir.«

»Auf seine Art, ja – auf seine ganz spezielle Art!« Cécile seufzt und fährt dann fort: »Warum bist du jetzt hier, wenn er so gut zu dir ist?«

Nathalie weicht ihrem Blick aus. Einen Moment ist sie versucht, ihrer Schwester zu erzählen, was passiert ist, aber sie bringt den Mut nicht auf, ist zu erschöpft von den Aufregungen des Tages.

Cécile entgeht das nicht, und sie steht auf. »Du bist leichenblass. Wie wär's, wenn du schlafen gehst? Du kannst im blauen Zimmer bei Robbie übernachten. Das Gästebett ist bezogen.«

Nathalie nickt und erhebt sich von der Couch. Ein wenig steif und mit gezwungenem Lächeln wünscht sie ihrer Schwester eine gute Nacht.

Wenn das jetzt ein Film wäre, denkt sie auf der Treppe, hätten wir uns tränenreich versöhnt und wären uns in die Arme gefallen. Aber im wirklichen Leben läuft es anders. Vielleicht weil sie weiß, dass Cécile auch nach ihrem Auszug noch eifersüchtig auf sie war und deshalb gar nicht so genau wissen wollte, wie es ihr ging.

Ob sie ihrer Schwester je verzeihen kann? Vielleicht, aber das heißt noch lange nicht, dass sie künftig ein Herz und eine Seele sein werden.

Im Gästezimmer mit den azurblau gestrichenen Wänden liegt Robbie längst in tiefem Schlummer. Die Hände zu Fäustchen geballt, schnorchelt er leise vor sich hin.

Lächelnd beugt Nathalie sich über ihn. Unglaublich, wie tief das Kind schläft, ohne auch nur zu ahnen, welchem Schicksal es heute entronnen ist.

Sie hat sich gerade hingelegt, als ihr einfällt, dass sie ja noch ihre Sachen kontrollieren wollte. Widerwillig steht sie noch einmal auf und greift nach der Reisetasche. Es würde sie nicht wundern, wenn Vincent mehrere Gegenstände mit Peilsendern präpariert hätte, misstrauisch, wie er ist.

Sie räumt die Tasche aus, tastet das Futter ab und untersucht es sorgfältig auf Risse, wird aber nicht fündig. Danach nimmt sie sich ihre Handtasche vor, ebenfalls ohne Ergebnis.

Wahrscheinlich war der Sender am Auto angebracht, sonst wäre Vincent bestimmt längst hier.

Doch ganz sicher ist sie sich nicht, deshalb hat sie den Fiat vorhin noch gewendet, damit sie notfalls sofort losfahren kann. Das sollte genügen ...

Todmüde schlüpft sie wieder ins Bett. Kaum hat sie den Kopf aufs Kissen gelegt, schläft sie ein und versinkt sogleich in düstere Träume voller beängstigender Bilder. Bilder von einem stockdunklen, rauchgefüllten Tunnel, in dem sie um ihr Leben laufen muss.

Es ist noch Nacht, als sie, schweißgebadet und nach Luft ringend, aus dem Schlaf hochschreckt.

Um der Panik Herr zu werden, steht sie auf, will zum Fenster gehen. Sie stolpert über die Tasche, stürzt und schlägt sich den Kopf an einem Stuhl an.

Mühsam rappelt sie sich auf, tappt im Dunkeln weiter, tastet mit vorgestreckten Händen nach der Wand, dem Fenstergriff.

Sie findet ihn, öffnet das Fenster und stößt die Läden auf. Fahles Mondlicht fällt ins Zimmer.

Nathalie stutzt und spitzt die Ohren. Mit einem Schlag begreift sie, weshalb sie aufgewacht ist. Da war ein Geräusch, und jetzt ist es ganz deutlich zu hören – das Röhren eines Motors.

Reglos steht sie da, sieht ein Auto die schmale Straße bergauf fahren und Scheinwerfer aufleuchten. Sie hat keine Ahnung, wie spät es ist, aber bestimmt hat kein Mensch so früh etwas in dieser Gegend zu suchen – kein Mensch, außer einem.

21

»Cécile, Edwin!« Nathalie rennt auf den Flur, reißt die Tür zum Schlafzimmer ihrer Schwester und ihres Schwagers auf. »Vincent kommt! Schnell, steht auf!«

Nur mit einer Boxershorts bekleidet, erhebt sich Edwin schlaftrunken vom Bett.

»Was ist passiert? Hast du schlecht geträumt?«

»Nein! Nicht geträumt! Vincent ... Er wird gleich hier sein!«

Nathalie zerrt Edwin mit sich ins blaue Zimmer, zeigt aus dem Fenster auf das näher kommende Auto.

»Bist du sicher, dass er es ist?« Edwin reibt sich die Augen.

»Das ist sein Porsche, ich hör es genau! Ist unten alles gut abgeschlossen?«

Am ganzen Körper zitternd, schlüpft Nathalie in ihre Kleider: Jeans, T-Shirt und Jacke.

Abgeschlossene Türen konnten Vincent noch nie aufhalten. Er wird Mittel und Wege finden, ins Haus zu gelangen ...

Am liebsten würde sie sofort die Flucht ergreifen, doch der Weg zu ihrem Auto führt unweigerlich an Vincent vorbei. Sie könnte zwar durch die Terrassentür fliehen, aber mit Robbie würde sie zu Fuß nicht weit kommen, und ihn hierzulassen kommt nicht infrage.

Edwin legt ihr beruhigend die Hand auf die Schulter. »Keine Bange, der kommt nicht rein. Und falls doch, sind wir zu dritt. Ich hab jedenfalls keine Angst vor ihm.«

Das solltest du aber lieber, denkt Nathalie, sagt jedoch nichts.

Sie ist weiß wie die Wand und kaut vor Nervosität an ihren Fingernägeln.

Sicherheitshalber trägt sie ihre Tasche und das Reisebett mit dem schlafenden Baby nach unten, damit sie notfalls rasch wegkann. Sie traut Vincent alles zu, sogar dass er Feuer legt, um sie aus dem Haus zu treiben.

Durch einen Vorhangspalt im Wohnzimmer späht sie ins Freie. In der Zufahrt leuchten jetzt Scheinwerfer auf, der Kies knirscht unter den Reifen, dann wird der Motor abgestellt.

Eine Autotür geht auf, wird wieder zugeworfen.

Sie hört den Ruf einer auffliegenden Krähe, dann ist alles still.

Mittlerweile ist auch Cécile ins Wohnzimmer gekommen. Ihre Miene spiegelt eine Mischung aus Ärger und Verwunderung. »Was will der Kerl um diese Zeit hier? Es ist gerade mal halb fünf!«

»Macht bitte nicht auf, wenn er klingelt! Auch wenn er freundlich tut, er ist …« Nathalie verstummt.

»Keine Sorge, Edwin wird schon mit ihm fertig«, versichert Cécile.

Um ihre Schwester nicht zu beunruhigen, sagt Nathalie nichts dazu.

Schaudernd wendet sie sich wieder zum Fenster.

Eine dunkle Gestalt nähert sich dem Haus – unverkennbar Vincent mit seinem lässigen und doch zielstrebigen Gang, der verrät, dass er sich von nichts und niemandem aufhalten lässt.

Als er den Blick aufs Fenster richtet, weicht Nathalie zurück und lässt den Vorhang los.

»Ich muss raus«, flüstert sie. »Er hat mich gefunden, es ist aus! Ich will nicht, dass ihr da mit hineingezogen werdet. Vielleicht geht es ja noch mal gut aus, wenn ich ihn um Verzeihung bitte.«

»Um Verzeihung bitten? Wofür denn?« Cécile starrt sie empört an. »Du tickst wohl nicht richtig! Auf keinen Fall gehst du vor die Tür – du bleibst hier!«

»Aber er darf euch nicht ...«

»Für Rücksichten ist es jetzt ohnehin zu spät. Du glaubst doch wohl nicht, dass ich zusehe, wie du zu dem Mistkerl zurückgehst? Jetzt, wo du es endlich geschafft hast, dich ansatzweise von ihm zu lösen? Der soll ruhig reinkommen – ich werd ihm schon Bescheid sagen!«

»Genau!«, bekräftigt Edwin, der hinter sie getreten ist, ein dickes Holzscheit in der Hand. »Eine falsche Bewegung, und ich zieh ihm das Ding über den Schädel.«

Seine Entschlossenheit stürzt Nathalie in einen Zwiespalt der Gefühle. Sie ist gerührt und zutiefst dankbar, dass Edwin ihr beistehen will, und gleichzeitig verzweifelt, weil sie genau weiß, dass er gegen Vincent nichts ausrichten kann. Allein die Vorstellung, dass er ihm mit einem Stück Holz zu Leibe rücken will!

Von draußen ist kein Laut zu hören. Vermutlich schleicht Vincent gerade ums Haus. Es geht ihm wohl gegen die Ehre, an der Tür zu klingeln – lieber sucht er eine andere Möglichkeit, ins Haus zu gelangen.

Ob er gemerkt hat, dass wir im Wohnzimmer sind?, denkt Nathalie. Oder glaubt er, uns im Schlaf überrumpeln zu können?

Ein Geräusch an der Hintertür lässt sie zusammenzucken. Vincent macht sich offenbar am Schloss zu schaffen.

Cécile horcht ebenfalls auf, und Edwin geht ein paar Schritte in den Flur, das Holzscheit in der erhobenen Hand.

»Er kommt nicht rein«, wispert Cécile. »Das Schloss ist neu und stabil.«

Kaum hat sie zu Ende gesprochen, sind in der Küche Schritte zu hören.

Edwin reagiert sofort – er macht im Flur Licht und bezieht vor der Küchentür Stellung. Nathalie kommt nicht umhin, seinen Mut zu bewundern.

Die Tür geht auf, und noch bevor Edwin ausholen kann, hat

Vincent seine Pistole auf ihn gerichtet. Edwin erstarrt in der Bewegung.

Nathalie und Cécile stehen nach wie vor im dunklen Wohnzimmer, sind im Licht, das vom Flur hereinfällt, jedoch gut sichtbar.

»Hierher, Nathalie!« Der übliche Befehlston.

Nathalie spürt, wie ihre Schwester sie fest am Arm packt, um sie zurückzuhalten. Doch das ist überflüssig; sie ist ohnehin unfähig, sich zu rühren, selbst wenn sie wollte.

»Ich sehe euch genau«, hallt Vincents Stimme aus dem Flur. »Komm sofort her, Nathalie, sonst mach ich den Kerl hier kalt.«

Céciles Griff lockert sich.

Im Halbdunkel bemerkt Nathalie ihren erstaunten Blick, weil Vincent sie nun schon zum zweiten Mal mit ihrem falschen Namen angesprochen hat.

Sie überlegt fieberhaft, ob sie wohl eine Chance hat, wenn sie sich reumütig gibt. Damit hat sie schon so manches erreicht. Aber nachdem sie Vincent mit der Lampe k. o. geschlagen hat ... Nein, das verzeiht er ihr nie. Wenn sie jetzt nachgibt, bringt er sie um. Aber wenn sie sich weigert, muss Edwin es ausbaden, und das will sie um jeden Preis verhindern.

»Wo ist Robbie? Oben?«

Nathalie presst die Lippen zusammen. Auf keinen Fall darf sie verraten, dass sie das Reisebett samt Robbie unter den Küchentisch geschoben hat.

Sie räuspert sich und sagt dann ganz ruhig »Ja, oben. Er schläft.«

»Hol ihn, los!«

Um seinen Worten Nachdruck zu verleihen, hält er den Pistolenlauf an Edwins Schläfe.

»Lässt du ihn dann in Ruhe?«

Zwar bleibt unklar, wen sie meint, doch Vincent nickt.

»Wenn du das Kind holst und mitkommst, können die beiden hier in fünf Minuten wieder in die Falle.«

»Mach's nicht«, flüstert Cécile. »Er wird Edwin schon nichts tun.«

Dessen ist sich Nathalie ganz und gar nicht sicher. Vincent kommt es auf eine Leiche mehr oder weniger nicht an, und Kompromisse sind schon gar nicht seine Sache.

»Er meint es ernst«, flüstert sie Cécile zu. »Ich hab keine Wahl.«

»Schluss mit der Tuschelei!«, herrscht Vincent sie an. »Los, geh rauf! Hol Robbie und deine Sachen!«

22

Hölzern wie eine Marionette macht Nathalie die ersten Schritte in den Flur. Sie greift in die Hosentasche und nimmt, unbemerkt von Vincent, der Edwin mit der Pistole in Schach hält, ihr Pfefferspray heraus. Dann setzt sie den Fuß auf die unterste Treppenstufe.

»Mach schon! Beeilung!«

Sie geht ein paar Stufen weiter, dreht sich dann blitzschnell um, beugt sich übers Geländer und sprüht Vincent den Reizstoff ins Gesicht.

Der brüllt auf, hält sich die Hand vor die Augen, gerät ins Wanken und fuchtelt wild mit der Pistole herum.

Nathalie hastet die Treppe hinauf, als sie einen Schuss hört und gleich darauf den Aufschrei ihrer Schwester.

Sie rennt ins Schlafzimmer von Cécile und Edwin, den einzigen abschließbaren Raum im Obergeschoss, dreht den Schlüssel im Schloss, läuft zum Fenster und stößt die Läden auf. Dann zerrt sie Kissen und Decken vom Bett und beginnt, die Matratzen hochzuwuchten.

Mühsam schleppt sie sie zum Fenster und schiebt sie hinaus.

Als sie Vincent an der Klinke rütteln hört, steigt sie aufs Fensterbrett und springt.

Sie landet halb auf einer Matratze, halb im Gras daneben.

Von oben kommen dumpfe Schläge. Vincent scheint die Tür einzutreten.

Nathalie rennt ums Haus herum zur offenen Küchentür. Sie

schleicht hinein und sieht Cécile im Flur neben dem blutenden Edwin knien. Ob er schwer verletzt ist, kann sie nicht erkennen.

Cécile schaut auf, ihre Blicke treffen sich.

Nathalie bleibt wie gelähmt stehen; erst als Cécile ihr bedeutet, sie solle verschwinden, löst sie sich aus der Erstarrung.

Sie hört Vincent im Obergeschoss laut fluchen, dann splittert Holz. Lange wird es nicht mehr dauern, bis die Türfüllung endgültig nachgibt.

Nathalie sagt sich, dass es ihm nicht um Cécile und Edwin geht, sondern allein um sie. Wenn sie den beiden helfen will, sollte sie tatsächlich möglichst schnell das Weite suchen. Dann wird Vincent zwar die Verfolgung aufnehmen, aber nur so hat Cécile eine Chance, Hilfe zu holen.

Weitere kostbare Sekunden vergehen, während sie das Reisebett unter dem Tisch hervorzieht, das zu ihrer Verwunderung nach wie vor schlafende Kind heraushebt, auf den Arm nimmt und mit der anderen Hand nach ihrer Tasche greift.

Dann rennt sie zum Auto, wirft die Sachen auf den Beifahrersitz und legt Robbie kurzerhand in den Fußraum davor – ihn jetzt in den Kindersitz zu verfrachten würde viel zu lange dauern.

Keuchend setzt sie sich ans Steuer und lässt den Motor an.

Bevor sie von der Zufahrt auf die Straße einbiegt, sieht sie im Rückspiegel, wie Vincent zu seinem Porsche läuft.

Sie gibt Gas und rast los, nimmt die Haarnadelkurven so schnell, dass sie mehrmals fast die Leitplanken streift.

Der Porsche ist noch nicht zu sehen, dafür aber deutlich zu hören. In jeder Kurve heult sein Motor auf. Der wendige Fiat verschafft ihr einen kleinen Vorsprung, trotzdem wird sie Vincent kaum abschütteln können, zumal sie den Peilsender offenbar nach wie vor bei sich trägt.

Sie muss das Ding finden und loswerden, doch jetzt muss sie sich aufs Fahren konzentrieren.

Am Ortsausgang von Cannobio entscheidet sie sich, am Seeufer entlang nach Norden zu fahren.

Vincent hat den Rückstand bald aufgeholt. Mit Schrecken sieht Nathalie im Rückspiegel, wie der Porsche immer näher kommt. Gleich wird er zum Überholen ansetzen …

Sie reißt das Steuer nach links, so abrupt, dass der Fiat kurz ins Schleudern gerät und Vincent gerade noch ausweichen kann.

Das nächste Überholmanöver muss er wegen eines entgegenkommenden Fahrzeugs abbrechen.

Noch ein paarmal versucht er es, doch Nathalie hindert ihn daran, indem sie in der Straßenmitte fährt.

Wenn das so weitergeht, denkt sie, passiert gleich ein Unglück. Sie sieht sich bereits mit dem Auto in den Leitplanken hängen oder, noch schlimmer, im See landen.

Vincent scheint gemerkt zu haben, dass er so nichts erreicht, und geht jetzt aufs Ganze. Er fährt auf den Fiat auf, nimmt ihn auf die Stoßstange.

Nathalie wird gegen das Lenkrad geschleudert, Robbie rollt über den Boden und beginnt zu schreien.

Metall knirscht, und Funken sprühen, als der Fiat die Leitplanke schrammt.

Wieder taucht auf der Gegenfahrbahn ein Auto auf, und Vincent lässt sich zurückfallen.

Mit zusammengebissenen Zähnen fährt Nathalie weiter, hält verzweifelt Ausschau nach einer Ausweichmöglichkeit.

Da sieht sie ein Schild, das die Grenze zur Schweiz ankündigt, und schöpft neue Hoffnung. Dort kann sie anhalten und um Hilfe bitten. Doch dann werden ihr die Grenzer unangenehme Fragen stellen.

Vincent muss das Schild ebenfalls registriert haben, denn er nimmt das Tempo zurück, vermutlich weil er damit rechnet, dass sie anhält.

Aber Nathalie denkt nicht daran. Sie schaltet lediglich einen Gang zurück und verlangsamt das Tempo.

Niemand wartet am Übergang; sie hat gute Chancen, durchgewinkt zu werden.

Am offenen Schlagbaum steht ein uniformierter Mann in lässiger Haltung. Als er die beiden Autos kommen sieht, strafft er den Rücken.

Nathalie hofft, dass er beim Anblick des niederländischen Porsche den Schluss zieht, dass Vincent Drogen schmuggeln will; sie erinnert sich, dass ihr Vater mit seinem dicken Auto früher auch stets an der Grenze angehalten und kontrolliert wurde.

Als sie auf den Mann zufährt, zeigt sie aufgeregt hinter sich. Ihr ist bewusst, dass sie damit Gefahr läuft, selbst angehalten zu werden, doch er winkt sie durch. Nathalie schaltet einen Gang höher, tritt aufs Gas und passiert die Grenze.

23

Im Rückspiegel verfolgt Nathalie, was hinter ihr geschieht. Der Grenzer sieht ihr kurz nach, dann nimmt er den Porsche ins Visier, dessen Motor aufheult, als wollte er beschleunigen. Er tritt einen Schritt vor und hebt die Hand.

Erst sieht es so aus, als würde Vincent das Signal ignorieren, doch als sich der Schlagbaum senkt, muss er klein beigeben.

Nathalie ist so erleichtert, dass sie laut auflacht.

»Wir haben's geschafft, Robbie!«, jubelt sie. Doch schon bald stellen sich Zweifel ein. Was, wenn Vincent sich doch irgendwie herausredet? Womöglich darf er nach einer kurzen Kontrolle weiterfahren – in diesem Fall ist er in Kürze wieder hinter ihr.

Sie muss eine andere Strecke nehmen, damit sie ihn leichter abschütteln kann.

Nathalie konzentriert sich auf die Schilder und sieht, dass es nicht mehr weit bis Madonna di Ponte ist, ein Dorf kurz vor Brissago. Dort kann sie eine Route durch die Berge nehmen. Aber zuallererst muss sie den Sender loswerden, den sie in der Reisetasche vermutet.

Sie sucht nach einer Möglichkeit, anzuhalten. Bald sieht sie einen Aussichtspunkt. Dort parkt ein Reisebus, die Touristen sind ausgestiegen. Nathalie biegt ab, greift kurz entschlossen nach der Reisetasche und räumt ihren Inhalt in eine Plastiktüte, die sie im Auto findet. Sie trägt die Tasche zu einem der Abfallkörbe, wirft sie hinein und geht wieder zum Auto.

Als sie den Blick hebt, geht gerade die Sonne über den Bergen auf. Ihre Strahlen fallen auf den See, der glitzert und funkelt wie ein Diamant. Ein atemberaubender Anblick!

In einiger Entfernung zieht ein Tragflügelboot eine weiße Spur. Es fährt nicht nach Madonna di Ponte, sondern scheint Brissago anzusteuern.

Nachdenklich betrachtet Nathalie das Boot, dann hat sie es plötzlich eilig.

Sie setzt sich ans Steuer und lässt den Motor an.

Am Parkplatzausgang sieht sie sich in beide Richtungen um: kein Porsche weit und breit.

Bevor sie abbiegt, wirft sie einen Blick in den Rückspiegel. Am Geländer neben dem Abfalleimer steht ein junger Mann und holt gerade die Tasche heraus. Er dreht und wendet sie, sichtlich verwundert, dass ihr Besitzer sie weggeworfen hat. Dann geht er damit zu dem abfahrbereiten Reisebus.

Brissago liegt malerisch am Ufer des Lago Maggiore. Von der Altstadt führen schmale Straßen hinab zum Hafen, wo Zitronenbäume, Bougainvilleen und Zedern eine mediterrane Atmosphäre schaffen.

Nathalie hat den Fiat in einem Parkhaus abgestellt, damit er Vincent nicht auffällt, sollte er plötzlich hier auftauchen. Bei nächster Gelegenheit will sie die Autovermietung anrufen und Bescheid geben, wo er steht.

Ein Ticket nach Locarno hat sie bereits gekauft und nutzt nun die Zeit, bis das Tragflügelboot einläuft, um in einer Bar rasch einen Kaffee zu trinken und ein Brötchen zu essen.

Die Kellnerin hat sich erboten, für Robbie ein Fläschchen zu wärmen. Robbie trinkt es gierig aus.

Mit brummendem Motor läuft das Boot ein und stößt sanft gegen die Kaimauer.

Eilig sucht Nathalie ihre Sachen zusammen, stellt sich mit Robbie an und sieht sich verstohlen um. Kein Vincent. Wahrscheinlich steckt er noch an der Grenze fest, oder er hat ihre Spur verloren. Oder aber er kommt im letzten Moment angerast ...

Inzwischen haben sich weitere Passagiere angestellt. Als die Laufplanke ausgefahren wird, geht Nathalie mit dem Kind im Buggy als eine der Ersten an Bord.

Die meisten Leute streben dem Oberdeck zu, um die Aussicht zu genießen, Nathalie hingegen bleibt unten und sucht sich einen Platz im Innenraum. Von dort aus behält sie den Kai im Blick, darauf gefasst, dass Vincent jeden Augenblick auftaucht. Es kommen aber nur Touristen und Pendler aufs Schiff.

Sie legen gerade ab, als ihr ein silbergraues Auto auffällt. Weil das Boot im gleichen Moment einen leichten Bogen fährt, kann sie sich nicht mehr vergewissern, ob es der Porsche ist. Egal, fürs Erste ist sie in Sicherheit.

Erschöpft lehnt sie sich zurück und schließt kurz die Augen.

Nach einer Weile nimmt das Boot Kurs auf Ascona und legt an. Nathalie lässt den Blick über die am Kai Wartenden gleiten. Ihr Verfolger ist nicht darunter. Nervös sitzt sie auf der Stuhlkante und beobachtet die Passagiere, die an Bord gehen.

Als sie wieder sanft auf dem Wasser dahingleiten, überlegt sie, wie es wohl Cécile und Edwin geht. Während der rasanten Verfolgungsjagd bis zur Grenze war sie außerstande, an etwas anderes zu denken als an ihre Flucht.

Nun kommen Schuldgefühle auf. Wenn Edwin stirbt, ist das allein ihre Schuld. Als sie das Auto ihres Schwagers und ihrer Schwester vor dem Haus sah, hätte sie umkehren und sich eine andere Unterkunft suchen müssen.

Wenn sie doch nur kurz anrufen könnte!

Sie nimmt sich vor, nachher in Locarno ein neues Handy zu kaufen, aber damit ist das Problem nicht gelöst, denn sie weiß weder die Nummer vom Ferienhaus noch Céciles Handynummer auswendig.

Das Boot wird langsamer, und sie nähern sich dem Hafen von Locarno. Nathalie lässt den Blick über die rosafarbenen und gelben Häuser am Hang und die Alpengipfel im Hintergrund schweifen. Unter anderen Umständen hätte sie die traumhafte Fahrt bis zuletzt genossen, doch jetzt kann sie es kaum erwarten, an Land zu kommen.

Als das Boot angelegt hat, geht sie als Erste von Bord und läuft die von Palmen und Blumenkübeln gesäumte Uferpromenade entlang.

Durch ein Gewirr von schmalen Gassen gelangt sie zur Piazza Grande im Zentrum und kauft dort als Erstes ein Prepaid-Handy, dann eine geräumige Schultertasche als Ersatz für die weggeworfene. In einem kleinen Supermarkt deckt sie sich mit Proviant ein.

Gegen Mittag bricht sie zum Bahnhof auf, obwohl sie am liebsten ein paar Tage bleiben würde. Aber Vincent ist ihr noch zu dicht auf den Fersen, sodass sie keine Ruhe finden würde.

Inzwischen brennt die Sonne vom knallblauen Himmel. Nathalie kommt tüchtig ins Schwitzen, als sie den Buggy durch die Gassen schiebt.

Nathalie stellt sich am Schalter an und kauft eine Fahrkarte nach Basel.

Der Zug fährt in einer Viertelstunde. Langsam geht sie zum Bahnsteig, wo er schon bereitsteht.

Pünktlich auf die Minute fährt er ab. Nathalie lehnt den Kopf ans Fenster, sieht das grandiose Bergpanorama vorbeiziehen. Nach all den Aufregungen fühlt sie sich todmüde. Sie schließt die Augen, nur für einen Moment, doch dann schläft sie ein.

Die halbe Stunde Ruhe hat gutgetan. Bei der Ankunft in Bellinzona fühlt sie sich erfrischt.

Sie steigt in den Zug nach Basel um. Als er den Bahnhof verlassen hat, macht sie sich mit Robbie auf die Suche nach einer Toilette.

Auf dem Rückweg verliert sie mehrmals fast das Gleichgewicht, weil der Zug über Weichen ruckelt. Sie öffnet die Tür zu ihrem Waggon, und ihr wird eiskalt.

Neben dem Buggy, am Fenster, sitzt Vincent.

24

Er hat auf sie gewartet. Entspannt sitzt er da, den Blick aufs Fenster gerichtet.

Nathalie bleibt stehen. Angst schnürt ihr die Kehle zu, ihr wird schwindlig, und sie sucht Halt am Türrahmen.

Ganz leise will sie wieder gehen, doch er hat sie bereits entdeckt.

»Nathalie!« Es klingt überrascht. »Schön, dich zu sehen! Setz dich.«

Sie denkt nicht daran, sich zu setzen, sondern geht ein paar Schritte rückwärts, aber er steht auf, nimmt ihren Arm und redet freundlich auf sie ein, sodass die Mitreisenden den Eindruck gewinnen müssen, zwei alte Bekannte hätten sich zufällig getroffen. Dass das Ganze eine Farce ist, könnte ihnen ein Blick auf Nathalies verängstigtes Gesicht verraten, doch keiner nimmt groß Notiz von ihnen.

»Du hast es mir nicht leichtgemacht.« Er drängt Nathalie auf ihren Platz und setzt sich ihr gegenüber. »Davor müsste ich eigentlich Hochachtung haben, aber nach allem, was vorgefallen ist ...«

Nervös beißt sich Nathalie auf die Unterlippe und drückt Robbie so fest an sich, als befürchtete sie, Vincent könnte ihr das Kind entreißen.

»Wir haben jetzt zwei Möglichkeiten«, fährt er fort und senkt die Stimme: »Entweder es gibt ein Riesendrama hier im Zug, was mir nicht sehr sinnvoll erscheint, oder du steigst beim nächsten Halt in aller Ruhe mit mir zusammen aus, damit wir reden können. In diesem Fall geht das Ganze ohne Gewalt vonstatten und ...«

»Reden?«, stößt Nathalie hervor. »*Du* willst reden?«

»Aber sicher. Was dachtest du denn?«

»Du hast mich doch wohl nicht wie ein Irrer verfolgt, nur um zu reden!«

»Anfangs nicht, das stimmt. Da hatte ich was ganz anderes mit dir vor. Aber dann hab ich es mir anders überlegt, weil mich deine Zähigkeit beeindruckt. Du hast mehr Durchhaltevermögen, als ich dir zugetraut hätte. Das kann mir noch nützlich sein.« Abwartend sieht er sie an, ein verbindliches Lächeln im Gesicht wie ein Unternehmer, der mit der Konkurrenz verhandelt.

»Von wegen! Mit dir und deinen schmutzigen Geschäften will ich nichts mehr zu tun haben!« Trotz ihrer Angst bringt Nathalie es fertig, mit fester Stimme zu sprechen.

»Hmmm, schade. Zumal du bis zum Hals mit drinsteckst. So einfach kommst du da nicht raus, meine Liebe.«

»Warum nicht? Du findest bestimmt eine andere, die nach deiner Pfeife tanzt.«

»Sicher, aber darum geht es nicht. Tatsache ist, dass ich keine andere will. Wir gehören zusammen, das weißt du genau.« Er beugt sich vor, und Nathalie weicht automatisch zurück.

»Ich mach nicht mehr mit«, sagt sie. »Und du steigst am nächsten Bahnhof allein aus. Ohne mich und ohne Robbie.«

Falsch! Jetzt hat sie seine Aufmerksamkeit auf das Kind gelenkt.

Nachdenklich betrachtet er den Kleinen, der sich an sie kuschelt.

»Gib ihn mir.«

»Nein!« Sie presst das Baby fest an sich. Egal, was Vincent vorhat, Robbie bekommt er nicht! Wenn er ihn erst einmal hat, ist sie verloren. Sie ist bereit, sich mit Zähnen und Klauen zu wehren.

Das ist ihr offenbar anzusehen, denn Vincent lehnt sich zurück und verschränkt die Arme.

»Na gut. Ich wollte ihn ja nur kurz auf den Arm nehmen. Aber wenn es dir nicht recht ist ...«

Dass er nicht ausrastet und zuschlägt, sondern freundlich und gelassen bleibt, irritiert Nathalie. Meint er es vielleicht doch ehrlich? Will er tun, als wäre nichts gewesen, weil er sie inzwischen mit anderen Augen sieht? Oder liegt es nur an den Mitreisenden?

Ihr fällt wieder ein, wie er in aller Herrgottsfrühe ins Ferienhaus eingedrungen ist, ihren Schwager mit der Pistole bedroht und dann angeschossen hat – nein, sie glaubt ihm kein Wort! Mehr als einmal hat sie erlebt, wie Vincent an Leuten, die ihm in die Quere kamen, Rache genommen hat. Er will sie lediglich aus dem Zug locken, wo ihr die Reisenden, ohne es zu ahnen, Schutz bieten. Und dann wird er sie umbringen ...

Sie konnte sich noch nie gut verstellen, und auch jetzt scheint Vincent genau zu merken, was sie denkt.

»Du traust mir nicht?«

»Wie sollte ich? Nach allem, was passiert ist.«

»Es ist doch überhaupt nichts passiert.«

»Wie bitte? Du hast Edwin über den Haufen geschossen!«

»Ein Streifschuss, mehr nicht. Daran wird er schon nicht krepieren.«

»Das glaube ich erst, wenn ich mit Cécile gesprochen habe.«

Vincent macht eine bedauernde Geste. »Ich hab ihre Telefonnummer nicht. Du?«

Nathalie wendet das Gesicht ab.

»Wie hast du es geschafft, über die Grenze zu kommen?«, fragt sie nach einer längeren Pause. »Die haben dich doch angehalten, oder?«

Vincents Miene verdüstert sich einen Moment, verrät seine

wahre Gemütslage. Nathalie ist auf der Hut, auch wenn er sich gleich darauf wieder freundlich gibt.

»Ja, aber nicht lange.« Seine Stimme wird zu einem Flüstern. »Weil sie nichts gegen mich vorliegen hatten. Meine Papiere sind in Ordnung, nicht einmal das Ortungsgerät ist ihnen aufgefallen, sie haben es wohl für einen gewöhnlichen Laptop gehalten. Die Blödmänner haben zwar das Auto durchsucht, aber nichts gefunden, denn meine Pistole war im Geheimfach unter der Konsole.«

»Und woher wusstest du, dass ich in diesem Zug bin?«

Er grinst breit. »Tja, erst war ich ziemlich irritiert, weil das Signal vom Sender mit einem Mal aus einem Touristenbus kam. Aber ich habe schnell geschaltet, als ich sah, dass von Brissago aus Boote fahren. Also bin ich dorthin. Du warst schon an Bord, als ich im Hafen ankam. Dass das Boot nach Locarno fuhr, war nicht schwer rauszufinden. Ich dachte mir, dass du von dort aus mit dem Zug weiterwillst. Deshalb hab ich am Bahnhof gewartet, bis ich dich kommen sah.«

Nathalie hat kaum zugehört. Den Blick zum Fenster gewandt, sieht sie die Bahnhöfe kleinerer Ortschaften vorbeiziehen. In einer halben Stunde erreichen sie Arth-Goldau. Dort wird er sie zwingen, mit ihm auszusteigen, notfalls indem er sie und das Kind mit der Pistole bedroht. Sie muss weg von ihm, und zwar schnell.

Mit wackligen Knien steht sie auf. »Ich geh eben mal zur Toilette.«

Vincent streckt die Hände nach Robbie aus. »Gib mir den Kleinen so lange.«

»Ich nehme ihn mit.«

»Nun hab dich nicht so. Ich pass schon auf ihn auf.«

»Robbie ist völlig durch den Wind, die letzten Tage haben ihm ganz schön zugesetzt. Wenn er nicht bei mir ist, schreit er wie am Spieß.«

Zu ihrer Erleichterung nickt Vincent.

»Gut, dann nimm ihn mit. Ich begleite euch.«

Mit dem Kind auf dem Arm geht Nathalie vor ihm her, zwei Waggons weiter.

Sie betritt das WC, schließt ab und lässt sich auf den Toilettendeckel sinken.

Hier will sie bis zum nächsten Halt bleiben.

Vincent wird vor der Tür warten, es aber nicht wagen, sie einzutreten. Und wenn der Zug in den Bahnhof einfährt, steigen so viele Leute aus und ein, dass sie sich wieder herauswagen kann.

Sie stellt die Tasche ab, setzt Robbie auf ihr Knie und beginnt leise zu singen: »Hoppe, hoppe Reiter ...«

Nach ein paar Minuten klopft Vincent und fragt, wann sie endlich fertig sei.

Sie reagiert nicht, sondern singt weiter und lässt sich auch nicht aus der Ruhe bringen, als nach einer Weile andere Stimmen zu hören sind: Mitreisende, die die Toilette benutzen wollen.

Jemand holt schließlich den Schaffner, der sie barsch auffordert herauszukommen.

Nathalie bleibt, wo sie ist.

Sie hört den Schaffner sagen, dann werde er die Tür eben von außen mit einem Schlüssel öffnen.

Schnell streckt sie die Hand aus, packt die Klinke und hält sie eisern fest. Die Angst verleiht ihr ungeahnte Kräfte.

Erst als per Lautsprecher angesagt wird, der Zug erreiche in Kürze Arth-Goldau, lässt sie die Türklinke los.

Sie holt rasch ein paar Geldbündel aus der Tasche, zieht die Gummibänder ab und legt die Scheine ganz zuoberst wieder hinein.

Als der Zug bremst, steht sie auf, hängt sich die Tasche um und verlässt mit Robbie auf dem Arm die Toilette.

Wie erwartet, herrscht Gedränge im Gang. Ein paar Leute drehen sich zu ihr um und sehen sie befremdet an, auch der Schaffner.

Vincent bedenkt sie mit einem so vernichtenden Blick, dass es sie trotz der Hitze kalt überläuft.

Rasch sieht sie weg und stellt sich zum Aussteigen an.

Der Schaffner fragt nach ihrem Fahrschein. Sie zeigt ihn vor, wirft dabei einen verstohlenen Seitenblick auf Vincent.

Seelenruhig und mit Schweizer Gründlichkeit nimmt der Mann das Ticket in Augenschein. Weil nichts zu beanstanden ist, gibt er es wieder zurück, nicht ohne zu fragen, warum sie sich in der Toilette verbarrikadiert habe.

Nathalie tut, als hätte sie nicht verstanden, und kehrt ihm den Rücken zu. Gleich kann sie aussteigen – nur noch zwei, drei Leute sind vor ihr.

»Fräulein!« Der Schaffner tippt ihr auf die Schulter, sie reagiert nicht.

Die Frau vor ihr steht bereits auf dem Bahnsteig, wo eine Menge Leute darauf warten, einsteigen zu können.

Sie setzt den Fuß auf die erste Stufe, tut so, als verlöre sie das Gleichgewicht, greift blitzschnell in die Tasche und wirft eine Handvoll Geldscheine von sich.

Sie flattern durch die Luft, trudeln zu Boden, landen auf dem Bahnsteig, ein paar sogar auf den Gleisen.

»Mein Geld, mein Geld!«, schreit sie und hält sich im Fallen an einem Mann neben der offenen Tür fest.

Ein paar Leute bücken sich, klauben Scheine auf und halten sie Nathalie hin, andere haben keine Skrupel, sie rasch einzustecken, wieder andere, die es mitbekommen, empören sich lautstark darüber. Zwei halbwüchsige Jungen legen sich bäuchlings auf den Bahnsteig und versuchen, an das Geld auf den Gleisen heranzukommen. Passanten stolpern über sie und schimpfen. Kurzum: Das Chaos ist perfekt.

Nathalie nutzt ihre Chance und stürmt zur Treppe. Als sie sich kurz umsieht, bemerkt sie, wie Vincent sich mit den Ellbogen durch die aufgeregte Menge arbeitet.

Als er die Treppe erreicht, ist sie bereits unten, rennt die

Unterführung entlang und eilt zum nächsten Bahnsteig hoch. Von oben ertönt ein Pfeifsignal.

»Halt!« Keuchend nimmt sie die letzten Stufen, erreicht den Bahnsteig und läuft auf den abfahrbereiten Zug zu. Der Schaffner hält die Tür auf und macht ihr ein Zeichen, sich zu beeilen.

Der Zug hat sich bereits in Bewegung gesetzt, als Vincent oben an der Treppe auftaucht. Sein Gesicht ist wutverzerrt. Mit ein paar langen Schritten ist er bei der nach wie vor offenen Tür. Der Schaffner versucht ihn abzuwehren, was Vincent wenig beeindruckt. Mit einem Satz ist er im Zug, und die Tür schließt sich.

Noch völlig außer Atem tritt Nathalie hinter dem Kiosk auf dem Bahnsteig hervor. Sie lehnt sich an die Wand und sieht mit wild klopfendem Herzen zu, wie der Zug davonrollt.

25

Es ist ruhig auf dem Friedhof. Sonst sieht Julia immer ein paar Leute die Wege entlanggehen, Blumen auf Gräber legen oder auf den Bänken sitzen – doch an diesem Sonntagnachmittag ist kaum jemand hier, was sie nicht weiter verwundert, denn es ist brütend heiß.

Das Laub der alten Eichen hat sich durch die lange Trockenheit bräunlich verfärbt, die Blumen lassen die Köpfe hängen, und die marmornen Grabplatten leuchten so grell in der Sonne, dass es in den Augen schmerzt.

Julia genießt das Alleinsein und die Stille. Der sonntägliche Gang zum Städtischen Friedhof ist ihr zu einer lieben Gewohnheit geworden, die sie nicht missen möchte. Sie kommt sich hier vor wie in einer Zwischenwelt, in der sich Diesseits und Jenseits vermischen und ihr das Gefühl geben, ihren Eltern nahe zu sein.

Ihr Unfalltod ist nun schon so lange her, dass keine Tränen mehr fließen, wenn sie ihren Erinnerungen nachhängt, die sich im Lauf der Zeit ein wenig getrübt haben.

Lange hatte sie überhaupt nicht mehr an die vielen Streitereien mit ihrem Vater gedacht, der sie recht streng erzog und ihr vieles verbot. Auch nicht an den Zorn auf ihre Mutter, die ihm grundsätzlich nicht widersprach und deshalb auch nie Partei für sie ergriff. Umso deutlicher erinnert sie sich daran, wie sehr ihr Vater in seinem Beruf aufging und dass ihre Mutter alles tat, um das Familienleben harmonisch zu gestalten. So hatte sie sich mit der Zeit ein idealisiertes Bild von der Vergangenheit geschaffen.

Erst als sie letztes Jahr ihre alten Tagebücher hervorkramte und darin las, wurde ihr klar, dass in ihrer Teenagerzeit längst nicht alles eitel Sonnenschein war und es harte Auseinandersetzungen mit den Eltern, besonders mit dem Vater, gab.

Dass sie die Dinge nun in einem etwas anderen Licht und damit realistischer sieht, bedeutet jedoch nicht, dass ihr die Eltern weniger fehlen. Sie hat sie geliebt und weiß, dass sie stets nur ihr Bestes wollten.

Mit einem Mal wird ihr bewusst, dass sie nun, mit einunddreißig, länger ohne ihre Eltern gelebt hat als mit ihnen. Dieser Gedanke macht sie so betroffen, dass doch noch ein paar Tränen kommen.

Julia blinzelt sie weg und beschließt, nach Hause zu gehen.

Sie will gerade aufstehen, als sie eine Frau sieht. Vor einer Viertelstunde ist sie mit ihrem Kinderwagen schon einmal an ihr vorbeigegangen, einen Strauß Sonnenblumen unterm Arm.

Als sie näher kommt, sieht Julia, dass sie noch sehr jung ist, allenfalls zwei- oder dreiundzwanzig – und dass sie weint. Immer wieder wischt sie sich die Augen.

Als sie Julias Blick bemerkt, bleibt sie unvermittelt stehen.

»Alles in Ordnung?«, fragt Julia mitfühlend.

Die Frau nickt und schickt sich an weiterzugehen. Da ertönt ein kläglich Wimmern aus dem Kinderwagen. Sie seufzt auf, beugt sich resigniert darüber.

Die Arme ist völlig fertig, denkt Julia. Sie hat einen geliebten Menschen verloren und steht jetzt allein mit dem kleinen Kind da ...

»Setzen Sie sich doch einen Moment!«, sagt sie freundlich.

Die Frau mustert sie argwöhnisch, als vermute sie eine Hinterlist, und will anscheinend lieber weitergehen. Doch weil das Weinen des Babys sich inzwischen zu einem regelrechten Zornesgebrüll gesteigert hat, nimmt sie es aus dem Wagen und setzt sich ganz ans Ende der Bank. Dabei hat sie Julia halb den Rücken zugekehrt.

Sie drückt das Kind, das ungefähr in Joeys Alter sein muss, an sich und flüstert ihm Koseworte zu.

Ohne Julia anzusehen, nimmt sie eine Tasche vom Gepäckgitter und holt eine gefüllte Nuckelflasche heraus. Routiniert schraubt sie den Schnulleraufsatz ab und entfernt den Auslaufschutz.

Das Baby – offenbar ein Junge, da es fast ganz in Blau gekleidet ist – streckt ungeduldig die Händchen nach der Flasche aus.

»Der Kleine scheint mächtig Hunger zu haben«, meint Julia lächelnd.

Die Frau nickt nach wie vor mit abgewandtem Blick. Sie setzt das Kind richtig hin und lässt es trinken. Dabei hat sie den Kopf geneigt, sodass ihr die halblangen dunklen Locken wie ein Vorhang vors Gesicht fallen, sie abschotten.

»Wie heißt er denn?«

Leise und zögerlich kommt die Antwort: »Robbie.«

»Hübscher Name.«

Der Kleine trinkt friedlich, bekommt nicht mit, wie angespannt seine Mutter ist.

Julia ist nicht weiter verwundert darüber, dass die junge Frau sich so reserviert gibt. Im Zuge ihrer Arbeit hat sie sich eine gehörige Portion Menschenkenntnis angeeignet, zumal sie häufig mit Leuten zu tun hat, die ganz offensichtlich Hilfe brauchen, sich aber dagegen sperren.

Damit die Frau sich nicht bedrängt fühlt, beginnt Julia, von sich zu erzählen: dass ihre Eltern hier begraben seien, dass sie jeden Sonntag ihr Grab aufsuche, sich gern auf dem Friedhof aufhalte …

Dass sie keine neugierigen Fragen stellt, scheint die Frau zu beruhigen, denn ihre Haltung entspannt sich ein wenig. Sie setzt sich so, dass sie Julia nicht mehr den Rücken zuwendet.

Nachdem Julia geendet hat, herrscht minutenlang Schweigen. Dann räuspert sich die Frau und sagt: »Ihre Eltern fehlen Ihnen wohl sehr?« Sie wirft ihr einen scheuen Blick zu, als befürchte sie, ihr damit zu nahezutreten.

»Ja«, sagt Julia, »und das wird auch immer so bleiben, aber ...« Sie sucht nach den richtigen Worten. »Die Trauer um sie gehört nach all den Jahren ganz selbstverständlich zu meinem Leben dazu, verstehen Sie?«

Die Frau nickt und lässt den Blick über die Gräberreihen schweifen.

Sie muss am Grab ihres Mannes oder Freundes gewesen sein, irgendwo da drüben, denkt Julia, unterlässt es aber tunlichst, zu fragen.

Zu ihrer Überraschung verspürt die Frau jetzt anscheinend doch das Bedürfnis zu reden.

»Ich denke oft, es wäre besser, niemanden zu lieben. Nicht mit Haut und Haar, meine ich. Es ist schön, wenn man sich mit anderen gut versteht, meinetwegen auch befreundet ist. Aber sobald man tiefere Gefühle entwickelt, müsste eigentlich eine Warnsirene losschrillen! Alarmstufe eins, langsamer Rückzug.«

Julia schweigt, nicht aus Verlegenheit, sondern weil sie nur zu gut versteht. Um nicht den Eindruck zu erwecken, sie interessiere sich nicht für das, was die Frau zu sagen hat, zeigt sie auf das Baby.

»Sie haben ein Kind. Ist das nicht ein Trost?«

»Schon«, kommt es leise, »aber ich hab solche Angst, dass ich den Kleinen auch noch verliere.«

Auf diese Antwort war Julia ganz und gar nicht gefasst.

»Warum? Ist Ihr Kind krank?«

»Nein, nein, Robbie ist kerngesund. Ich hab nur ...« Sie beißt sich auf die Unterlippe, als würde ihr plötzlich klar, dass sie schon zu viel von sich preisgegeben hat.

Spätestens jetzt ist sich Julia ganz sicher, dass sie dringend Hilfe braucht. Diese Begegnung auf dem Friedhof ist kein Zufall, denkt sie, ebenso wenig wie alles andere im Leben. Sie ist mir über den Weg gelaufen, weil es meine Aufgabe ist, ihr zu helfen.

»Kann ich irgendetwas für Sie tun?«, fragt sie.

»Ich habe solche Angst«, flüstert die Frau und schluckt mehrmals, um die Tränen zurückzuhalten. »Ich weiß einfach nicht mehr weiter.«

Eine kleine Weile sind nur das Zwitschern der Vögel und gedämpfter Verkehrslärm aus der Ferne zu hören.

Julia weiß, dass sie jetzt, wo die Frau offenbar Vertrauen zu ihr gefasst hat, äußert vorsichtig sein muss. Mit weiteren Fragen würde sie sie nur verstören, auch wenn sie zu gern wüsste, was mit ihr los ist.

»Sie brauchen nichts zu erzählen, wenn Ihnen nicht danach ist«, sagt sie. »Aber wenn ich Ihnen irgendwie helfen kann, tu ich das gern.«

Anscheinend hat sie die rechten Worte gefunden, denn nach kurzem Schweigen und einem tiefen Seufzer sagt die Frau: »Ich brauche eine Unterkunft. Einen Ort, wo mich keiner findet.«

26

Nach einem kurzen Anruf bei Julias Oma ist die junge Frau untergebracht. Sie hat sich als Nathalie vorgestellt, und Julia hat bisher auch nur ihren Vornamen genannt.

Auf dem Weg nach Sint Odilienberg denkt sie, dass es doch besser wäre, sie wüsste ein wenig mehr über die künftige Untermieterin, schon im Interesse ihrer Großmutter. Am besten, sie fragt geradeheraus, was Sache ist.

Nathalie sitzt mit Robbie auf dem Schoß neben ihr; der Kinderwagen liegt zusammengeklappt im Kofferraum.

Auf Julias direkte Frage schweigt sie zunächst, nestelt an Robbies T-Shirt und scheint zu überlegen, wie viel sie sagen kann und soll.

»Na gut«, meint sie schließlich. »Sie haben keinerlei Veranlassung, mir zu helfen, und tun es trotzdem. Also haben Sie auch ein Recht darauf, mehr zu wissen. Es ist wegen meines Ex. Wir haben etliche Jahre zusammengelebt, und vor Kurzem habe ich ihn verlassen. Das heißt, ich bin geflohen.«

Julia bremst vor einer roten Ampel. »Und warum?«, fragt sie.

»Weil er mich vollkommen vereinnahmt und schlägt. Ich wollte schon länger weg, habe mich aber nicht getraut. Dass er neulich auf Robbie losging, hat das Fass zum Überlaufen gebracht. Ich hab ihm einen Gegenstand über den Kopf gezogen, eine Lampe.« Ihre Stimme klingt ruhig, emotionslos, als ginge sie das alles gar nichts mehr an. »Es war Notwehr, aber als er dann umfiel und sich nicht mehr rührte, bin ich furchtbar erschrocken. Weil ich dachte, ich hätte ihn totgeschlagen, bin ich Hals über Kopf davongelaufen. Später hat sich rausgestellt, dass er nur verletzt war.«

»Und jetzt ist er hinter Ihnen her?«

In Nathalies Gesicht zuckt es. »Ja, und wenn er mich findet ...« Sie wird blass.

Nun wäre der richtige Augenblick, ihr zu sagen, dass ich bei der Kripo arbeite, denkt Julia. Doch sie weiß aus Erfahrung, dass sie die Frau damit eher verschrecken würde. Häusliche Gewalt ist nun einmal ein heikles Thema. Ihr fallen die Untersuchungen wieder ein, die belegen, dass gut vierzig Prozent aller Frauen irgendwann von ihrem Partner geschlagen werden – davon zehn Prozent wöchentlich. Julia war über dieses Ergebnis erschrocken, vor allem über die Tatsache, dass nur zwölf Prozent dieser Frauen Anzeige erstatten. Das scheint mit der Tatsache zusammenzuhängen, dass sie von ihren Männern abhängig sind, aber auch damit, dass Polizei und Justiz die Anzeigen derer, die sich dazu aufraffen, oft nicht ernst genug nehmen.

Also dringt Julia fürs Erste nicht weiter in sie.

Die Ampel wird grün, und sie fahren weiter, an wogenden Kornfeldern vorbei.

Nathalie hält Robbie fest, der zu strampeln begonnen hat und versucht, sich aus dem Sicherheitsgurt zu befreien.

»Ihre Großmutter vermietet also Zimmer?«, fragt sie.

»Ja. Sie ist einundachtzig, aber noch sehr rüstig. Sie steckt voller Pläne und kümmert sich um alles und jeden. Manchmal denke ich, sie übernimmt sich. Im Grunde wird es ihr manchmal zu viel, aber sie würde sich eher die Zunge abbeißen, als das zuzugeben.«

Ein Lächeln umspielt Nathalies Mund. »Das hört sich an, als wäre sie nett.«

»Meine Oma ist eine großartige Frau«, bestätigt Julia. »Nach dem Tod meiner Eltern hat sie mich sofort bei sich aufgenommen. Sonst wäre ich in einem Heim gelandet oder bei einer Pflegefamilie. Vielleicht hätte ich es dort gut gehabt, aber das ist doch was anderes als die eigene Familie.«

»Ach ja ...«

Es klingt ganz so, als hätte Nathalie in dieser Hinsicht auch ihre Erfahrungen. Julia wirft ihr einen besorgten Blick zu. Hoffentlich hat sie keinen wunden Punkt angesprochen.

Zu ihrer Verwunderung scheint Nathalie damit kein Problem zu haben. »Meine Mutter ist gestorben, als ich zehn war«, sagt sie. »Und mit siebzehn habe ich meinen Vater verloren.«

Dann ist es still; mehr will sie anscheinend nicht dazu sagen. Sie nimmt Robbie, der gerade seine Söckchen abstreifen will, bei der Hand.

Bis Sint Odilienberg fällt kein weiteres Wort.

Als sie über die Rur-Brücke fahren, zeigt Julia nach rechts, auf die Türme der Basilika hinter dem Grün des Flussufers.

»Schön, nicht wahr? Ich genieße diesen Anblick immer wieder.«

Nathalie nickt. Sie wirkt ein wenig erschöpft und auch verunsichert, so als wären ihr inzwischen Bedenken gekommen.

Julia legt ihr tröstend die Hand auf den Arm. »Alles wird gut«, sagt sie. Dann setzt sie den Blinker und biegt rechts ab ins Dorf.

Sie fahren am Rathaus vorbei, dessen Eingang mit üppig blühenden Geranien geschmückt ist, und an Straßencafés, in denen Leute im Schatten der Bäume sitzen, Kaffee trinken und sich den typischen Limburger Vlaai schmecken lassen. Auf dem Kirchplatz ragt eine schneeweiße Christusstatue auf.

Julia hält in einer Seitenstraße vor einem schmucken Fachwerkhaus mit Blumenkästen an den Fenstern.

»Wir sind da. Hier wohnt meine Oma.«

Emma Vriens steht bereits in der Tür. Sie begrüßt Nathalie ebenso herzlich wie ihre Enkelin und streckt sogleich die Arme nach Robbie aus.

Nathalie zögert einen Moment, bevor sie ihr das Kind gibt.

Während Emma ins Haus geht, holen sie und Julia den Kinderwagen und das Gepäck, das sie vorher noch in Nathalies Pension in Maastricht abgeholt haben, aus dem Kofferraum und treten dann ebenfalls ein.

Weil Robbie strampelt und schreit, nimmt Nathalie ihn wieder auf den Arm.

»Wie wär's mit einer Tasse Tee?« Emma ist bereits auf dem Weg in die Küche, um Wasser aufzusetzen.

Julia folgt ihr, holt Geschirr aus dem Schrank und Besteck aus der Schublade. Dabei wirft sie einen Blick ins Wohnzimmer, wo Nathalie mit dem weinenden Kind auf und ab geht und sich offensichtlich über die unzähligen Kartons und Plastiktüten wundert.

»Am besten, du fragst sie nicht aus«, sagt Julia zu ihrer Großmutter. »Sie muss sich vor ihrem Ex verstecken. Er hat sie geschlagen, und sie redet verständlicherweise nicht gern darüber.«

»Meine Güte, das arme Mädchen!« Kopfschüttelnd schneidet Emma drei große Stücke von ihrem frisch gebackenen Kirschkuchen ab, legt sie auf Dessertteller und folgt Julia, die das Tablett trägt, ins Wohnzimmer.

»Machen Sie sich keine Sorgen, Kind«, sagt sie zu Nathalie. »Der Kerl kommt hier nicht rein. Dafür sorgt schon meine Enkelin, die ist nämlich bei der Kripo.«

27

Das Zimmer ist groß und sauber, wenn auch für Nathalies Geschmack etwas altmodisch eingerichtet. Neben dem Doppelbett stehen ein Tisch und zwei Stühle, auf der Kommode ein Fernseher und ein Radio, und links vom Kleiderschrank befindet sich ein gut bestücktes Bücherregal. Sogar eine Nische mit Küchenblock ist vorhanden, sodass sie sich und Robbie selbst versorgen kann; für heute Abend hat sie jedoch das Angebot der alten Dame, in ihrer Wohnküche mitzuessen, dankbar angenommen. Diese hat auch gleich eine Bekannte angerufen, die ihr einen Laufstall und ein Kinderbett leihen und noch heute vorbeibringen will.

Nathalie packt ihre wenigen Kleidungsstücke und Robbies Sachen aus und verstaut alles im Schrank, obwohl sie nicht vorhat, länger zu bleiben.

Vor einer Woche ist sie nach einer ziemlich ermüdenden Bahnfahrt in den Niederlanden angekommen.

Nachdem es ihr gelungen war, Vincent abzuhängen, fuhr sie zunächst nach Zürich, stieg dort für zwei Tage in einem Hotel ab und nutzte die Zeit für einen ausgiebigen Einkaufsbummel, um Kleidung für sich und Robbie zu kaufen.

Dann erst wagte sie sich zum Bahnhof, um eine Fahrkarte nach Maastricht zu erstehen.

Dort angekommen, mietete sie sich in der Pension in der Stadtmitte ein und versuchte verzweifelt, ihre Schwester telefonisch zu erreichen.

Die Nummer des Ferienhauses hatte sie rasch übers Internet herausgefunden, doch jedes Mal, wenn sie anrief, kam das Freizeichen.

Auf der Website einer italienischen Tageszeitung hatte sie einen Artikel gefunden, dem sie mit viel Mühe entnahm, dass Edwin zwar verletzt, aber am Leben ist.

Ihre Erleichterung war jedoch nur von kurzer Dauer. In Zeitungen, die an der Rezeption auslagen, las sie von dem Mord an Kristien und ihrem Freund Ruud. Sie war zutiefst schockiert, und weil ihr sofort klar war, wer hinter dem Verbrechen steckt, hatte sie sich kaum noch aus ihrem Zimmer gewagt.

Anscheinend hatte Vincent befürchtet, dass sie den beiden von seinen schmutzigen Geschäften erzählt hat. Deswegen hat er sie zum Schweigen gebracht – anders kann Nathalie sich das nicht erklären.

Viele Stunden hatte Nathalie auf dem Bett gelegen, geweint und gegrübelt und sich heftige Vorwürfe gemacht. Am Ende war sie zu dem Schluss gekommen, dass nicht sie am Tod ihrer Freundin schuld ist, sondern einzig und allein Vincent.

Dann fuhr sie nach Roermond und besuchte Kristiens Grab. Dort, auf dem Friedhof, war ihr Plan entstanden.

Da Vincent wohl kaum aufgeben und weiter nach ihr suchen wird, sie aber nicht bis in alle Ewigkeit vor ihm davonlaufen kann, muss als Erstes eine Waffe her. Danach wird sie ihn stellen, und wenn sie dabei klug vorgeht, wird jeder an Notwehr denken, sodass man ihr nichts anlasten kann.

Die Begegnung mit Julia und deren Angebot, sie bei ihrer Großmutter unterzubringen, war wie ein Wink des Schicksals. Das gibt ihr die Möglichkeit, für unbestimmte Zeit unterzutauchen und sich für Kristiens Tod und alles, was Vincent ihr angetan hat, zu rächen.

Als sie hörte, dass Julia bei der Kripo arbeitet, war sie zunächst erschrocken, doch wer weiß, vielleicht hat das auch Vorteile.

Am Abend essen sie zu dritt Limburger Sauerfleisch.

Nathalie ist schweigsam, dafür reden Julia und ihre Großmutter umso mehr. Sie unterhalten sich lang und breit über die Zutaten.

Nach dem Essen hilft Julia beim Abspülen.

»Gehen Sie doch ein wenig an die Luft«, sagt Emma zu Nathalie. »Ihr kleiner Sohn schläft selig, um den brauchen Sie sich jetzt nicht zu kümmern.«

Nathalie fügt sich und geht in den Garten.

Emma sieht durchs Küchenfenster, wie sie sich auf die Bank setzt, und seufzt: »Ach, das arme Ding tut mir so leid.«

»Ich leiste ihr nachher ein bisschen Gesellschaft«, meint Julia.

Da sie ohnehin noch mit Nathalie reden will, geht sie, nachdem der Abwasch erledigt ist, in den Garten hinterm Haus, den ihre Großmutter mit viel Liebe hegt und pflegt: ein Stück Rasen mit Pflaumenbäumen, gesäumt von Blumenbeeten.

Nathalie sitzt mit geschlossenen Augen auf der schmiedeeisernen Bank und zuckt zusammen, als sie Schritte hört.

»Ich bin's nur«, sagt Julia. »Darf ich mich dazusetzen?«

Nathalie ist die Situation sichtlich peinlich. Ein wenig scheu sieht sie Julia an: »Tut mir leid, dass ich so erschrocken bin. Ich dachte schon ...« Sie verstummt ab, zeigt dann aber einladend auf den Platz neben sich.

Julia setzt sich. »Was dachten Sie?«

Ein tiefer Seufzer, dann scheint Nathalie sich ein Herz zu fassen und erzählt. Von ihrem Ex. Dass er sie von ihrem gewalttätigen Vater weggeholt, aber bald darauf selbst zugeschlagen hat. Alles, was sie bisher verschwiegen hat, sprudelt aus ihr heraus, und sie schildert in allen Einzelheiten, was sie im Lauf der Jahre zu erdulden hatte.

Zwischendurch hat Julia Zweifel, ob sie nun ihren Vater oder ihren Exfreund meint, doch eines merkt sie deutlich: dass neben ihr jemand sitzt, der psychisch am Ende ist.

»Warum sind Sie bei Ihrem Freund geblieben?«, fragt sie, als Nathalie geendet hat. »Und nicht gegangen, als Sie merkten, dass er so ist wie Ihr Vater?«

»Er ist ja nicht wie mein Vater. Er hat mich nur geschlagen, wenn ich es darauf angelegt habe und ...«

Julia unterbricht: »Nathalie, Sie müssen sich klarmachen, dass kein Mensch es je darauf anlegt, geschlagen zu werden. Was immer Sie in seinen Augen falsch gemacht haben – er hat kein Recht, Sie zu misshandeln.«

Nathalie hat beim Sprechen nervös die Finger verknotet. Sie senkt den Blick. »Ich habe solche Angst, dass er mich findet. Er hat immer wieder gesagt, dass er mich umbringt, wenn ich ihn verlasse. Und jetzt bin ich gegangen ... und hab ihn auch noch zusammengeschlagen! Wenn er mich erwischt, bin ich tot.«

Heiße Wut steigt in Julia auf, gleichzeitig fragt sie sich, was wohl passiert, wenn dieser unberechenbare Kerl hier auftauchen sollte.

»In Venlo gibt es ein Frauenhaus«, sagt sie. »Ich erkundige mich, ob Sie dort unterkommen können.«

Nathalie scheint von dem Vorschlag nicht sonderlich angetan zu sein. »Hmmm ...«

»Gleich morgen rufe ich dort an«, fährt Julia fort. »Bis dahin sind Sie bei meiner Großmutter gut aufgehoben. Oder meinen Sie, Ihr Ex hat womöglich mitbekommen, dass Sie hier sind?«

»Nein, das glaube ich nicht.«

»Gut. Ich gebe Ihnen für alle Fälle meine Handynummer. Wenn Sie auch nur das Gefühl haben, er könnte in der Nähe sein, rufen Sie mich sofort an – versprochen?« Sie nimmt Papier und Bleistift aus ihrer Handtasche und notiert ihre Nummer.

»Sie arbeiten tatsächlich bei der Kripo?«, fragt Nathalie, als sie nach dem Zettel greift.

»Ja, in Roermond. Ich bin also nicht weit weg.«

»Tragen Sie eine Pistole bei sich?« Ihr Blick wandert über Julias weiße Leinenhose und das schwarze Top.

»Nur im Dienst. Wenn ich freihabe, wie jetzt, ist die Waffe auf dem Revier eingeschlossen.«

»Und privat? Ich meine, vielleicht ist Schießen ja auch ein Hobby von Ihnen?«

»Ich bin Mitglied in einem Schützenverein«, sagt Julia. »Aber auch als solches trägt man keine Waffen mit sich herum, sondern ist verpflichtet, sie zu Hause in einem abschließbaren Schrank aufzubewahren. Das wird hin und wieder kontrolliert.«

»Aber wenn er nun nachts kommt …?«

Es klingt so verängstigt, dass Julia mulmig wird. Was, wenn dieser skrupellose Mensch plötzlich vor der Tür ihrer Großmutter steht?

Halb bereut sie den Entschluss, Nathalie eine Zuflucht geboten zu haben. Gleich morgen früh will sie sich darum kümmern, dass sie woanders wohnen kann.

»Wie heißt Ihr Exfreund?«, fragt sie.

»Bob.«

»Und mit Nachnamen?«

»Das sage ich lieber nicht.«

»Wenn Sie Anzeige erstatten, können wir ihn aufs Revier bringen und vernehmen«, gibt Julia zu bedenken.

»Und wenn Sie ihn dann wieder laufen lassen, bringt er mich um!«

»Sie können sich ohnehin nicht ewig vor ihm verstecken. Zeigen Sie ihn an, Nathalie, dann haben wir etwas gegen ihn in der Hand. Sie müssen das nicht allein durchstehen. Ich verspreche, dass ich Sie nicht im Stich lasse.«

Nathalie betrachtet eingehend ihre Hände mit den abgekauten Fingernägeln. Ihr ist anzusehen, dass sie einen inneren Kampf ausficht.

Als sie Julia mit großen Augen ansieht und sagt, sie brauche etwas Bedenkzeit, kann diese ihr die Bitte nicht abschlagen.

28

Roermond hat sich kaum verändert, seit sie nicht mehr dort wohnt. Langsam geht Nathalie durch die vertrauten Straßen der Stadt, in der sie aufgewachsen ist und Vincent kennengelernt hat. Aus dem Augenwinkel behält sie die Passanten im Blick und ist auf der Hut, obgleich sie sich unter Menschen relativ sicher fühlt. Falls Vincent plötzlich auftauchen sollte, würde er sich hüten, sie in aller Öffentlichkeit anzugreifen.

Robbie hat sie in Emmas Obhut zurückgelassen, zumal es nicht lange dauern wird, das zu erledigen, was sie sich vorgenommen hat.

Nachdem sie am Marktplatz Kaffee getrunken hat, klingelt sie an einem Haus am Rand der Altstadt. Dort wohnt ein Waffenhändler, mit dem sie und Vincent in der Vergangenheit des Öfteren zu tun hatten. Und da sie sich mit Waffen auskennt, weiß sie genau, was sie will: eine Glock 26, eine kleine, handliche Damenpistole.

Anschließend nimmt sie den Bus nach Donderberg. An der Sporthalle steigt sie aus und geht durch das Viertel. Vincent kennt hier jede Menge Leute, weil er in Donderberg aufgewachsen ist. Es dürfte nicht lange dauern, bis einer seiner Bekannten sie sieht und ihm Bescheid gibt.

In der Imbissstube am Park bestellt sie eine Portion Pommes mit Ketchup und setzt sich an einen Tisch, den Blick auf die Bachstraat gerichtet, wo Kristien und Ruud wohnten. Als sie sich vorstellt, was sich dort vor Kurzem abgespielt hat, wird ihr flau im Magen.

Scheinbar ohne auf die Leute zu achten, die hereinkommen, an der Theke ihre Bestellung aufgeben oder sich am Spielautomaten vergnügen, isst sie in aller Ruhe ihre Pommes.

Als sie sich nach einer halben Stunde wieder zur Bushaltestelle aufmacht, braucht sie sich nicht erst umzudrehen, um sich sicher zu sein, dass ihr jemand folgt.

Im Bus überlegt sie, wie lange es wohl dauern wird, bis Vincent vor ihr steht, und diese Vorstellung jagt ihr – bei aller Entschlossenheit – doch kalte Schauder über den Rücken. Aber es muss sein. Sie kann es einfach nicht länger ertragen, sich ständig vor ihm verstecken zu müssen.

Die sonnenbeschienene Landschaft zieht an ihr vorbei, als sie plötzlich eine innere Unruhe verspürt, die sie sich zunächst nicht erklären kann. Erst als der Bus über die Rur-Brücke fährt und sie rechter Hand die Türme der Basilika von Sint Odilienberg aufragen sieht, hat sie so eine unheimliche Vorahnung.

Robbie!

Nathalie springt auf, läuft zur Tür und drückt wie besessen auf den Halteknopf, als könnte sie die Fahrt dadurch beschleunigen.

Als der Bus am Kirchplatz angehalten hat, hastet sie die zwei Stufen hinab und rennt los.

Keuchend erreicht sie Emmas Haus.

Keine zwielichtige Gestalt lungert dort herum, die Haustür steht nicht sperrangelweit offen – alles scheint in Ordnung zu sein.

Dennoch klopft ihr das Herz bis zum Hals. Sie nimmt den Hausschlüssel, den Emma Vriens ihr gegeben hat, aus der Tasche und schließt auf. Vorsichtig geht sie durch den Flur und sieht, dass die Tür zu ihrem Zimmer halb offen steht. Sie nimmt die Pistole aus der Handtasche, schleicht näher und späht in den Raum.

Niemand.

Erst ist sie erleichtert, doch dann sieht sie, dass Robbie nicht in seinem Bettchen liegt.

»Robbie!«

Sie stürmt in den Flur, reißt die Küchentür auf, ruft nach Frau Vriens.

Keine Antwort.

Auch das Wohnzimmer ist leer, keine Spur von ihr und dem Kind.

Wieder ruft sie, dann hört sie plötzlich Schritte über sich.

Das Blut stockt ihr in den Adern.

Mit der Pistole im Anschlag geht sie langsam die Treppe hinauf.

Jetzt ist es oben vollkommen still, aber sie ist ganz sicher, dass da vorher etwas war. Jemand ist oben, jemand, der Robbie an sich genommen hat. Vincent – wer sonst?

Lautlos schleicht Nathalie die letzten Stufen hinauf. Ihr Herz pocht so laut, dass es in ihren Adern dröhnt.

Im oberen Flur ist es leicht dämmrig, nur durch ein schmales Dachfenster, eine Luke fast, fällt Licht herein.

Ihr Blick gleitet über die drei Türen. Wohin jetzt? Und vor allem: Was soll sie tun, wenn sie sich Vincent urplötzlich Auge in Auge gegenübersieht? Ihn erschießen – eine andere Wahl wird ihr kaum bleiben. Sie hofft, dass man ihr abnimmt, dass sie in Notwehr gehandelt hat, zumal er ja eingebrochen ist und das Baby entführen wollte.

Nathalie hat bereits die Hand nach der Klinke der ersten Tür ausgestreckt, als sie ein Geräusch hört, das sie nur zu gut kennt.

Es trifft sie wie ein elektrischer Schlag.

Robbies Glucksen – kein Zweifel!

Sie hebt die Pistole, drückt die Klinke herunter, stößt die

Tür auf und sieht Robbie auf einem Tisch liegen und mit den nackten Beinchen strampeln.

Emma, die sich über das Kind gebeugt hat, fährt herum.

»Nathalie!« Sie greift sich ans Herz und ringt nach Luft. »Meine Güte! Haben Sie mich erschreckt! Ist was passiert?«

Dann erst sieht sie die Pistole und wird blass.

»Um Himmels willen, was hat das zu bedeuten?«

Rasch versteckt Nathalie die Waffe hinter ihrem Rücken.

»Robbie war nicht in seinem Bettchen«, sagt sie. »Da dachte ich, jemand hat ... hat ... Und dann kamen von oben Geräusche ...« Unter Emmas strengem Blick gerät sie ins Stottern.

»Warum haben Sie eine Pistole?«

»Ich muss mich doch verteidigen können, falls mein Ex auftaucht.«

Emma runzelt die Stirn, wendet sich wieder dem Baby zu und schiebt eine frische Windel unter seinen Po.

»Das Kind hat furchtbar geschrien, da hab ich es geholt, weil ich hier oben am Räumen war. Es hat sich auch beruhigt, bis es dann die Windel voll hatte.« Sie wirft einen vielsagenden Blick auf das noch immer strampelnde Baby und gibt ihm seinen Frotteeteddy in die Hand.

Überraschend gewandt wickelt sie das Kind zu Ende, zieht ihm die Hose über und nimmt es auf den Arm.

»Warum geben Sie das Baby als Jungen aus?«, fragt sie.

Nathalie zögert mit der Antwort. Ihr Gehirn arbeitet auf Hochtouren, sucht nach einer Lösung, einem Ausweg.

Der forschende Blick der alten Frau irritiert sie maßlos.

»Weil ich meinen Ex hinters Licht führen wollte«, sagt sie schließlich nach einem tiefen Seufzer. »Er hat jede Menge Kontakte, und ich wollte verhindern, dass ich an der Grenze geschnappt werde. Ich war mit einem falschen Pass unterwegs, und der Bekannte, der ihn mir besorgt hat, hat mir geraten, meine Tochter als Jungen auszugeben, für den Fall, dass man nach einer Frau mit einem kleinen Mädchen Ausschau hält.«

»Sie kennen Leute, die Pässe fälschen?« Emma mustert sie argwöhnisch. »Und die Pistole, haben Sie die auch von diesem Bekannten?«

»Ja.«

»Ich will nicht, dass jemand in meinem Haus mit Waffen hantiert.«

»Verstehe.«

»Ist Ihr Exfreund denn so gefährlich?«

Nathalie nickt.

»Das mit den falschen Papieren und dass Sie sich verteidigen wollen, leuchtet mir ja noch ein«, sagt Emma. »Aber die Sache mit dem Kind finde ich mehr als seltsam.«

»Ich hab's doch gerade erklärt.«

Nathalie spürt, dass Emma ihr die Geschichte, die in der Tat wenig glaubhaft ist, nicht so recht abnimmt.

»Würden Sie es trotzdem bitte für sich behalten?«, sagt sie und nimmt ihr das Baby ab.

»Wem sollte ich es denn erzählen?«

»Zum Beispiel Ihrer Enkelin.«

»Julia? Aber die darf das doch wohl wissen.« Emma sieht Nathalie durchdringend an.

»Es wäre besser, wenn möglichst wenig Leute davon wissen. Ein Geheimnis bleibt nur geheim, wenn es keiner weitersagt. Niemandem.«

»Julia plaudert nichts aus, die kann schweigen.« Emma schickt sich an, aus dem Zimmer zu gehen. In der Tür dreht sie sich um: »Aber wenn Sie partout nicht wollen, dass Julia es erfährt, sage ich eben nichts. Tee?« Es klingt barsch, ganz und gar nicht wie eine Einladung.

»Gern …« Nathalie folgt ihr zur Treppe.

Emma greift nach dem Handlauf und setzt den Fuß unsicher auf die erste Stufe.

»Vorsicht, halten Sie sich gut fest«, sagt Nathalie.

»Ja, so eine steile Treppe ist nichts für alte Leute. Ich habe mir schon überlegt, ob ich nicht besser unten schlafe, aber hier oben ist so viel zu tun und zu räumen ...«

»Soll ich vorgehen? Dann kann ich Ihnen die Hand geben«, bietet Nathalie an.

»Das wäre gut. Kommen Sie vorbei?«

»Geht schon.« Nathalie legt Robbie auf dem Teppichboden ab und tritt hinter Emma, die den Handlauf loslässt, damit sie an ihr vorbeikann.

Im nächsten Moment gerät die alte Frau ins Wanken. Nathalie will sie eigentlich festhalten, doch dann versetzt sie ihr unversehens einen Stoß.

Emma schreit auf, greift ins Leere und stürzt kopfüber die Treppe hinab.

Unten bleibt sie reglos liegen, halb auf dem Boden, halb auf den untersten Stufen.

29

Die Arbeitswoche beginnt wie immer mit einer Dienstbesprechung. Anschließend steht man noch eine Weile zusammen, studiert den Einsatzplan und tauscht Informationen über das Wochenende aus.

Julia holt sich einen Becher Kaffee, geht ins Büro und sieht als Erstes die Notizen von den Kollegen durch, die am Samstag und Sonntag Dienst hatten. Sie erledigt ein paar Telefonate, checkt ihre Mails und beantwortet die wichtigsten sofort. Dann macht sie sich an den Wochenbericht für Ramakers.

Erst um halb eins sieht sie wieder auf die Uhr. Zeit für die Mittagspause. Sjoerd und die anderen sind offenbar schon zum Essen gegangen.

Julia geht in die Kantine im obersten Stockwerk. Sie lässt sich ein Brötchen mit Geflügelsalat und einen Becher Milch geben und trägt das Tablett ins Freie, auf die Dachterrasse.

Gedankenverloren blickt sie hinab auf das Wasser der Rur. Als ihr jemand auf die Schulter tippt, zuckt sie zusammen.

Neben ihr steht Sjoerd. Sie will ihn schon auffordern, sich dazuzusetzen, zögert jedoch, als sie seine Miene sieht.

»Julia ...«

Der Blick, die Stimme, die Haltung – alles verrät Betroffenheit, so als hätte er ihr etwas Unangenehmes mitzuteilen.

»Was ist?«

Er schluckt ein paarmal, dann fängt er an zu reden.

Julia kann kaum fassen, was sie da hört, will es auch gar nicht wahrhaben. Sie hört die Vögel zwitschern, sieht den Fluss träge dahinströmen – nichts hat sich verändert und zugleich alles.

Sie legt das Brötchen auf den Teller, steht wie in Zeitlupe auf. Plötzlich ist ihr so schwindlig, dass sie nach Sjoerds Arm greift, sich regelrecht an ihn klammert.

»Wie ist das passiert?«, flüstert sie.

»Das wissen wir noch nicht. Die Meldung kam erst vor einer knappen halben Stunde rein. Mir war sofort klar, dass das die Adresse deiner Großmutter in Sint Odilienberg ist. Die Kollegen sind bereits dort. Willst du auch hin?«

Keine Frage.

Leichenblass und wie in Trance geht Julia zur Tür. Sjoerd folgt ihr, nimmt ihren Arm und führt sie die Treppe hinab. Am Auto hält er ihr die Beifahrertür auf.

Auf der Fahrt nach Sint Odilienberg sitzt sie stumm neben ihm. Sie lauscht auf ihren Atem. Ein angeborener Reflex, so selbstverständlich, dass man nie darauf achtet, bis einem klar wird, dass es vom einen auf den anderen Moment zu Ende sein kann.

Vor dem Haus ihrer Großmutter steht eine Menschentraube. Neugierige und geschockte Nachbarn, dazwischen Polizisten – aber warum so viele? Julia wundert sich.

Erst als sie mit einem Kollegen gesprochen hat, begreift sie, dass es um mehr geht als um einen Unfall – in einem der Zimmer seien Blutflecke gefunden worden.

»Sieht ganz nach einem Einbruch aus«, sagt Ari, der gerade aus dem Haus kommt. »In dem einen Zimmer herrscht ein Riesenchaos, überall umgeworfene Möbelstücke, so als hätte ein Kampf stattgefunden.« Ein wenig zaudernd wendet er sich an Julia. Für ihn ist es ein Fall unter vielen, für sie hingegen ein persönliches Drama. »Hat deine Großmutter allein gewohnt?«

»Nein.« Die eigene Stimme klingt ihr fremd in den Ohren, irgendwie verzerrt. »Sie hat Zimmer vermietet.«

»Wie viele Leute wohnen bei ihr? Und wer?«

»Nur Nathalie, eine junge Frau mit Baby.« Julia massiert sich die Schläfen, weil sie spürt, dass sich die üblichen Spannungskopfschmerzen ankündigen. »Sie ist auf der Flucht vor ihrem Ex und hat sich bei meiner Oma versteckt. Ist sie im Haus? Sie hat halblange dunkle Locken.«

»Im Haus war keiner«, sagt Ari. »Wenn sie in dem Zimmer wohnt, das verwüstet wurde, wundert mich das nicht. Ich denke, ihr Ex hat sie aufgespürt.«

»Und deine Großmutter hat vermutlich den Lärm gehört, wollte rasch die Treppe runter und ist dabei gestürzt«, ergänzt Sjoerd.

Julia richtet den Blick auf die Haustür. »Ich will sie sehen.«

»Das geht jetzt nicht – die Spurensicherung ist noch drin«, wendet Ari ein, doch Julia lässt sich nicht beirren, steigt über das Absperrband und klingelt.

Ein Kollege in Uniform öffnet, lässt sie aber nicht ins Haus. Obwohl sie nichts lieber möchte, als bei ihrer Großmutter zu sein, zeigt sie sich, wieder ganz Polizistin, einsichtig.

Wenigstens tritt der Kollege ein wenig beiseite, sodass sie einen Blick ins Haus werfen kann. Kaum drei Meter entfernt liegt Emma am Fuß der Treppe, das linke Bein auf den untersten Stufen, das rechte seltsam verdreht und halb unter dem Körper. Ihr Mund ist wie zu einem Schrei geöffnet, die Augen starren leer zur Decke. Ihre Züge drücken maßlose Verwunderung aus.

Die Spurensicherer betreten gerade den Flur.

»Und? Was gefunden?«, fragt Julia sofort.

»Blut. Das geben wir gleich zur Analyse.«

Julia geht an den Männern in weißen Schutzanzügen vorbei zur offenen Hintertür und betrachtet das Schloss. Es ist intakt, wurde nicht aufgebrochen.

Dann tritt sie auf die Schwelle von Nathalies Zimmer.

Entsetzt betrachtet sie das Durcheinander. Nach einem Einbruch sieht es allerdings nicht aus, denn keine Schranktür steht offen, keine Schublade wurde aufgezogen und durchwühlt. Viel eher hat sie den Eindruck, als hätte hier jemand seinem Zorn Luft gemacht. Stühle wurden umgeworfen, Bilder von den Wänden gerissen, die Blumenvase, die auf der Kommode stand, liegt in Scherben in einer Wasserpfütze, daneben sind Robbies zertretene Spielsachen auf dem Boden verstreut.

Der Kinderwagen steht noch da, und als Julia den Schrank öffnet, stellt sie fest, dass auch seine Kleider noch hier sind. Sie liegen, sauber gestapelt, neben Nathalies Sachen. Nathalie muss kopflos geflüchtet sein ... Oder aber sie wurde entführt.

Bestürzt blickt Julia auf die Blutflecke auf dem Teppichboden.

»Ich hab das Ganze unterschätzt«, sagt sie leise. »Ich hätte sie beschützen müssen ...«

»Julia?«

Sie dreht sich um.

»Du weißt, von wem das Blut ist?«, fragt Sjoerd.

»Ja, von Nathalie, der jungen Frau, die bei meiner Oma untergekommen ist. Ich hab sie am Sonntag auf dem Städtischen Friedhof kennengelernt. Sie war völlig verstört und brauchte Hilfe, da habe ich mich um sie gekümmert. Oder besser, meine Oma.« Sie beißt sich auf die Unterlippe, in ihrem Gesicht zuckt es. »Sie hat gesagt, ihr Ex verfolge sie, weil sie ihn verlassen hat. Sie hatte eine Riesenangst vor ihm – mit Recht, wenn man sich das hier ansieht. Ich habe ihr angeboten, mich um einen Platz im Frauenhaus in Venlo zu kümmern, und ihr geraten, den Kerl anzuzeigen, aber sie wollte es sich erst noch überlegen. Mein Gott! Ich hätte sie sofort hinbringen müssen!«

»Man kann keinen Menschen zwingen, Hilfe anzunehmen.«

»Das nicht, aber ich hätte meine Oma da nicht mit reinziehen dürfen. Heute Morgen wollte ich eigentlich mal nachprüfen, was es mit ihrem Ex auf sich hat, aber ich bin nicht dazu gekommen. Und hätte auch gar nicht genügend Angaben gehabt.«

Verzweifelt fährt sie sich durchs Haar. Es kostet sie ungeheure Anstrengung, nicht in Tränen auszubrechen.

»Wie heißt der Mann?« Sjoerd hat bereits das Funkgerät in der Hand.

»Bob. Den Nachnamen weiß ich nicht. Das wird uns also nicht weiterhelfen.«

»Wenn die Kriminaltechniker DNA-Spuren finden, dürfte es kein Problem sein. Vorausgesetzt, er hat sonst noch was auf dem Kerbholz.«

Julia nickt geistesabwesend und geht dann in den Flur.

Ihre Großmutter wird gerade aus dem Haus getragen.

Sie spürt Sjoerds Blick, vermeidet es aber, ihn anzusehen. Dass er in dieser schweren Stunde bei ihr ist, reicht völlig aus und gibt ihr die nötige Kraft. Jeder Versuch, sie zu trösten, jede Äußerung von Mitgefühl wären ihr jetzt zu viel – dann wäre es mit ihrer Beherrschung vorbei, sie würde losheulen und so schnell nicht mehr aufhören.

Mit unbewegter Miene und wie von einem Panzer umgeben, an dem alles abprallt, fährt sie mit Sjoerd zum Revier.

Als sie abends nach Hause kommt, empfindet sie ihre Wohnung so leer wie noch nie. Ihre Großmutter hat sie zwar nur selten besucht – meist fuhr sie zu ihr –, doch die Erkenntnis, dass das nie mehr möglich sein wird, trifft sie wie ein Hammerschlag.

Morf kommt aus dem Garten und streicht ihr um die Beine. Sie nimmt den Kater hoch, der ihr mit seiner rauen Zunge die Hand leckt.

Ihr Blick fällt auf das Foto ihrer Oma im Regal, und als sie den Anrufbeantworter abhört und ihre vertraute Stimme hört, die fragt, ob sie am Abend Lust auf ein gemütliches Essen zu dritt hat, bricht sie zusammen.

30

Nathalie ist auf dem Weg nach Brabant, den Blick starr auf die Landstraße gerichtet. Sie hat keinen Blick für die sommerlich grünen Wiesen, die Felder und die Pferde auf den Weiden.

Angespannt sitzt sie am Steuer und überlegt zum x-ten Mal, worauf sie zu achten hat, damit ihr Vorhaben klappt.

Am Ortsrand von Sint Odilienberg hat sie einen Wagen gestohlen. Wie man eine Autotür innerhalb weniger Sekunden mit dem Schraubenzieher aufbekommt, hat sie von Vincent gelernt, ebenso wie man das Lenkradschloss knackt und den Motor kurzschließt.

»Für den Eigenbedarf keine Autos, die neu über fünfzigtausend Euro kosten«, lautet eine von Vincents Devisen. »Die teureren haben oft ein GPS-System, sodass man sie per Satellit orten kann. Zum Weiterverkaufen immer, aber dann müssen sie in eine bleiverkleidete Garage; Blei hält jede Strahlung ab.«

Der ehemalige Stall des Anwesens ist mit Blei verkleidet und hat sich schon des Öfteren bewährt.

Im Nachhinein denkt sie, es wäre klüger gewesen, einfach ihre Sachen zu packen und zu verschwinden, statt ihre eigene Entführung vorzutäuschen. Aber sie will nicht mit dem Tod von Emma Vriens in Verbindung gebracht werden. Auf der Treppe war alles so schnell gegangen, als die alte Frau aus dem Gleichgewicht geriet und – letztlich durch Nathalies Zutun – stürzte.

Im Grunde bedauert sie es nicht, denn so kann Emma ihrer Enkelin nichts mehr von ihrer Entdeckung sagen.

Als sie leblos am Fuß der Treppe lag, war Nathalie erst versucht, fluchtartig das Haus zu verlassen, aber dadurch wäre sie unweigerlich unter Verdacht geraten. Besser, es sah so aus, als wäre jemand eingedrungen.

Sie rannte in ihr Zimmer, verwüstete es, brachte sich einen Schnitt an der Hand bei und ließ das Blut auf den Teppichboden tropfen.

Sie will nicht länger bleiben als unbedingt nötig und nur ihre persönlichen Dinge holen: Kleider, Perücken und was sie sonst noch braucht.

Das Landhaus war in den letzten Jahren ihre und Vincents Zuflucht.

Nathalie ist zuversichtlich, dass ihr Plan klappen wird. Seit der Flucht vor über einer Woche ist ihr Selbstvertrauen gestiegen. Wäre Vincent nicht mit dem Messer auf Robbie losgegangen, hätte sie nie geahnt, wozu sie in der Lage ist.

Sie braucht keinen Vincent mehr, um zurechtzukommen. Statt Schläge einzustecken wie sonst, hat sie diesmal selbst zugeschlagen – einen Befreiungsschlag geführt, wenn man so will.

Ganz gleich, wie lange sie ihre Freiheit auskosten kann, ob man sie bald schnappt oder nicht – sie ist fest entschlossen, sich nie wieder von jemandem abhängig zu machen und für seine Zwecke einspannen zu lassen.

Bei diesen Gedanken staut sich eine immer größere Wut in ihr an – sie wird ihr helfen, Vincent furchtlos gegenüberzutreten, falls er im Haus sein sollte.

Dass ihre Hände zittern, hat nichts zu sagen. Sie hat keine Angst ...

Das Anwesen liegt halb im Schatten der hohen Pappeln, auf den ersten Blick wirkt alles wie sonst.

Nathalie hält in einiger Entfernung am Waldrand an, den Blick auf das Haus gerichtet. Eine halbe Stunde beobachtet sie es genau, sucht nach Anzeichen dafür, dass Vincent sie in einen Hinterhalt locken will.

Ihr fällt nichts auf, und es deutet auch nichts darauf hin, dass er sich im Haus aufhält.

Sie lässt das Auto an und fährt langsam auf den Hof zu.

Vor dem Haus hält sie und steigt aus. Robbie lässt sie sicherheitshalber erst einmal im Wagen.

Sie schließt auf und späht in den Flur.

Nichts zu sehen, nichts zu hören.

Das Haus wirkt unbewohnt, es riecht muffig, als wäre längere Zeit nicht gelüftet worden.

Halbwegs beruhigt geht sie zur Wohnzimmertür, blickt sich suchend im Raum um, jedoch ohne die Pistole in ihrer Jackentasche loszulassen.

Dann holt sie ihre Tasche mit dem Geld und trägt sie hinein.

Weil sich die Hitze im Haus gestaut hat, zieht sie ihre Jacke aus und legt sie auf die Couch. Dann geht sie wieder in den Flur – und bleibt wie angewurzelt stehen.

In der Haustür steht ein Mann.

Es ist Nico, Vincents Freund aus alten Zeiten. Breitbeinig steht er da, eine Pistole auf sie gerichtet.

»Hallo, Nathalie.«

»Nico! Hast du mich erschreckt! Wo kommst du her?«

»Ich habe auf dich gewartet. Vincent meinte, früher oder später würdest du hier auftauchen.«

Ungläubig starrt Nathalie ihn an und denkt mit Entsetzen daran, dass ihre eigene Waffe in der Jacke auf der Couch und damit unerreichbar ist.

»Dass du Vincent k. o. geschlagen hast, imponiert mir. Ob es klug war, ist allerdings eine andere Frage.«

»Bist du deshalb hier? Sollst du mich in seinem Auftrag umbringen?«

»Du hast es erfasst! Aber noch ist es nicht so weit. Los, ins Wohnzimmer!« Nico versetzt der Haustür einen Fußtritt, sie fällt zu.

Nathalie gehorcht.

Vor der Couch bleibt sie stehen und setzt sich auf die Seitenlehne.

»Du machst wohl jede Drecksarbeit, die man dir anhängt, was?«, sagt sie spöttisch. »Am Ende landest du wegen Mordes hinter Gittern, und Vincent kommt ungeschoren davon.«

»Lass das mal meine Sorge sein.« Nicos Stimme klingt ruhig und selbstsicher. »Ich habe nicht vor, dich zu erschießen. Du wirst einen kleinen Unfall haben, mit dem Kind in den Kanal fahren. Überhöhtes Tempo, von der Straße abgekommen … So was kennt man ja.«

»Ach, und wie soll das gehen?«

»Damit!« Nico zieht eine Spritze aus seiner Jackentasche. »Du weißt ja, dass ich Arzt bin. Ich hab hier ein schnell wirkendes Muskelrelaxans, das setzt dich für, sagen wir mal, ein bis zwei Stunden vollständig außer Gefecht. Und bis dahin liegst du längst im Kanal.«

Zu ihrer eigenen Verwunderung bleibt Nathalie vollkommen ruhig, nicht zuletzt, weil nun ihre Pistole in greifbarer Nähe ist. Fragt sich nur, ob sie schneller ist als Nico. Andererseits ahnt er nicht, dass sie eine Waffe hat.

Er steht lässig da, scheint es nicht eilig zu haben und mustert sie von Kopf bis Fuß. »Bevor ich zur Sache komme«, sagt er, »werden wir beide uns noch ein wenig vergnügen. Zieh dich aus.«

»Das könnte dir so passen!« Nathalie verschränkt die Arme vor der Brust.

»Dann mach ich es eben selbst, wenn du nachher das Zeug intus hast. Du hast die Wahl.« Er wedelt auffordernd mit der Pistole.

Langsam beginnt Nathalie, ihre Bluse aufzuknöpfen.

Darunter trägt sie einen weißen Spitzen-BH, ein Anblick, der Nico sichtlich erregt. Wie hypnotisiert starrt er sie an, und Nathalie wird schlagartig klar, dass hier ihre Chance liegt.

»Im Grunde habe ich kein Problem damit«, sagt sie. »Zumal Vincent immer so besitzergreifend war. Das hat mich wahnsinnig gemacht.« Sie öffnet den Verschluss ihres BHs, lässt ihn zu Boden fallen und präsentiert Nico ihren nackten Busen. Dabei mustert sie ihn anzüglich und merkt, dass sich unter dem Stoff seiner Hose eine Erektion abzeichnet.

»Leg die Spritze weg!«, sagt sie leise. »Die brauchst du vorerst nicht.«

Mit zwei Schritten ist er bei ihr.

»Du glaubst doch wohl nicht, dass du mit dem Leben davonkommst, wenn du dich von mir ficken lässt?«, sagt er. »Um ein Haar hättest du meinen besten Freund umgebracht, du elendes Flittchen!«

Die Ohrfeige kommt so unerwartet, dass Nathalie das Gleichgewicht verliert und rücklings auf die Couch fällt.

Bevor sie sich aufrichten kann, ist Nico auch schon über ihr. »Ob du willst oder nicht, ist mir scheißegal!«, zischt er und beginnt, seine Hose zu öffnen.

Nathalie tastet inzwischen nach der Jacke und zieht sie ein Stück unter ihrem Po hervor. Sie spürt, wie die Glock gegen ihre Hüfte drückt, traut sich aber noch nicht, nach ihr zu greifen.

Draußen hat Robbie angefangen zu schreien, und zwar so laut, dass man es bis ins Haus hört.

Zu ihrer Erleichterung hat Nico die Spritze und die Pistole weggelegt und nestelt nun am Knopf ihrer Jeans. Er ist so damit beschäftigt, dass er nichts anderes um sich herum wahrnimmt.

Nathalie sucht die Öffnung der Jackentasche und registriert kaum, dass er ihr Hose und Slip auszieht.

Erst als sie seinen Penis an der Hüfte spürt, steigt Ekel in ihr auf.

Um besser an die Tasche heranzukommen, biegt sie den Rücken durch, was Nico anscheinend als Aufforderung interpretiert, denn er stöhnt lustvoll auf und drückt ihre Schenkel auseinander.

Endlich schafft sie es, in die Tasche zu fassen. Ihre Finger umschließen den Lauf der Pistole.

Inzwischen müht Nico sich auf ihr ab, versucht, mit Gewalt in sie einzudringen.

»Eine Hure bist du!«, keucht er. »Du warst schon immer geil auf mich – gib's zu!«

Nathalie dreht die Pistole in der Hand und hält den Lauf an seinen Kopf.

»Arschloch!«

Sie drückt ab.

Unter der Dusche spült sie Blut und Gehirnmasse von ihrem Körper.

Noch zitternd vor Aufregung, trocknet sie sich ab und nimmt frische Kleider aus dem Schlafzimmerschrank.

Anschließend hastet sie zum Auto, um den wie am Spieß brüllenden Robbie zu holen.

Sie drückt das völlig aufgelöste Kind an sich, setzt sich an den Küchentisch und starrt ins Leere.

Draußen beginnt es zu dämmern.

31

Julia hat sich einen Tag freigenommen, weil nach dem Tod ihrer Großmutter unzählige Dinge zu regeln sind. Der Bestattungsunternehmer war bereits da, hat ihr sein Beileid ausgesprochen und ihr einen Katalog mit Fotos von Särgen vorgelegt. Sie hat schlichtes Buchenholz genommen, ausgeschlagen mit weißer Seide.

Wie betäubt hat sie danach entschieden, welches Blumengebinde auf den Sarg soll, und mit dem Bestatter zusammen einen Text für die Todesanzeige und die Trauerkarten entworfen.

Ob ihre Oma lieber beerdigt oder feuerbestattet werden wollte, war nie ein Thema zwischen ihnen. Julia nimmt an, dass sie bei ihrem Sohn und ihrer Schwiegertochter auf dem Städtischen Friedhof begraben sein möchte.

Nachdem das Dringlichste erledigt ist, fährt sie zur Leichenhalle.

Lange steht sie bei ihrer Großmutter und hält ihre kalte Hand.

Dann tritt sie ins Freie, hinaus in den Sonnenschein.

Gut eine Viertelstunde sitzt sie im Auto, mit hängenden Schultern und gesenktem Blick, als das Handy klingelt.

Sie zuckt zusammen und merkt, dass ihr leicht schwindlig ist. Offenbar hat sie die Luft angehalten, vielleicht schon minutenlang.

»Julia am Apparat.«

»Ich bin's.«
Einen Moment herrscht Stille.
»Hallo«, sagt Julia.
»Alles okay bei dir?«
»Wie man's nimmt.«
Wieder Stille.
»Soll ich vorbeikommen?«
Julia hat die Augen geschlossen. Schon der Klang der vertrauten Stimme beruhigt sie, hat etwas Tröstliches.
»Ich bin unterwegs zum Haus meiner Oma.«
»Dann komme ich dorthin. Bis gleich.«

Julia wollte zunächst nur eine Stunde im Haus ihrer Großmutter verbringen, einfach nur dort sein, wo auch sie mehrere Jahre gewohnt hat, und Erinnerungen nachhängen, obwohl es wehtut.

Irgendwie ist sie erleichtert, in dieser Situation nicht allein zu sein. Zusammen mit Sjoerd kann sie noch einmal durchs Haus gehen und sich vergewissern, dass den Spurensicherern auch nichts entgangen ist.

Als sie ihn durch die halb geschlossene Jalousie kommen sieht, wird ihr klar, dass es besser gewesen wäre, sein Angebot abzulehnen.

Die Art, wie er aus dem Auto steigt, herschaut, auf die Tür zugeht – alles wirkt zögerlich, so als würde er am liebsten rasch wieder kehrtmachen.

Es klingelt, Julia öffnet, und sie stehen einander gegenüber.

Sie weicht seinem Blick aus, tritt ein wenig beiseite.

Die Hände in den Taschen seiner schwarzen Lederjacke vergraben, geht er ins Wohnzimmer, dann erst dreht er sich um.

»Es tut mir unendlich leid für dich.«

Eigentlich sagt er das Gleiche wie viele Leute, die ihr inzwischen ihr Beileid ausgesprochen haben, trotzdem klingt es bei ihm anders.

Statt sich mit einem leichten Nicken dafür zu bedanken, sieht Julia ihn groß an, tiefen Schmerz im Blick.

Spontan breitet er die Arme aus, und sie lässt sich hineinfallen, klammert sich an ihn wie eine Ertrinkende, während er ihr übers Haar streicht.

Dass aus der freundschaftlich-tröstenden Umarmung mehr wird, hat keiner von beiden geplant. Doch jetzt brechen sich lange unterdrückte Gefühle endlich Bahn.

Julia hebt den Kopf, und Sjoerd beugt sich gleichzeitig zu ihrem Mund herunter.

Sie nimmt seinen Duft wahr, spürt die Bartstoppeln, die unerwartet weichen Lippen.

Von seinem Kuss wird ihr ganz heiß, sodass auch ihr letzter Rest Widerstand samt Schuldgefühlen dahinschmilzt. Sie öffnet die Lippen.

Erst als sie beide aufs Sofa fallen, lösen sie sich kurz voneinander und sehen sich an, so als suchten sie die Antwort auf eine nie gestellte Frage.

Mit einem Schlag ist alles anders. Das ist nicht nur ein schöner Traum, das ist Realität. Julia liegt in Sjoerds Armen, den Kopf an seine Brust geschmiegt, und lauscht auf das Klopfen seines Herzens.

»Wie soll es jetzt weitergehen?«, flüstert sie. Im nächsten Moment denkt sie, dass es noch viel zu früh für so eine Frage ist – womöglich setzt sie ihn damit unter Druck.

»Keine Ahnung. Was wir da machen, ist der reine Wahnsinn.«

Ja, aber ein allzu schlechtes Gewissen scheint Sjoerd nicht zu plagen, denn er macht keine Anstalten, sie loszulassen.

Mit aller Macht verdrängt Julia jeden Gedanken an Melanie und Joey, die wie Schatten vor ihrem inneren Auge aufgetaucht sind. Ein einziges Mal will sie ihre Gefühle ausleben, und darauf hat sie ein Recht, nach allem, was sie verloren hat.

Sie wehrt sich nicht, als Sjoerd die Hand unter ihre Bluse schiebt, und genießt den wohligen Schauder, als er über ihre nackte Haut streicht.

Sie zerzaust sein dunkles Haar, erst zögerlich, dann mit Genuss. Seit einer Ewigkeit hat sie sich das gewünscht!

Seine Finger finden den Verschluss ihres BHs, lösen ihn gekonnt.

Er zieht ihr die Bluse aus und beginnt, ihre Brüste zu liebkosen.

Im Nachhinein fragt sich Julia, wie weit sie wohl gegangen wären – wahrscheinlich bis zum Letzten, die Versuchung war einfach zu groß. Ja, sie hätten miteinander geschlafen, aber wie es gewesen wäre, wird sie nie erfahren, denn als sie kurz über Sjoerds Rücken hinweg zum Fenster schaut, sieht sie etwas, bei dem ihr jede Erregung vergeht.

Ein hochgewachsener Mann in schwarzen Jeans und schwarz-weiß gestreiftem Hemd steht auf dem Bürgersteig gegenüber und fixiert das Haus mit einem Blick, der bei Julia sämtliche Alarmglocken klingeln lässt.

Sie fährt hoch. »Sjoerd! Da ist jemand!«

Verdutzt sieht er sich im Zimmer um und wendet dann den Kopf, als sie aufgeregt zum Fenster zeigt.

»Das muss der Kerl sein, der Nathalie verfolgt. Guck doch, wie er herstarrt! Schnell weg hier – er darf uns nicht sehen!« Hastig zieht Julia sich an.

»Wovon redest du? Woher willst du wissen, dass er es ist? Es könnte doch auch irgendein Passant sein«, meint Sjoerd.

»Ganz bestimmt nicht! Komm, wir müssen uns verstecken!«

Als sie geduckt in die Küche laufen, schlägt Emmas altmodische Türklingel an. Nach ein paar Minuten ein zweites Mal.

Julis späht durch den Türspalt und zuckt zurück. »Er steht am Fenster und guckt rein«, flüstert sie. »Ich bin mir ganz sicher: Das ist Nathalies Ex. Was jetzt?«

»Am besten warten wir ab«, meint Sjoerd. »Wenn er Nathalie sucht, wird er's gleich an der Hintertür versuchen. Ich finde das allerdings reichlich seltsam, wo er sie doch entführt hat.«

Sie warten. Julia denkt schon, dass es besser gewesen wäre, aufzumachen und den Mann gleich zu stellen, als sie Schritte im Garten hört.

»Du hattest recht«, flüstert Sjoerd. »Er will ins Haus.«

Aus dem zärtlichen Liebhaber von vorhin ist unversehens wieder der kühl denkende Polizist geworden, der jetzt seine Waffe zückt.

Sjoerd schleicht in den Flur, während der Mann sich am Schloss der Hintertür zu schaffen macht, und Julia läuft auf sein Zeichen hin auf Zehenspitzen in Nathalies Zimmer.

Hinter der Milchglasscheibe zeichnet sich ein gebückter Schatten ab. Gleich darauf klickt es leise.

Als der Eindringling die Tür öffnet und mit einer Pistole in der Hand hereinkommt, versperrt Sjoerd ihm den Weg.

»Polizei! Runter mit der Waffe!«

Der Mann erschrickt zwar, lässt sich aber nicht beirren und zielt auf Sjoerd.

Im nächsten Moment taucht Julia neben ihm auf und schlägt ihm mit einem gezielten Karatehieb die Pistole aus der Hand.

Sie kickt sie mit dem Fuß zu Sjoerd, der sie rasch aufhebt und ihr dann Handschellen zuwirft.

»Umdrehen, Hände auf den Rücken!«, befiehlt sie. »Wir verhaften Sie wegen Einbruchs und unerlaubtem Waffenbesitz.«

32

Auf dem Revier wird der Mann zunächst gründlich durchsucht und dann in den Zellenblock geführt.

Julia und Sjoerd sind gerade unterwegs zu ihrem Büro, als ihnen Rietta entgegenkommt. »Wer übernimmt das Verhör?«, fragt sie. »Du wohl eher nicht, Julia, zumal er im Haus deiner Großmutter festgenommen wurde.«

»Wie wär's mit Ari und Koenraad?«

»Die sind unterwegs wegen einer Messerstecherei in 't Veld. Die anderen und Ramakers sind auch außer Haus.«

»Es eilt aber! Ich will wissen, was der Kerl dort zu suchen hatte, und vor allem, was er mit Nathalie angestellt hat.«

»Juristisch spricht nichts dagegen, dass du ihn gemeinsam mit mir vernimmst«, sagt Sjoerd. »Das ist zwar nicht gerade ideal, aber wenn sonst keiner da ist … Und die Sache eilt wirklich.«

Als Rietta mit den Schultern zuckt, zögert Julia keine Sekunde. »Gut«, sagt sie. »Bringst du ihn bitte in den Verhörraum?«

Als sie ihm gegenübersitzen, nimmt Julia den Mann ins Visier. Er ist athletisch gebaut und hat einen harten Zug im Gesicht. Kein Wunder, dass Nathalie solche Angst vor ihm hat, denkt sie, schaltet das Aufnahmegerät ein und nickt Sjoerd zu, der das Verhör wie vereinbart leiten soll.

»Laut Ausweis heißen Sie Bob Meijer. Stimmt das?«

»Wenn's draufsteht, wird's wohl so sein.«
»Das ist nicht gesagt. Falls es sich anders verhält, kriegen wir das schon noch raus.«

Der Mann lächelt überlegen.

Weder Julia noch Sjoerd lassen sich von seiner selbstsicheren Haltung beeindrucken.

Sjoerd stellt keine weiteren Fragen, sondern kommt gleich zur Sache: »Also, Herr Meijer: Was hatten Sie in dem Haus zu suchen?«

Da der Mann nicht antwortet, schweigen auch Sjoerd und Julia.

Die Minuten vergehen.

Mit hartnäckigem Schweigen haben sie schon so manchen aus der Reserve gelockt, Bob Meijer hingegen bleibt völlig gelassen, verzieht keine Miene und zeigt nicht das kleinste Anzeichen von Nervosität.

Julia, die sich eigentlich nach Möglichkeit heraushalten wollte, kann die Stille nicht mehr ertragen.

»Wir haben genug gegen Sie in der Hand, um Sie vor Gericht zu stellen. Es wäre besser, Sie reden mit uns«, sagt sie ungeduldig.

»Gar nichts haben Sie.«

»So, meinen Sie? Immerhin haben Sie einen Einbruch begangen und Polizisten mit einer Waffe bedroht, die garantiert illegal ist.«

»Ich wollte zu meiner Freundin«, bequemt er sich endlich zu sagen. »Weil sie nicht da war und ich keine Lust hatte, lange vor der Haustür rumzustehen, dachte ich, am besten geh ich schon mal rein und warte auf sie. Das ist alles.«

»Das ist alles«, wiederholt Sjoerd. »Und Ihre Besuche machen Sie wohl immer mit einer Pistole in der Hand, was? Reden Sie keinen Quatsch, Mann!«

Bob zuckt mit den Schultern.

»Wie heißt Ihre Freundin?«

»Warum wollen Sie das wissen? Sie kennen sie ja doch nicht.«

»Ich schon«, sagt Julia. »Und sie hat mir so einiges erzählt, auch dass sie Probleme mit Ihnen hat.«

Bob Meijer lacht.

»Sie finden das lustig?«

»Dass sie ihre Probleme mit Bullen bespricht, finde ich tatsächlich lustig.«

»Und warum?«

»Tut nichts zur Sache. Das mit den Problemen stimmt allerdings. Wir hatten Streit, sie ist abgehauen, und ich habe sie gesucht, damit wir uns aussprechen können.«

»Aussprechen?«

»Klar, was sonst?«

»Das fragen wir Sie. Ich für meinen Teil würde etwas ganz anderes vermuten, wenn mein Freund mit einer Pistole aufkreuzen würde.«

Bob hält es nicht für nötig, darauf zu antworten.

Sjoerd spielt mit seinem Kugelschreiber und sagt: »Ich glaube, Sie binden uns einen Bären auf. Sie wollten überhaupt nicht zu Ihrer Freundin, sondern hatten etwas ganz anderes vor.«

»Klar wollte ich zu der. Sie heißt Nathalie. Zufrieden?«

»Nachname?«

»Wie? Sie kennen nicht ihren vollständigen Namen? Ich kann's kaum glauben … Wo sie Ihnen doch das Herz ausgeschüttet hat.« Er lächelt spöttisch. »Warum interessieren Sie sich so sehr für meine Freundin?«

Sjoerd ignoriert die Frage. »Was wollten Sie in dem Haus?«

»Das hab ich doch gesagt: meine Freundin besuchen.«

»Warum? Was wollten Sie von ihr?«

»Eine Aussprache. Mann, muss ich alles zweimal sagen? Fragen Sie sie doch selbst!«

Julia wirft Sjoerd einen vielsagenden Blick zu.

Bob merkt es.

»Was ist los? Wo ist Nathalie? Etwa hier auf dem Revier? Ich will mit ihr reden!«

»Da sind Sie nicht der Einzige«, sagt Sjoerd.

Eine gute Stunde ist vergangen, und sie sind kaum einen Schritt weiter.

Bob wird in seine Zelle gebracht.

Anschließend erstatten Julia und Sjoerd ihrem Vorgesetzten, der inzwischen wieder auf dem Revier ist, Bericht.

»Sie haben den Mann im Haus Ihrer Großmutter verhaftet, Frau Vriens«, beginnt er. »Wie kommen Sie dazu, ihn zu vernehmen?«

»Es war niemand sonst da, und die Sache war dringend, weil wir Nathalie möglichst bald finden müssen.«

»Nicht gerade professionell. Ausnahmsweise will ich ein Auge zudrücken, aber von nun an halten Sie sich in diesem Fall bitte zurück – haben wir uns verstanden? Was hat die Vernehmung ergeben?«

»Nicht viel«, meint Sjoerd bedauernd. »Solange die Ergebnisse der kriminaltechnischen Untersuchung nicht vorliegen, haben wir ihm wenig vorzuwerfen. Ich bin mir noch nicht mal sicher, ob wir seinen richtigen Namen wissen.«

»Ich weiß ihn.« Ramakers greift nach einer Akte. »Rietta hat mir gesagt, dass Sie den Burschen vernehmen, da hab ich mal kurz einen Blick riskiert. Und ich kenne diesen Bob, allerdings unter einem anderen Namen: Vincent van Assendelft. Er stammt aus Roermond und hat bisher hauptsächlich von Amsterdam aus agiert. Man legt ihm eine ganze Reihe von Verbrechen zur Last, aber er ist ein aalglatter Typ und konnte sich der Justiz bisher immer entziehen, weil er so diskret vorgeht.«

»Wenn ich an das Chaos in Nathalies Zimmer denke, scheint er seine Taktik geändert zu haben«, bemerkt Julia. »Aber ich bezweifle inzwischen, ob er überhaupt dahintersteckt. Dass er Nathalie erst entführt, um dann noch mal am gleichen Ort aufzutauchen, leuchtet mir einfach nicht ein. Selbst wenn er Spuren beseitigen wollte – ihm muss doch klar gewesen sein, dass die Polizei längst da war.«

»Sie meinen also, er hat nichts damit zu tun?«, fragt Ramakers.

»Nein, das nun auch wieder nicht: Er ist Nathalies Ex und hat sie verfolgt, insofern hat er durchaus mit der Sache zu tun. Er hat sie ausfindig gemacht und wollte sie stellen, sonst wäre er wohl nicht mit einer Waffe ins Haus eingedrungen. Nur kam er einen Tag zu spät. Ich könnte mir vorstellen, dass Nathalie das Durcheinander selbst inszeniert hat, um einen Einbruch vorzutäuschen, vielleicht, weil sie hofft, dass der Kerl sie in Ruhe lässt, wenn erst einmal die Polizei eingeschaltet ist. Falls ja, hat sie erreicht, was sie wollte: Er ist verhaftet und kann sie nicht mehr verfolgen.«

»Das klingt plausibel«, sagt Ramakers.

»Dann können wir van Assendelft also keine Entführung vorwerfen«, meint Sjoerd.

»Stimmt genau. Aber das heißt noch lange nicht, dass wir ihn laufen lassen müssen. Wir haben jede Menge Gründe, ihn eine ganze Weile festzuhalten.«

Nachdenklich verlässt Julia das Büro ihres Chefs. Von all den Fragen, die sie beschäftigen, drängen sich zwei immer mehr in den Vordergrund: Was hat der Unfall ihrer Oma mit der Sache zu tun? Und vor allem: War der Sturz überhaupt ein Unfall?

33

Nachdem sie ohnehin schon auf dem Revier ist, geht Julia nach dem Gespräch mit Ramakers an ihren Schreibtisch, checkt ihre Mails und macht sich daran, das Vernehmungsprotokoll zu tippen.

Schräg gegenüber sitzt Sjoerd. Als sich ihre Blicke über den Rand des Bildschirms hinweg treffen, sieht er rasch weg und gibt sich den Anschein, ganz in die Arbeit vertieft zu sein.

Ein leises Unbehagen beschleicht Julia. Will er etwa so tun, als wäre nichts gewesen? Drei lange Jahre hat sie sich erträumt, was heute Wirklichkeit geworden ist. Dass es ausgerechnet am Tag nach dem Tod ihrer Großmutter und noch dazu in deren Haus passieren musste, kommt ihr vor wie eine Ironie des Schicksals. Und sie fragt sich, ob es wirklich Zufall war, dass dieser Vincent auftauchte, als sie gerade drauf und dran waren, alle Bedenken über Bord zu werfen. Sie ist nicht abergläubisch, aber da Sjoerd nun offensichtlich wieder auf Distanz geht, überlegt sie, ob es nicht einen tieferen Sinn hat, dass alles so gelaufen ist.

Als sie am Spätnachmittag ihren Computer abschaltet, vergewissert sie sich rasch, dass sonst niemand im Raum ist, und fragt dann leise: »Musst du jetzt gleich nach Hause?«

»Nein. Ich wollte dich ohnehin fragen, ob wir noch was trinken gehen. Wir müssen reden.«

Sie nickt, obwohl sich ihr Herz zusammenkrampft. Seine Stimme klingt völlig neutral und sachlich.

Was hatte sie erwartet? Dass sie Händchen haltend das Revier verlassen und sich im Sonnenuntergang küssen?

Wenn sie ehrlich ist, hat sie sich genau diese Szene oft ausgemalt.

Eigentlich sollte sie so kurz nach dem tragischen Tod ihrer Großmutter nicht an so etwas denken, andererseits ist ihre Sehnsucht nach Geborgenheit, nach einem Menschen, mit dem sie ihr Leben teilen kann, dadurch nur noch größer geworden.

Ich habe schließlich auch ein Recht auf Glück!, sagt sich Julia. Aber gilt das auch, wenn es auf Kosten anderer geht? Wenn Melanie und Joey darunter leiden müssen?

Tief in ihrem Innern weiß sie, dass sie sich darüber hinwegsetzen könnte. Es hat keinen Sinn, sich selbst zu belügen.

Sie fahren am Fluss entlang. Da Sjoerd ganz in der Nähe des Reviers wohnt, ist auch er wie Julia mit dem Rad gekommen.

Vor dem »Café du Pont« stellen sie die Räder ab, gehen hinein und setzen sich ganz hinten in den Gastraum.

Der Tisch zwischen ihnen bildet eine Art neutrale Zone, was Julia als schlechtes Omen wertet. Da Sjoerd sie bisher kaum angesehen hat, ahnt sie, worauf das Gespräch hinauslaufen wird. Plötzlich empfindet sie ein bedrückendes Gefühl der Leere.

Doch dann nimmt er ihre Hand und sieht ihr in die Augen.

Neue Hoffnung keimt auf.

»So was darf nie wieder vorkommen«, sagt er leise. »Das ist dir doch hoffentlich klar? Wir haben uns von der Situation hinreißen lassen. Ich fühle mich zu dir hingezogen, seit wir uns kennen, aber das ist keine Liebe, sondern eine rein körperliche Angelegenheit.«

Lass die blöden Floskeln!, würde sie am liebsten sagen. Ich denke jede Minute des Tages an dich, stelle mir nachts vor, du liegst neben mir im Bett – was soll das sonst sein, wenn nicht Liebe?

Doch sie schweigt, lauscht dem Klang seiner tiefen, warmen Stimme, die sie unter Tausenden wiedererkennen würde.

Und mit ebendieser Stimme sagt er nun, er liebe seine Frau, denke gar nicht daran, sie jemals zu verlassen – und zerstört alle ihre Träume.

Und ich?, möchte sie schreien. Was bedeute ich dir? Wir haben so vieles gemeinsam, und du liebst mich auch, das habe ich mir doch nicht nur eingebildet. Es ist doch kein Zufall, dass ausgerechnet wir beide …

Wie dem auch sei, es gibt nur eine Möglichkeit: Um nicht das Gesicht zu verlieren, muss sie so tun, als dächte sie genauso. Nur dann können sie als Partner weiterhin zusammenarbeiten. Sie darf kein Wort mehr über ihre Hoffnungen verlieren. Ob sie das schaffen wird? Wohl eher nicht …

Sie sieht auf, schaut Sjoerd direkt in die Augen.

»Dann bleibt mir wohl keine andere Wahl, als zu kündigen«, sagt sie leise. »Für mich ist es nämlich Liebe. Ich habe mich nicht einfach nur hinreißen lassen. Ich liebe dich, Sjoerd.«

Das Stimmengemurmel der anderen Kneipengäste wird zu einem Hintergrundrauschen.

An Sjoerds Miene ist deutlich abzulesen, was in ihm vorgeht.

Er zieht Julias Hand an seine Lippen und küsst sie.

»Vergiss, was ich gesagt habe. Ich liebe dich auch, nur dachte ich, es wäre besser … einfacher, meine ich … wenn wir …«

Julia ist vollkommen verwirrt. Darf sie nun doch wieder hoffen?

Sjoerd beugt sich zu ihr.

»Julia, ich wollte nur alles richtig machen, vernünftig sein und bei Melanie bleiben. Ja, ich liebe dich, ich bin verrückt nach dir. Vergiss einfach, was ich vorhin gesagt habe.«

»Was hast du denn gesagt?« Sie lächelt unter Tränen.

Sjoerd wiederholt die Liebeserklärung, rückt seinen Stuhl neben ihren und küsst ihr die Tränen vom Gesicht.

Gut eine Stunde lang flüstern sie miteinander, küssen sich, halten sich an der Hand.

Dann steht Sjoerd auf und sagt, er müsse mal eben auf die Toilette.

Julia ist klar, dass er Melanie jetzt eine SMS schicken wird, dass er später nach Hause kommt.

Als er nach ein paar Minuten wieder da ist, schweigen sie beide ein wenig betreten und fühlen sich schuldig.

»Und jetzt?«, fragt Julia leise.

»Eigentlich wollte ich das Ganze schnell und undramatisch beenden«, sagt Sjoerd. »Aber nun ...« Er macht eine hilflose Geste. »Wir sollten nichts überstürzen«, meint er dann. »Ich gehe jetzt nach Hause, und morgen reden wir weiter – einverstanden?«

Julia lächelt ihn glückselig an. Bei der Arbeit wird sie sich das verkneifen müssen, damit nicht jeder gleich merkt, dass zwischen ihnen was läuft.

Noch ein langer Kuss, dann stehen sie auf, zahlen am Tresen und verlassen die Kneipe.

Julia will gerade noch etwas sagen, als Sjoerd sie an sich zieht und küsst. Kein Autofahrer hupt, kein Passant überschüttet sie mit Vorwürfen – niemand ahnt, dass es ein verbotenes Glück ist, das sie genießen.

Es stimmt Julia zuversichtlich, dass Sjoerd sich in aller Öffentlichkeit zu ihr bekennt.

Eng umschlungen gehen sie zu den Fahrrädern.

Das gemeinsame Stück Weg am Fluss entlang ist kurz, viel zu früh müssen sie sich trennen.

Langsam fährt sie zur Koninginnelaan. Ihr ist, als würde sie auf dem Rad dahinschweben, so leicht und beschwingt fühlt sie sich. Es war keine Illusion: Er liebt sie so wie sie ihn.

Wie es weitergehen soll, wird sich zeigen; daran will Julia vorerst noch nicht denken. Versonnen lächelt sie vor sich hin, als sie vor ihrem Haus hält.

Sie stellt das Rad im Gartenschuppen ab, geht zur Hintertür und begrüßt Morf, der ihr, wie immer, entgegenläuft. Erst als sie den Schlüsselbund hervorzieht, sieht sie den Kochtopf, darauf liegt ein Umschlag mit ihrem Namen.

Verblüfft greift sie danach und zieht eine Beileidskarte heraus. Nicht das übliche deprimierende Motiv mit betenden Händen und schwarzem Rand, sondern ein in Grau, Weiß und Zartblau gehaltenes Bild von Meeresbrandung.

»Liebe Julia, ich habe gehört, was deiner Oma zugestoßen ist, und möchte dir sagen, dass es mir unendlich leid für dich tut. Ich bin immer für dich da, wenn du jemanden zum Reden brauchst. Sicherlich hast du jetzt andere Dinge im Kopf als den Haushalt, deshalb habe ich für dich mitgekocht. Du brauchst es nur aufzuwärmen. Alles Liebe, Melanie.«

Die ehrliche Anteilnahme und Freundschaft, die aus den wenigen Sätzen sprechen, treffen Julia härter als ein Schlag ins Gesicht und vertreiben jedes Hochgefühl.

An die Mülltonne gelehnt, schließt sie die Augen, aber es hilft wenig: Melanies liebevolle Worte klingen in ihrem Innern nach.

Die Wohnung kommt ihr leerer vor als sonst. Noch vor Minuten hat sie sich gefühlt wie im siebten Himmel, jetzt ist sie hart auf dem Boden der Tatsachen gelandet. Sie versetzt dem Abfalleimer einen so heftigen Fußtritt, dass er umfällt und seinen Inhalt über den Boden verstreut.

Dann knallt sie den Topf auf den Herd und nimmt den Deckel ab: Makkaroni mit Tomatensoße, eines ihrer Lieblingsgerichte. Nicht einmal den geriebenen Käse hat Melanie vergessen …

Sie legt ein Tischset auf und nimmt eine Flasche Orvieto aus dem Kühlschrank.

Das Essen ist vorzüglich, und der Wein hat genau die richtige Temperatur, dennoch wird sie den bitteren Geschmack im Mund nicht los.

34

Mit der halb geleerten Weinflasche setzt Julia sich im Wohnzimmer auf die Couch und schaltet den Fernseher ein.

Doch statt der Werbespots sieht sie ihre Großmutter vor sich, dann Sjoerd und sich selbst, schließlich Melanie, wie sie mit dem Kochtopf in der Hand durch ihren Garten geht.

Ihre Gefühle fahren Achterbahn, und sie ist froh, in dieser Situation allein zu sein, hofft, das innere Chaos im Lauf des Abends irgendwie sortieren zu können.

Nach kaum fünf Minuten klingelt das Handy auf dem Couchtisch. Julia meldet sich.

»Ich bin's.« Tacos Stimme klingt fröhlich. »Was machst du gerade?«

»Meine Oma ist gestern gestorben. Von der Treppe gestürzt, Schädelbruch. Das begieße ich gerade mit einer Flasche Wein.«

»Wie schrecklich«, sagt Taco betroffen. »Das tut mir leid. Wie kommst du damit klar?«

»Weiß nicht. Ich glaube, ich hab's noch gar nicht so recht begriffen.«

»Verstehe. Du bist völlig neben der Spur und hast jetzt bestimmt hundert Dinge zu erledigen. Die Trauer kommt erst nach dem Begräbnis.«

»Wahrscheinlich.«

Taco bietet an vorbeizukommen, damit sie nicht den ganzen Abend allein herumsitzt. Doch da Julia nicht nach Gesellschaft und schon gar nicht nach weiteren Komplikationen zumute ist, wehrt sie ab: Nein, das sei nicht nötig, sie komme schon zurecht und außerdem habe sie noch Verschiedenes zu regeln.

»Ich hatte heute frei«, sagt sie. »Habe aber längst nicht alles geschafft, weil etwas dazwischengekommen ist.«

»Ist gut«, sagt Taco. »Aber wenn du mich brauchst, rufst du an, ja? Und vergiss nicht, mir zu sagen, wann die Beerdigung ist.«

Julia verspricht es und beendet das Gespräch.

Benommen lehnt sie sich zurück.

Das kann doch alles nicht wahr sein! Ihre Großmutter ist nicht tot, und sie hat keine Beziehung mit zwei Männern gleichzeitig, schon gar nicht mit dem Ehemann einer guten Bekannten.

Sie will sich gar nicht vorstellen, was ihre Oma dazu sagen würde ...

»Ach Oma, es tut mir so leid«, flüstert sie, den Blick zur Decke gewandt.

Die Beerdigung findet drei Tage später statt, auf dem Friedhof, auf dem auch Julias Eltern begraben sind.

Ein paar wenige Verwandte sind gekommen, dazu unzählige Nachbarn und Bekannte aus Sint Odilienberg.

Auch Sjoerd und Melanie sind da, und wenn Taco es nicht übernommen hätte, Julia Beistand zu leisten, wäre Melanie mit Sicherheit ständig an ihrer Seite. Sie steht in der Nähe und greift nach Julias Hand, als der Sarg in die Grube gelassen wird.

Zwischen Melanie und Taco, der den Arm um sie gelegt hat, und im Bewusstsein, dass Sjoerd nur ein paar Schritte hinter ihr steht, fühlt Julia sich sehr viel unwohler, als wenn sie mutterseelenallein gewesen wäre.

Nach dem Begräbnis hat sie zum Leichenschmaus in ein Restaurant unweit des Friedhofs eingeladen.

Kaum eine Stunde ist vergangen, als sich der Raum bereits wieder leert. Sjoerd und Melanie verabschieden sich mit Wangenküssen, die auf Julias Haut brennen.

Sie lehnt sich an Sjoerd, um seine Arme um sich zu spüren – aber nur kurz, damit sie niemanden vor den Kopf stößt.

Dann verlassen Sjoerd und Melanie gemeinsam das Lokal. In der Tür sieht Sjoerd sich noch einmal um, und plötzlich hat Julia das Gefühl, als wären sie mit tausend fein gesponnenen Fäden verbunden.

»Und was machen wir jetzt?«, fragt Taco, nachdem alle Gäste gegangen sind.

»Ich will noch mal zum Friedhof.« Als sie seine besorgte Miene bemerkt, wendet Julia rasch den Blick ab.

Ich muss Schluss machen, denkt sie. Ich kann ihm nicht länger etwas vorspielen, das liegt mir einfach nicht.

»Und ich soll dich nicht begleiten?« Taco hat sichtlich Bedenken, sie jetzt allein zu lassen.

»Lieber nicht«, sagt sie. »Es gibt nun mal Dinge, die man mit sich selbst abmachen muss. Ich kann jetzt nicht nach Hause und möchte noch ein wenig bei meiner Oma sein.«

»Ganz wie du meinst. Aber heute Abend komme ich und koche für dich, einverstanden? Du brauchst gar nicht viel zu reden, meinetwegen kannst du dich auch hinlegen, dann bringe ich dir das Essen ans Bett.«

Seine Fürsorglichkeit rührt Julia. Warum ist sie nicht mit Haut und Haaren in diesen Mann verliebt? Was hat Sjoerd ihm voraus, der heute Abend weder für sie kochen noch sie trösten kann? Jedenfalls nicht ohne seine Frau im Schlepptau. Es würde sie nicht wundern, wenn die beiden auf Melanies Betreiben hin noch auftauchten. Dann doch lieber Taco …

»Gut.« Sie lächelt. »Das ist wirklich lieb von dir.«

Er küsst sie auf die Nasenspitze. »Merkst du das erst jetzt?«

Die Hände in den Taschen ihrer weißen Sommerjacke geht Julia über den Friedhof. Die Sonne scheint ihr ins Gesicht, sie wärmt und tröstet.

Nach den vielen Schritten auf dem Kies, dem Schluchzen und Geflüster ist jetzt wieder Stille eingekehrt, und Julia kann ihre Gedanken schweifen lassen.

Langsam geht sie zu dem mit Blumenschalen und Kränzen bedeckten Grab, das sich inmitten des Grüns und der grauen Grabsteine wie eine bunte Insel ausnimmt.

Sie bückt sich nach den Schleifen, liest die Aufschrift auf jeder einzelnen.

Ihre Großmutter hatte ein gutes Leben und war bis zum letzten Tag aktiv. Das ist alles andere als selbstverständlich, denkt Julia. Sie hätte auch dement werden, in einem Pflegeheim landen oder nach langem Leiden sterben können. All das ist ihr erspart geblieben. Andererseits war sie gesund und so rüstig, dass sie wahrscheinlich noch ein paar Jahre vor sich gehabt hätte.

Wenn ein Mensch in hohem Alter stirbt, gilt das als normal, als unvermeidlich, ganz so, als wäre der Tod dann weniger schmerzlich, als würde man einen alten Menschen weniger vermissen als einen jungen. Julia fehlt ihre Großmutter aber schon jetzt so sehr, dass sie nicht weiß, wie sie den Verlust ertragen soll. Ihr graut vor den kommenden Wochenenden, wenn sie nicht durch Arbeit abgelenkt ist und keine Besuche mehr in Sint Odilienberg machen kann.

Das Leben geht weiter, Kind.

Diese Worte hört sie plötzlich im Kopf. Sie weiß, es sind ihre eigenen Gedanken, und doch ist ihr, als würde ihre Großmutter es sagen.

Julia wischt die Tränen weg. Das Leben geht weiter. So banal es auch klingt, es stimmt.

35

Ari und Koenraad haben Vincent mehrere Stunden lang in die Zange genommen, jedoch so gut wie nichts erreicht.

Schlecht gelaunt kommen die beiden ins Büro.

»Er isst jetzt zu Mittag«, sagt Koenraad zu Julia und Sjoerd. »Wenn er fertig ist, könnt ihr weitermachen.«

»Ich verstehe nicht, warum er partout nichts zu seiner Freundin sagen will«, meint Sjoerd.

»Er sieht sie nicht in erster Linie als seine Freundin«, sagt Julia, »sondern als persönlichen Besitz. In seinen Kreisen verliert man das Gesicht, wenn man die Freundin nicht im Griff hat. Es reicht ihm nicht, wenn wir sie zu fassen kriegen; er muss selbst mit ihr abrechnen.«

Sie will noch etwas sagen, doch da kommt Ramakers herein, mit einer Miene, die nichts Gutes verheißt.

»Die DNA-Proben sind inzwischen untersucht«, sagt er. »Von Vincent van Assendelft hat man nichts gefunden; damit ist er aus dem Schneider, was Nathalies ›Entführung‹ angeht. Ich vermute stark, dass die junge Dame das Chaos selbst verursacht hat, wie auch Frau Vriens schon meinte. Die DNA aus ihrem Blut stimmt übrigens mit der aus den Haaren überein, die am Tatort in der Bachstraat gefunden wurden.«

Julia fährt hoch. »Dann war Nathalie kurz vor den Morden dort!«

»Genau. Leider kennen wir immer noch nicht ihren Nachnamen. Anscheinend hat sie sich bisher nichts zuschulden kommen lassen, sonst hätten wir das anhand des Fingerabdrucks auf der Klingel ermitteln können. Die anderen DNA-Spuren stammen von Ihrer Großmutter, Frau Vriens, und von dem Baby. Und jetzt kommt's, haltet euch fest: Bei dem Kind hat sich eine Übereinstimmung ergeben!«

»Wie bitte?« Sjoerd sieht ihn verdutzt an.

»Wie heißt das Baby gleich noch mal?«, fragt Ramakers Julia.

»Robbie.«

»Der Name ist falsch, weil es nämlich kein Junge ist und schon gar nicht das Kind dieser Nathalie. Die DNA gehört zu einem Mädchen namens Luna van Meerdonk. Der Name kommt Ihnen sicherlich bekannt vor.«

Ramakers Worte schlagen ein wie eine Bombe.

»Nein!« Julia ringt nach Luft und kann nur mit Mühe die Fassung bewahren. »Das gibt's doch nicht!«

»Und ob. Es besteht kein Zweifel: Robbie ist ein Mädchen und heißt Luna.«

Julia stützt die Ellbogen auf den Schreibtisch und vergräbt das Gesicht in den Händen. Es ist nicht zu fassen!

Vor drei Wochen wurde Luna van Meerdonk in der Venloer Innenstadt entführt. Ihre Mutter hatte den Kinderwagen in einer Modeboutique abgestellt, und während sie sich Kleider ansah, hatte eine junge Frau das Kind aus dem Wagen genommen und mit ihm den Laden verlassen. Die Verkäuferin an der Kasse hatte das zwar gesehen, aber erst reagiert, als die Mutter in den Wagen schaute und feststellte, dass ihr Baby verschwunden war.

Die Beschreibung der Verkäuferin stimmte mit den Bildern der Überwachungskamera überein: Die Entführerin war etwa einen Meter siebzig groß, hatte halblange dunkle Locken und trug Jeans und eine Lederjacke. Leider war ihr Gesicht auf den Kamerabildern nicht deutlich zu erkennen.

Unmittelbar nach dem Verschwinden des Kindes hatte die Polizei mit einem Großaufgebot nach ihm gesucht. An den Flughäfen sowie an sämtlichen Bahnhöfen des Landes waren

Zettel mit einem Foto des verschwundenen Mädchens verteilt worden. Es kamen zwar ein paar Hinweise, gefunden wurde das Kind aber bis heute nicht.

»Ich hab wer weiß wie lange mit ihr geredet«, flüstert Julia. »Und nichts gemerkt, rein gar nichts ...«

Wenig später bittet Ramakers sie zu sich und fragt, ob sie sich, so kurz nach dem Tod ihrer Großmutter, nicht ein paar Tage freinehmen wolle.

Sie dankt für das freundliche Angebot, lehnt aber ab. Zu Hause würde sie doch nur in Trübsal versinken. Dann lieber arbeiten, insbesondere jetzt, nachdem der Fall eine so brisante Wendung genommen hat.

Julia macht sich bittere Vorwürfe, denn wie man es auch dreht und wendet – es ist ihre Schuld. Sie hat die Sache verbockt. Wie konnte sie sich nur so an der Nase herumführen lassen? Ihre Intuition, deren sie sich sonst so rühmt, scheint diesmal komplett versagt zu haben.

Hätte sie Nathalie nicht blind geglaubt, sondern nachgehakt, wäre die kleine Luna jetzt wieder bei ihren Eltern, und ihre Großmutter würde noch leben.

Sie spürt eine Hand auf der Schulter.

»Ich gehe jetzt in den Verhörraum. Kommst du mit?«

Sie nickt, steht auf und folgt Sjoerd. Im Flur drückt er ihre Hand, ganz kurz nur, doch es reicht, dass sie sich ein wenig getröstet fühlt.

Julia geht in den Raum nebenan, um das Gespräch durch die einseitig verspiegelte Glaswand mitzuverfolgen.

Vincent sitzt bereits am Tisch, neben ihm stehen zwei Polizisten.

Sjoerd tritt ein, nimmt ihm gegenüber Platz und verschränkt die Arme. »Ihre Freundin hat ein Baby entführt, Herr van Assendelft. Ich schätze mal, das hat sie auf Ihr Geheiß hin gemacht.«

Vincent sieht ihn nur wortlos an.

»Warum hat Ihre Freundin Sie niedergeschlagen? Um das Kind vor Ihnen zu schützen?«

Stille.

»Gehen wir einmal davon aus, dass es so war«, fährt Sjoerd fort. »Und davon, dass Sie die Entführung der kleinen Luna van Meerdonk veranlasst haben.«

»Blödsinn! Das war Nathalies Idee. Mit der Sache habe ich nichts zu tun!«

»Natürlich nicht. Sie sind die Unschuld in Person.«

»Genau.«

»Und wenn ich Ihnen das nicht glaube?«

Ein spöttisches Lächeln umspielt Vincents Mund. »Dann ist das Ihr Problem.«

Demonstrativ lehnt er sich zurück und schaut zur Decke.

Sosehr Sjoerd sich auch bemüht, ihn aus der Reserve zu locken – er schweigt eisern.

Mit einem Seufzer macht Julia sich auf den Weg in ihr Büro. Auf dem Flur kommt ihr Ari entgegen und grinst hämisch.

»Eine echte Heldentat, Frau Kollegin. Ein entführtes Kind auf dem Schoß haben und nichts merken. Meine Hochachtung.«

Julia bleibt stehen. »Du kannst mich nicht provozieren, Ari. Wenn du glaubst, ich würde mich auf dein Niveau herablassen, hast du dich geschnitten. Also spar dir deinen dämlichen Kommentar.«

Nach diesen Worten geht sie einfach weiter.

Im Büro setzt sie sich an ihren Schreibtisch und starrt gut zehn Minuten auf den Monitor, bis sie merkt, dass jemand neben ihr steht.

»Frau Vriens?«

Sie dreht sich halb um und begegnet Ramakers' Blick. Der setzt sich auf die Kante ihres Schreibtischs und mustert sie besorgt.

Julia streicht sich nervös eine Haarsträhne aus dem Gesicht.

»Sie hat Lunas blonde Löckchen abgeschnitten und ihr Jungenkleidung angezogen«, sagt sie leise. »Das Kind hatte immer eine Mütze auf – das hätte mir doch auffallen müssen! Ich habe keine Kinder, deshalb sieht für mich ein Baby aus wie das andere. Trotzdem hätte ich es merken müssen, ich ...«

»Niemand macht Ihnen irgendeinen Vorwurf«, beruhigt sie der Hauptkommissar. »Überlegen Sie lieber, was Sie über die Frau wissen. Schreiben Sie alles auf, was sie zu Ihnen gesagt hat, einverstanden?«

»Einverstanden.« Julia zieht die Tastatur zu sich heran. »Ich werde mir Mühe geben.«

»Wenn Ihnen etwas Wichtiges einfällt, rufen Sie mich bitte sofort an, ja?«

»Sie hat erzählt, dass ihre Eltern tot sind«, sagt Julia. »Wir haben uns ja auf dem Städtischen Friedhof kennengelernt. Vielleicht sind sie dort begraben.«

»Wissen Sie, an welchem Grab sie war?«

Julia schüttelt den Kopf. »Nein. Aber ich weiß noch, aus welcher Richtung sie kam. Und dass sie einen Strauß Sonnenblumen dabeihatte, als sie das erste Mal an mir vorbeiging.«

Ramakers horcht auf. »Sonnenblumen ...«, wiederholt er.

Trotz der einsetzenden Dämmerung ist es noch einigermaßen hell auf dem Friedhof.

Julia und Sjoerd haben das Auto am Eingang abgestellt. Beide sind mit Taschenlampen ausgerüstet für den Fall, dass sie das Grab nicht so schnell finden und im Dunkeln weitersuchen müssen.

Über den asphaltierten, von Hecken gesäumten Mittelweg gehen sie zu den Gräberparzellen und schlagen dann, auf Julias Zeichen hin, einen Pfad nach links ein.

Ein Stück weiter bleibt sie vor einer Holzbank stehen.

»Hier habe ich gesessen. Und Nathalie kam von dort.«

»Hast du sie an einem bestimmten Grab gesehen?«

»Nein, dazu war sie zu weit weg. Weiterhelfen kann uns nur der Strauß. Hoffentlich sind nicht noch andere Leute auf die Idee gekommen, die Gräber ihrer Lieben mit Sonnenblumen zu schmücken.«

Sie gehen in die Richtung, die Julia angibt, und lassen den Blick über die Gräber schweifen. Die meisten wirken gepflegt, andere bieten einen reichlich trostlosen Anblick.

»Da! Sonnenblumen!« Sjoerd zeigt auf einen Strauß.

Julia tritt an das Grab und schüttelt den Kopf. »Die Blumen sehen ganz frisch aus, nicht so, als hätten sie ein paar heiße Tage überstehen müssen.« Sie liest die Inschrift auf dem Grabstein: »Joris Dohmen, geboren 1910, gestorben 1996.«

»Nathalies Großvater vielleicht?« Sjoerd zückt sein Notizbuch und schreibt sicherheitshalber den Namen auf.

»Möglich, aber ich wüsste nicht, weshalb ein Besuch am Grab ihres Großvaters sie so hätte verstören sollen. Irgendwo müssen die Sonnenblumen doch sein! Nathalie hatte den Strauß nicht mehr, als ich sie das zweite Mal gesehen habe.«

»Es gibt Leute, die Blumen für die Gräber ihrer Angehörigen klauen oder sie mit nach Hause nehmen, wenn sie noch gut aussehen.«

Ohne auf Sjoerds Einwand zu antworten, schickt Julia sich zum Weitergehen an.

»Hier ungefähr müsste sie gestanden haben.« Sie sieht sich suchend um.

Plötzlich stößt sie einen Schrei aus: »Ich hab's! Da ist es!«

Zusammengehalten von einem Gummiband, liegen die Blumen da, wegen der Hitze sind sie schon ziemlich verwelkt. Etliche Blütenblätter sind abgefallen, doch älter als eine Woche ist der Strauß bestimmt nicht.

Das Grab ist neu und hat noch keinen Stein. An seinem Fußende liegen drei halb verdorrte Kränze mit beschrifteten Bändern:

Ruhe sanft, liebe Kristien

Aus unserer Mitte, doch nicht aus unserem Herzen

Kristien, Du wirst uns fehlen

Sie sehen einander an.

»Das Grab kennen wir«, sagt Sjoerd, und Julia nickt.

Hier haben sie erst vor Kurzem gestanden, als Kristien Moors begraben wurde.

36

Kristien Moors' Eltern wohnen in Sittard, etwa dreißig Kilometer südlich von Roermond.

Julia ist hingefahren, nachdem sie schon morgens um sechs im Büro war, um sich die Unterlagen zum Fall Bachstraat noch einmal vorzunehmen. Vor allem nach Hinweisen auf eine Verbindung zwischen Kristien und Nathalie hat sie gesucht.

Fotoalben wurden in der Wohnung des Paars nicht gefunden, lediglich eine Fotodatei auf Kristiens PC. Julia kontrolliert sämtliche Bilder und Mails, doch nichts deutet darauf hin, dass die beiden sich kennen. Julia hofft nun, Nathalie mithilfe von Kristiens Eltern auf die Spur zu kommen.

Sie zieht ihre Lederjacke glatt, streicht sich eine Haarsträhne aus dem Gesicht und klingelt an der Tür des schmucklosen Einfamilienhauses.

Als sie soeben durch den Vorgarten ging, hat sie durchs Fenster jemanden in der Küche hantieren sehen, also hat sie den Weg nicht umsonst gemacht.

Die Tür wird einen Spaltbreit geöffnet, eine Frau schaut heraus.

»Ja, bitte?«

»Frau Moors?« Julia zeigt ihren Dienstausweis vor. »Ich heiße Julia Vriens und bin bei der Kripo in Roermond. Darf ich kurz reinkommen?«

»Kripo?« Bianca Moors macht die Tür ganz auf. »Ist es wegen meiner Tochter?«

»Ja, sozusagen.«

»Dann kommen Sie bitte herein.« Sie macht eine einladende Handbewegung.

Unglaublich, wie sehr sie ihrer Tochter ähnelt, denkt Julia, als sie Frau Moors ins Wohnzimmer folgt. Die gleichen feuerroten Locken und Sommersprossen, allerdings dürfte sie etwa zwanzig Kilo mehr wiegen.

Kaum haben sie Platz genommen, mustert Frau Moors Julia kritisch. »Sie kenne ich überhaupt nicht. Das letzte Mal hatte ich mit jemand anderem zu tun.«

»Ich war am Tatort … Ich meine, im Haus Ihrer Tochter. Mit Ihnen hat neulich eine Kollegin gesprochen. Wir sind ein ganzes Team, nicht nur ein, zwei Leute.«

»Wie im Fernsehen.«

»Ja, nur läuft in Wirklichkeit manches anders als im Fernsehen.«

»Das können Sie laut sagen.« Ein schmerzliches Lächeln huscht über ihr Gesicht, und sie dreht nervös an ihrem Ring. »Mit dem Tod ist es genauso. Ich denke immer wieder, alles wäre nur ein böser Traum. Einer von der schlimmsten Sorte, sodass man nach dem Aufwachen völlig durch den Wind ist, bis einem klar wird, dass in Wahrheit gar nichts passiert ist. Bei mir ist es genau umgekehrt: Jede Nacht träume ich von Kristien. Ich träume, dass sie noch lebt, und hoffe beim Aufwachen, dass … Ach ja …«

Sie spricht leise, wie mit sich selbst, scheint keinen Trost zu erwarten, allenfalls Verständnis.

»Ich weiß, wie das ist.«

Kristiens Mutter sieht sie forschend an, sagt aber nur: »Und was kann ich für Sie tun?«

»Ich möchte Sie gern etwas fragen. Kannte Ihre Tochter eine Frau, die Nathalie heißt?«

»Nathalie … und wie weiter?«

»Genau das wollen wir herausfinden.«

»Warum?«

»Weil diese Nathalie uns hoffentlich sagen kann, wer Ihre Tochter getötet hat. Aber um sie zu finden, brauchen wir den Nachnamen«, sagt Julia.

»Soweit ich mich erinnere, hat Kristien nie eine Nathalie erwähnt.«

»Vielleicht früher einmal? Vielleicht kannte sie zu Schulzeiten eine Nathalie? Mit wem war Kristien damals befreundet?«

»Viele Freundinnen hatte sie nicht. Im Gymnasium war sie oft mit einem Mädchen namens Dagmar zusammen. Die beiden gingen in die gleiche Klasse und waren mehr oder weniger befreundet. Mehr oder weniger deshalb, weil diese Dagmar ein extrem stilles Mädchen war. Wissen Sie, Kristien wurde in der Grundschule wegen ihrer roten Haare ständig gehänselt, deshalb war sie froh, als sie später Dagmar als Banknachbarin hatte und sich gut mit ihr verstand. Ich glaube, es hat ihr nicht viel ausgemacht, dass Dagmar so in sich gekehrt war.«

»Brachte Kristien das Mädchen nie mit nach Hause?«

»Doch, ab und zu. Sie war sehr wohlerzogen, aber irgendwie seltsam. Manchmal war sie aufgekratzt, fast schon etwas übertrieben, aber meist sagte sie kein Wort zu mir. Ich glaube, sie hatte es zu Hause nicht einfach. Ihre Mutter und ihr Bruder sind bei einem Unfall umgekommen, als sie etwa zehn war, und mit ihrem Vater verstand sie sich nicht sehr gut. Ich fürchte, er hat sie geschlagen, denn sie hatte öfter blaue Flecken. Als ich sie mal darauf ansprach, behauptete sie, sie wäre gestürzt.«

»Und Sie haben nicht nachgehakt, zum Beispiel gefragt, ob sie mit dem Vertrauenslehrer in der Schule über ihre Probleme gesprochen hat?«

»Ich mische mich grundsätzlich nicht in fremde Angelegenheiten ein.«

»Hatten Kristien und Dagmar nach dem Schulabschluss noch Kontakt?«, fragt sie.

Frau Moors schüttelt den Kopf. »Ich glaube nicht. Jedenfalls hat Kristien sie später nie mehr erwähnt. Meine Tochter ist mit der mittleren Reife abgegangen, hat eine Lehre gemacht und sich dann einen anderen Freundeskreis zugelegt, wie das eben so ist.«

»In Kristiens Wohnung haben wir keinerlei Fotos von früher gefunden.«

»Die Alben sind hier. Kristien hat sich nie viel aus Fotos gemacht, auch nicht, als sie noch zu Hause wohnte. Sie hatte sie lose in Schubladen liegen und manchmal sogar als Glasuntersetzer benutzt. Ich konnte das nicht mitansehen und hab irgendwann alle ihre Bilder eingeklebt. Soll ich sie holen?«

»Ja, bitte. Vielleicht ist ja ein Foto von Dagmar dabei.«

»Eher nicht. Dagmar hat sich nur ungern fotografieren lassen. Sie war, wie gesagt, ein wenig seltsam. Aber auf den Klassenfotos müsste sie eigentlich mit drauf sein. Ich geh dann mal ...« Sie steht auf und verlässt den Raum.

Julia lässt den Blick durchs Wohnzimmer schweifen. Nirgendwo sieht sie ein Foto von Kristien, aber an der gegenüberliegenden Wand fällt ihr ein helles Viereck auf der Tapete auf. Sie seufzt leise.

Nach wenigen Minuten kommt Frau Moors mit drei Fotoalben unterm Arm wieder herein.

Sie setzt sich aufs Sofa, und Julia nimmt neben ihr Platz.

So schnell wird sie wohl nicht ans Ziel kommen, denn Bianca Moors zeigt ihr zunächst einmal Kristiens Babyfotos, dann Aufnahmen aus dem Kindergarten.

Julia hat wenig Zeit, will die Frau aber nicht drängen, zumal sie merkt, wie wichtig es ihr ist, ein wenig über die Tochter zu reden. Dennoch ist sie froh, als sie endlich bei den Bildern aus der Gymnasialzeit angelangt sind.

Sie haben nun das Klassenfoto aus der Fünften vor sich liegen. Frau Moors zeigt auf Kristien, Julia hingegen überfliegt die übrigen Kindergesichter. Es sind mehrere Mädchen mit dunklen Locken zu sehen, eines davon versteckt sich halb hinter einer Klassenkameradin.

»Ist das hier Dagmar?«

»Ja, scheu wie immer. Sehen Sie doch nur, wie wütend Kristien guckt. Ich weiß noch gut, dass sie sich furchtbar geärgert hat, weil sie und Dagmar nicht nebeneinander stehen durften. Der Fotograf hatte nämlich seine eigenen Vorstellungen: dunkel neben blond, die Großen nach hinten, solche Sachen. Ist das nun das Mädchen, das Sie suchen?«

»Ich bin mir nicht sicher, weil sie auf dem Bild noch sehr jung ist. Könnte ich vielleicht mal ein Klassenfoto sehen, auf dem sie so etwa sechzehn sind?«

Bianca Moors nimmt das letzte Album zur Hand, blättert darin und reicht es dann Julia. »Dagmar steht ganz rechts.«

Das Foto ist besser als das vorige und hat ein größeres Format, sodass Julia das Mädchen auf Anhieb erkennt; es ist tatsächlich Nathalie, und sie hat sich kaum verändert.

»Sie ist es«, sagt sie. »Jetzt hoffe ich nur, Sie wissen ihren Nachnamen noch.«

»Sonst hätten Sie ja auch in der Schule nachfragen können«, sagt Frau Moors. »Aber keine Sorge, ich weiß ihn noch. Der Name hat mir immer gefallen, er passt auch gut zu ihrem Vornamen: Dagmar Dalhuijs.«

37

Kaum sitzt Julia im Auto, ruft sie auf dem Revier an. Ramakers ist am Telefon.

»Dalhuijs«, sagt sie ohne lange Vorrede. »So lautet Nathalies Nachname. Und ihr richtiger Vorname ist Dagmar.«

»Gut gemacht, Frau Vriens. Wir legen gleich los.«

Julia lässt das Auto an und fährt wieder nach Roermond.

Zwei Stufen auf einmal nehmend, läuft sie die Treppe hinauf und stürmt ins Büro. Die Kollegen sind konzentriert bei der Arbeit, recherchieren am PC oder telefonieren. Ramakers geht ungeduldig auf und ab.

Julia tritt an Sjoerds Schreibtisch: »Und? Schon was rausbekommen?«

»Ja, aber leider nichts über ihren derzeitigen Aufenthaltsort. Wir wissen, dass sie höchstwahrscheinlich mit einem Citroën unterwegs ist, mit einem hellblauen, mit Kindersitz. Der wurde am Tag ihres Verschwindens am Ortsrand von Sint Odilienberg gestohlen.«

»Und sonst?«

»Sie stammt aus Roermond und hat früher ganz in der Nähe von Ilse van Meerdonk gewohnt, die damals noch Beekman hieß. Gut möglich, dass sie sich kennen. Wir haben die van Meerdonks schon angerufen, sie müssten demnächst hier sein. Über Dagmar selbst ist wenig herauszubekommen, denn straffällig geworden ist sie noch nie. Sie stammt aus einer wohlhabenden Familie. Ihre Mutter ist bei einem Autounfall umgekommen, der Vater ein paar Jahre später bei einem Raubüberfall. Schon damals hatte er einen Großteil seines Vermögens eingebüßt, bis auf ein Ferienhaus in Italien, das jetzt seinen Töchtern gehört. Dagmar hat nämlich eine Schwester, Cécile Dalhuijs-Vermeer. Sie wurde vor Kurzem aus dem Krankenhaus in Verbania entlassen, wo sie wegen einer Stichverletzung behandelt wurde. Ihr Mann, Edwin Vermeer, liegt noch dort.«

»Van Assendelft«, sagt Julia sofort. »Garantiert hat er sie bei ihren Verwandten aufgespürt. So weit ist die Sache klar. Ich verstehe bloß nicht, was es mit dem Baby auf sich hat. Warum schleppt sie die ganze Zeit ein fremdes Kind mit sich herum?«

»Mich macht vor allem stutzig, dass sie und die Mutter des Mädchens früher nur ein paar Straßen voneinander entfernt gewohnt haben ...«, sagt Sjoerd.

In diesem Moment kommt Rietta herein, um das Ehepaar van Meerdonk anzukündigen.

»Bringen Sie die beiden bitte in den Verhörraum«, sagt Ramakers zu Sjoerd und Julia und macht eine auffordernde Geste.

»Wir sind schon unterwegs.«

Im Verhörraum stellen sie das Aufnahmegerät an und testen kurz, ob es auch funktioniert.

Wenige Minuten später werden Lunas Eltern hereingeführt: ein attraktives Paar wie aus dem Werbefernsehen, dem man den Wohlstand schon von Weitem ansieht. Er ist hochgewachsen, vielleicht etwas zu füllig, und trägt einen Nadelstreifenanzug, sie ist schlank und blond, trägt ein elegantes Kostüm und hat die Designer-Sonnenbrille wie ein Diadem ins Haar geschoben.

Erst als sie ihnen gegenübersitzen, bemerkt Julia die dunklen Augenränder Robert van Meerdonks, das nervöse Zucken um seinen Mund sowie die abgekauten Fingernägel und die ungesunde Blässe seiner Frau. Sie hat keine gestylten Werbefiguren vor sich, sondern zwei Menschen aus Fleisch und Blut, denen die Sorge um die kleine Tochter schlaflose Nächte bereitet.

Rietta bringt Kaffee und Tee, stellt die Becher mit einem

freundlichen »Bitte sehr« auf den Tisch und verschwindet wieder.

Julia sieht zwei Augenpaare, die erwartungsvoll auf sie und Sjoerd gerichtet sind. Letzterer lehnt sich zurück und überlässt es ihr, den Anfang zu machen. Aber noch bevor sie etwas sagen kann, fragt Lunas Vater: »Gibt's was Neues? Haben Sie unser Kind gefunden?«

»Noch nicht«, sagt Julia. »Aber wir kennen nun den Namen der Person, die Ihre Tochter entführt hat und bei der sie momentan ist.«

»Wer ist es? Und warum ist die Täterin noch nicht verhaftet, wenn Sie sie kennen?«

»Weil wir sie erst noch finden müssen. Wir wissen, was für ein Auto sie fährt, also werden wir sie früher oder später schnappen. Es wäre aber hilfreich, noch mehr über sie zu erfahren.«

»Und deshalb zitieren Sie uns extra hierher? Um uns zu sagen, dass Luna von einer Frau entführt wurde, über die Sie kaum etwas wissen? Was soll das?« Zornig schlägt Robert van Meerdonk mit der flachen Hand auf den Tisch.

Seine Frau legt ihm beschwichtigend die Hand auf den Arm. »Reg dich nicht auf, Robert. Ich bin sicher, man hat uns nicht nur deswegen kommen lassen.« Fragend sieht sie Julia an und dann Sjoerd, der nach wie vor mit verschränkten Armen dasitzt und nun nickt.

»Sie sagen es. Wir haben Grund zu der Annahme, dass Sie, Frau van Meerdonk, die Entführerin kennen, denn sie hat früher in Ihrer Nachbarschaft gewohnt. Sagt Ihnen der Name Dagmar Dalhuijs etwas?«

Ilse van Meerdonk zuckt zusammen und stöhnt auf.

Eine groß angelegte Fahndung wird eingeleitet. Sämtliche Streifenwagen erhalten den Auftrag, nach einer jungen Frau in einem hellblauen Citroën Ausschau zu halten.

»Ich vermute, dass Dagmar sich irgendwann mit Ihnen in

Verbindung setzt, Frau van Meerdonk«, sagt Julia. »Entweder, um Luna zurückzubringen oder aber, um Lösegeld zu fordern. Ihr Festnetzanschluss wird ab sofort überwacht, sodass wir dabei sind, wenn sie anruft. Es kann aber auch sein, dass sie nicht telefonisch, sondern direkt Kontakt zu Ihnen aufnimmt. Das könnte ich mir sogar eher vorstellen. Sie sollten also nicht zu Hause neben dem Telefon sitzen, sondern sich ganz normal verhalten, einkaufen, spazieren gehen und so weiter.«

»Und was unternehmen Sie in der Zwischenzeit?«, will Robert van Meerdonk wissen. »Meine Frau bekommt doch sicher Polizeischutz, damit sofort eingegriffen werden kann, wenn diese Person sich ihr nähert?«

»Leider haben wir nicht genug Leute, um ständig jemanden dafür abzustellen«, sagt Julia. »Aber wir geben Ihnen einen als Handy getarnten Sender mit, bei dem Sie unauffällig eine Taste drücken können. Damit aktivieren Sie ein GPS-System, sodass wir im Fall des Falles gleich vor Ort sind. Aber wir hoffen natürlich, dass wir die Frau vorher finden. Alle Polizeieinheiten des Landes sind informiert.«

»Dann gehen wir jetzt am besten nach Hause«, sagt Ilse van Meerdonk nach längerem Schweigen. »Vielleicht hat sie ja schon versucht, uns zu erreichen. Obwohl ich das Gefühl habe, dass wir unsere Luna nie wiedersehen.« Sie schluckt mehrmals. »Das ist dann meine Strafe ...« Ihre Augen werden feucht, die Lippen zittern.

Julia sieht sie fragend an.

»Strafe? Wofür denn?«

Ilse beginnt zu erzählen ...

Was nun ans Licht kommt, macht deutlich, dass Dagmar sich völlig in etwas verrannt hat und dringend Hilfe braucht. Aber auch, dass große Gefahr für das Kind besteht, weil Menschen in diesem Zustand dazu neigen, unüberlegt und unberechenbar zu handeln.

38

Imposante Villen inmitten großer Gärten hinter schmiedeeisernen Zäunen – eindeutig das Nobelviertel von Venlo, wo hauptsächlich der Geldadel und gut verdienende Akademiker wohnen.

Langsam fährt Nathalie die stille Straße entlang, passiert das Anwesen der van Meerdonks und hält ein Stück weiter. Das ist also Robbies Elternhaus: Sie betrachtet es aus einiger Entfernung.

Schuldgefühle hatte sie bisher nicht. Die Aufrufe im Fernsehen, in denen die verzweifelten Eltern baten, der Entführer möge ihnen ihr Kind zurückgeben, haben sie kaltgelassen. Von Vincent hat sie gelernt, auf Distanz zu gehen, sich ganz auf ihr Vorhaben zu konzentrieren und alles andere zu ignorieren, auch die eigenen Gefühle.

Um die Eltern des Babys, das sie von Anfang an Robbie genannt hat, mürbe zu machen, hatte sie erst einmal eine Woche vergehen lassen.

Vincent hatte nichts dagegen gehabt, als sie mit dem Kind ankam, vorausgesetzt, es verhalte sich ruhig, denn Geplärre und Gezeter vertrage er nicht. Die Entführung sei ihre Idee gewesen – solche Dinge fielen nicht in sein Ressort –, also solle sie zusehen, wie sie das geregelt kriege.

Tage- und vor allem nächtelang trug Nathalie das Kind auf dem Arm herum, tröstete es, wenn es jammerte, und stellte zu ihrer Verblüffung fest, dass sie eine Art Bindung zu ihm entwickelte.

Als Robbie sie zum ersten Mal anlächelte, wurde ihr klar, dass sie ihm nie etwas zuleide tun könnte.

Sie hatte nie vorgehabt, das Kind zu behalten oder Lösegeld zu fordern, doch Vincent meinte nach einer Woche, das sei doch eine gute Möglichkeit, schnell an eine größere Summe zu kommen.

»Am besten, wir verleihen der Forderung ein bisschen Nachdruck, damit sie gar nicht erst auf dumme Gedanken kommen.« Er hatte sein Schnappmesser gezückt. »Ein Finger dürfte genügen. Du wirst sehen, die zahlen im Handumdrehen. Großer Gott, kann das elende Balg nicht mal die Klappe halten? Na gut, gleich hat es einen Grund zu plärren.«

Zu Nathalies Entsetzen ging er auf die Couch zu, wo Robbie nach seinem Fläschchen schrie.

»Nein!«, rief sie, aber Vincent ließ sich nicht beirren. Als er die Hand nach dem Kind ausstreckte, packte sie seinen Arm. Er wollte sie abschütteln wie eine lästige Fliege, doch sie klammerte sich regelrecht an ihn. Schließlich stieß er sie so grob von sich, dass sie stürzte.

Sie sah, wie er nach Robbies Händchen griff und das Messer aufschnappen ließ.

In dem Moment zerriss etwas in ihr. Sie hörte ihren eigenen Schrei im Kopf nachhallen – ein Urschrei, der ihr die Kraft gab, aufzuspringen, die Lampe mit dem schweren gusseisernen Fuß zu packen und sie auf Vincents Hinterkopf niedersausen zu lassen.

Er taumelte und fiel um wie ein Sack.

Wie benommen stand sie da, die Lampe nach wie vor in der Hand und erstaunt über ihre eigene Courage.

Vor ihr am Boden lag Vincent, regungslos und heftig blutend.

Im Nachhinein tut es ihr leid, dass sie nicht noch ein paarmal zugeschlagen oder ihn mit seiner Pistole erschossen hat, um ihn endgültig los zu sein.

Ilse Beekman hat es gut getroffen. Sie ist mit einem erfolgreichen stadtbekannten Chirurgen verheiratet, lebt in einer Villa und kann sich mit Luxus umgeben.

Aufgewachsen ist sie in Roermond, in der gleichen Gegend wie Nathalie. Irgendwann zog Ilse um, weg aus Roermond und weg aus Nathalies Leben. Seitdem haben sie sich nicht mehr gesehen, bis Nathalie sie eines Samstags in einem Venloer Einkaufszentrum erspähte.

Aus dem eher unscheinbaren neunzehnjährigen Mädchen von damals war eine gepflegte Frau in eleganter Designerkleidung geworden, die einen Kinderwagen mit allen Schikanen vor sich her schob.

Ein Kind, dachte sie, Ilse hatte ein Kind bekommen!

Nathalie stand noch halb unter Schock, als sie beschloss, Ilse zu folgen. Die hatte sie offenbar nicht wiedererkannt. Sie betrat eine Modeboutique, stellte den Kinderwagen in einer Ladenecke ab und wandte sich den Kleiderständern zu. Nur hin und wieder warf sie einen Blick auf den Wagen.

Nachdem Nathalie sie eine Weile durchs Schaufenster beobachtet hatte, trat sie ein und spähte unauffällig in den Kinderwagen. Das Baby trug ein besticktes weißes Mützchen und schlummerte; es sah total niedlich aus, wie es so dalag, die Händchen im Schlaf zu kleinen Fäusten geballt.

Nathalie vergewisserte sich, dass Ilse ihr den Rücken zuwandte, hob dann das Baby heraus und verließ mit ihm den Laden.

Jetzt sitzt sie im Auto und wartet, Robbie nuckelt im Kindersitz hinter ihr an seinem Schnuller. Nathalie überlegt, ob sie das Kind nicht doch besser zu Hause gelassen hätte. Aber sie hat nicht den Eindruck, dass hier irgendwo Gefahr lauert; die Straße ist bis auf ein paar wenige Autos, die ihr unverdächtig erscheinen, leer.

Das Telefon der van Meerdonks wird bestimmt abgehört,

aber dass das Haus unter dauernder Beobachtung steht, kann sie sich nicht vorstellen. Und falls die Polizei nach einem bestimmten Wagen Ausschau hält, dann gewiss nicht nach diesem.

Als sie vor einer Stunde aufbrach, hat sie statt des gestohlenen Citroëns vorsichtshalber Nicos roten BMW genommen, der in der Garage stand – ein Auto, das in diese noble Gegend passt und nicht auffällt, wenn es eine Zeit lang unter den Alleebäumen parkt.

Immer wieder sieht sie über den Rückspiegel zu der Villa hinüber. Robbies Elternhaus ... Dieser Gedanke versetzt ihr einen Stich. Am liebsten würde sie das Kind behalten. Auf Lösegeld kann sie – mit dem, was sie an Schwarzgeld aus Vincents Tresor hat – gut und gern verzichten, nicht aber auf Robbies vergnügtes Glucksen, wenn sie mit ihm spielt und Grimassen zieht, nicht auf die Wärme seines kleinen Körpers, wenn er sich vertrauensvoll an sie schmiegt, und nicht auf seine braunen Kulleraugen, die sie auf Schritt und Tritt verfolgen, weil er Angst hat, sie könnte weggehen.

Soll sie mit dem Kind einfach davonfahren? Irgendwohin, Hauptsache weit weg. In ein Land, wo es auch im Winter warm ist. Portugal wäre nicht schlecht, denkt sie. Dort könnte sie ein Haus am Meer mieten, mit Terrasse und einem Garten voller Olivenbäume und duftender Kräuter.

Minutenlang träumt sie vor sich hin, meint das Rauschen der Brandung zu hören und den Duft von Lavendel und Thymian zu riechen.

Die Sprache hätte sie bestimmt schnell gelernt, und dann könnte sie sich eine Arbeit suchen. Nichts Stressiges, eher einen Zeitvertreib, nur um unter Menschen zu kommen und vielleicht neue Freunde zu finden.

Sie stellt sich vor, wie sie am Strand mit Robbie Ball spielt, wenn er größer ist. Wie sie zusammen schwimmen – ach, es könnte so herrlich sein.

Nathalie greift nach hinten, wo Robbie mit einer Stoffpuppe mit Glöckchen an der Mütze spielt, und streichelt seine Hand.

»Na, wie wär's, mein Kleiner: Wollen wir beide nach Portugal fahren?«

Ganz so, als würde er sie verstehen, schwenkt er begeistert die Puppe.

Nathalie lächelt.

Sie dreht sich wieder um, und ihr Lächeln erstirbt, weil ihr klar wird, dass jede weitere Flucht mit dem Kind Wahnsinn wäre. Sie muss es hergeben, auch wenn es wehtut – es ist besser so. Ohne Baby ist sie flexibler, und Portugal ist weit weg.

Sie überschlägt im Kopf die Kilometer und wie lange sie für die Reise brauchen wird.

Vorhin war Portugal nur ein spontaner Gedanke, jetzt wird es mehr und mehr zu einem festen Ziel, einem Traumziel, nach dem sie sich fast schon sehnt.

Endlich kommt Ilse van Meerdonk aus dem Haus. Sie steigt ins Auto, einen gediegenen Mercedes, und betätigt den Öffner für das Eingangstor. Es schließt sich automatisch hinter ihr.

Nathalie lässt das Auto an und fährt in einiger Entfernung hinter ihr her.

Auf dem Parkplatz eines großen Einkaufszentrums stellt Ilse den Mercedes ab.

Nathalie folgt ihr unauffällig, was bei den vielen Leuten, die den Samstag zum Einkaufen oder Bummeln nutzen, kein Problem ist.

Scheinbar ziellos schlendert Ilse an den Schaufenstern vorbei, bleibt hier und da stehen, betritt aber keines der Geschäfte.

Wahrscheinlich will sie gar nicht einkaufen, sondern sucht nur Ablenkung, denkt Nathalie, weil sie es nicht mehr aushält, auf einen Anruf zu warten, der doch nicht kommt. Oder womöglich auf eine schlimme Nachricht.

Nach zehn Minuten nimmt Ilse auf einer Bank vor einer

Eisdiele Platz. Sie wirkt erschöpft, hat anscheinend nicht mehr die Energie, so zu tun, als würde ihr das Bummeln Spaß machen.

Nathalie setzt sich neben sie. Ohne Robbie – das Kind hat sie im Auto gelassen.

»Hallo, Ilse.«

Verdutzt wendet Ilse ihr das Gesicht zu.

Nathalie hat nicht den Eindruck, dass sie sie erkennt. Kein Wunder, da sie eine blonde Perücke trägt.

»Du kennst mich wohl nicht mehr, was? Wir haben früher beide in Roermond gewohnt. Ich bin Dagmar.«

Der Name scheint bei Ilse keine Erinnerung auszulösen. Nathalie spürt, wie Wut in ihr aufsteigt. Jahrelang hat diese Frau sie immer wieder beschäftigt, doch Ilse scheint nie mehr einen Gedanken an sie verschwendet zu haben.

»Dagmar Dalhuijs«, hilft sie ihr auf die Sprünge. »Du hast meine Mutter und meinen kleinen Bruder totgefahren, aber das hast du wohl vergessen, was?«

Die harten Worte haben den gewünschten Effekt: Ilse van Meerdonk zuckt zusammen.

»O Gott«, sagt sie leise. »Du bist das? Ich habe dich gar nicht erkannt. Damals warst du erst elf oder zwölf, nicht?«

»Zehn«, korrigiert Nathalie. »Ich war zehn, als du meine Familie zerstört hast.«

Ilse zupft nervös an ihrer Jacke und will etwas sagen, doch da baut sich die Verkäuferin vor ihnen auf und macht sie, nicht eben freundlich, darauf aufmerksam, dass die Bank ausschließlich für Kunden gedacht sei. Wenn sie nichts konsumieren möchten, sollten sie doch bitte …

»Zwei Eiswaffeln mit Sahne, bitte«, sagt Nathalie schnell.

»Wie viele Kugeln?«

»Je drei«, sagt Nathalie. »Schoko, Erdbeere und Vanille. Heute lassen wir's uns mal richtig gut gehen.«

Ilse sieht sie scheu von der Seite an.

»Es tut mir leid, was damals passiert ist, aber ich konnte nichts dafür. Es war ein Unfall.«

»Das Eis, bitte!« Die Verkäuferin beugt sich über die Theke. Nathalie steht auf, bezahlt und gibt Ilse eine Eiswaffel. Dann setzt sie sich wieder und leckt an der Sahne.

»Es war ein Unfall«, wiederholt Ilse. »Das Ganze tut mir unsagbar leid, aber ...«

»Du warst besoffen«, fällt Nathalie ihr ins Wort. »Am helllichten Tag, wohlgemerkt! So besoffen, dass du Schlangenlinien gefahren bist und meine Mutter und meinen Bruder auf dem Bürgersteig umgefahren hast.«

»Ich war damals neunzehn. Ich weiß, das ist keine Entschuldigung, aber in dem Alter schlägt man schon mal über die Stränge, und es war Karneval. Nach dem Unfall habe ich keinen Alkohol mehr angerührt, das kannst du mir glauben. Für mich war das Ganze auch furchtbar.«

»Robbie war gerade mal sechs Monate alt. Er hat so süß gelacht, wenn ich ihn gekitzelt habe, und jedes Mal, wenn er mich sah, hat er die Ärmchen nach mir ausgestreckt. Ich war seine Lieblingsschwester.«

Schweigen.

»Ja«, sagte Ilse leise. »Ich weiß ...«

39

Ilses Bestürzung macht auf Nathalie wenig Eindruck. Kühl mustert sie die Frau, die wie erstarrt dasitzt, während ihr Eis langsam schmilzt.

»Ist dir eigentlich klar, was du da angerichtet hast?«, fährt sie fort. »Du hast nicht nur meine Mutter und meinen Bruder umgebracht, sondern mir auch den Vater genommen. Er kam mit der Situation überhaupt nicht zurecht, begann zu trinken und meine Schwester und mich grün und blau zuschlagen. Ja, so ist meine Jugend verlaufen, Ilse. Und wie war es bei dir?«

Bevor Ilse antworten kann, redet Nathalie auch schon weiter: »Ich war oft auf dem Friedhof, wo meine Mutter und Robbie begraben sind. Mein ganzes Taschengeld habe ich für Blumen und Plüschtiere ausgegeben und sie aufs Grab gelegt. Vater und Cécile gingen auch hin, aber nicht so oft wie ich. Nur dich habe ich dort nie gesehen. Hast du auch nur ein einziges Mal Blumen auf das Grab gelegt? Und an ihrem Todestag an die beiden gedacht? Oder hast du einfach weitergelebt, so als wäre nichts gewesen?«

Sie schweigt und sieht Ilse provozierend an – mit einer lapidaren Entschuldigung kommt sie ihr nicht davon.

Zu ihrer Verwunderung hat Ilse Tränen in den Augen.

»Selbstverständlich habe ich an sie gedacht«, sagt sie mit brüchiger Stimme. »Dass ich nie am Grab war, stimmt, aber das heißt nicht, dass ich es mir leicht gemacht hätte. Jedes Jahr zu Karneval bekam ich Depressionen. Jahrelang habe ich mich zurückgezogen und bin keine Beziehung eingegangen, weil ich dachte, ich hätte kein Recht auf Glück. Und aus demselben Grund wollte ich keine Kinder. Die Schuldgefühle waren so massiv, dass ich angefangen habe, mich selbst zu verletzen. Später habe ich eine Therapie gemacht, das hat ein wenig geholfen. Als ich dann meinen jetzigen Mann kennenlernte und ein Jahr darauf schwanger wurde, war ich zunächst todunglücklich. Ich habe gehofft, dass es ein Mädchen wird, und zum Glück war dem auch so.«

Nathalie hat mit abgewandtem Gesicht zugehört. Ilses Worte lassen die Mauer aus Wut bröckeln, die sie um sich herum errichtet hat.

Ach was!, denkt sie, das ist doch nur Gerede. Doch das Zittern in Ilses Stimme verrät, dass auch sie gelitten hat. Sie hält nach wie vor die Waffel in der Hand, ohne auch nur ein Mal am Eis geleckt zu haben, das ihr über die Finger läuft.

»Es tut mir unendlich leid«, flüstert sie.

Nathalie isst in aller Ruhe ihr Eis auf und wischt sich dann die Hand an der Jeans ab.

»Genau das wollte ich wissen«, sagt sie schließlich. »Dass es dich nicht kaltgelassen hat. Wenn du nur ein einziges Mal Blumen aufs Grab gelegt hättest, hätte ich es gewusst. Aber weil du das nicht getan hast, wollte ich dich spüren lassen, was es heißt, einen geliebten Menschen zu verlieren. Damit auch du weißt, wie sich Verzweiflung anfühlt. Immer in dem Wissen, dass es einen Schuldigen gibt, jemanden, der für das ganze Elend verantwortlich ist. Nur deshalb habe ich dein Baby entführt. Ich wollte kein Lösegeld erpressen, aber Vincent, mein Freund, hat das anders gesehen. Und im Grunde hatte er nicht unrecht. Schließlich seid ihr reich, da wäre es nur angemessen, wenn ich ein wenig davon profitiere.«

»Ich hätte es ahnen müssen«, flüstert Ilse. »Als die Verkäuferin sagte, eine Frau mit dunklen Locken habe Luna aus dem

Kinderwagen genommen, hätte mir klar sein müssen, dass du das warst.«

»Dein Kind ist wirklich niedlich, ich habe es sofort ins Herz geschlossen. Und weißt du was? Robbie mag mich auch. Wenn er weint und ich ihn tröste, beruhigt er sich sofort. Ganz so, als gehörten wir zusammen.«

Mit großen, angsterfüllten Augen sieht Ilse sie an. »Wo ist Luna? Geht es ihr gut?«

»Aber sicher. Bei mir hat Robbie alles, was er braucht. Du kannst mir übrigens dankbar sein, dass ich ihn vor Vincent beschützt habe. Er wollte ihm nämlich einen Finger abschneiden und den zusammen mit einer Lösegeldforderung an euch schicken. Aber das ging mir natürlich zu weit.«

Ilse starrt Nathalie entgeistert an. »Wo ist Luna?«, stößt sie hervor.

»An einem sicheren Ort. Und gar nicht weit weg von hier. Ich könnte ihn holen.«

»Sie! Es ist ein Mädchen, Dagmar! Meine Tochter! Und sie heißt nicht Robbie, sondern Luna!«

»Mädchen oder Junge, was soll's ...« Nathalie macht eine wegwerfende Geste. »Jetzt hört er jedenfalls auf seinen neuen Namen.«

Ilse stöhnt gequält auf, dann sieht sie Nathalie flehend an. »Gib mir mein Kind zurück. Bitte, Dagmar! Ich zahle auch gern Lösegeld. Sag mir, wie viel du haben willst, dann gehen wir sofort zur Bank. Ich gebe dir alles, was auf meinem Konto ist.«

»Danke, nicht nötig. Wie schon gesagt, es ging mir nie um Lösegeld. Ich bin nicht so skrupellos, wie du denkst.«

»Nein, nein, natürlich nicht«, sagt Ilse schnell. »Ich kann gut verstehen, warum du das getan hast. Du wolltest mir eine Lektion erteilen, und ich kann dir versichern: Ich habe begriffen. Aber ...« Sie verstummt, sucht verzweifelt nach den richtigen Worten.

»Schau mal.« Nathalie hat ihr Handy hervorgeholt und hält

es Ilse hin. »Das Foto ist von heute Morgen. Niedlich, wie er lacht, findest du nicht auch?«

Beim Anblick ihres Kindes laufen Ilse die Tränen über die Wangen.

»Niedlich, oder? Sag schon!«, drängt Nathalie.

Ilse nickt wortlos.

»Bist du mir hierher gefolgt?«, fragt sie plötzlich. »Ich dachte eigentlich, du würdest anrufen.«

»Ich wollte lieber unter vier Augen mit dir reden. So wichtige Dinge bespricht man nicht am Telefon.« Nathalie klappt das Handy zu. »Ich wollte dir dein Kind ohnehin wiedergeben. Es gibt da nur ein Problem.«

»Welches?«

»Robbie ist ganz in der Nähe, und wenn ich ihn jetzt holen gehe, alarmierst du die Polizei.«

»Auf keinen Fall – du kannst dich auf mich verlassen.«

»Schwörst du's?«

»Ich schwöre.« Ilse packt Nathalies Hand. »Ich tu alles, was du willst, nur gib mir mein Kind wieder. Bitte!«

Mit einem Ruck zieht Nathalie die Hand weg. »Du kriegst es ja, das hab ich doch gesagt! Warte hier, bis ich wieder da bin. Und gib mir dein Handy.«

Nach anfänglichem Zögern greift Ilse in die Jackentasche, nimmt ein schwarzes, plump aussehendes Telefon heraus und reicht es Nathalie.

»Was ist denn das für ein vorsintflutliches Teil?« Misstrauisch beäugt Nathalie das Gerät.

»Es gehört Robert, meinem Mann. Meines ist kaputt.«

Sekundenlang sehen sie sich in die Augen. »Wenn es um das Leben meines Kindes geht, gehe ich keinerlei Risiko ein. Falls du mir nicht glaubst, kannst du mich gern durchsuchen«, sagt Ilse.

»Hier in aller Öffentlichkeit? Wie würde das denn aussehen? Zeig mir deine Handtasche, los!«

Widerspruchslos gibt Ilse ihr die Tasche, die Nathalie akribisch durchsucht.

»In Ordnung«, sagt sie. »Dann hol ich ihn jetzt. Aber wenn ich mitkriege, dass du mit jemandem redest, siehst du dein Kind nie wieder. Denn eins kannst du mir glauben: Es fällt mir nicht leicht, ihn wieder herzugeben.«

Ilse bringt vor Aufregung kein Wort heraus, sie nickt nur.

Nach kurzem Schweigen steht Nathalie auf. Sie hatte zwar immer vor, das Kind zurückzugeben, aber dass sie sich so schwer von dem Kleinen trennen würde, hätte sie nicht erwartet. Wenn Robbie nachher wieder bei seiner Mutter ist, hat sie niemanden mehr, keinen, der sie mag, keinen, der sie braucht. Sie wird einsamer sein als je zuvor.

Langsam geht sie davon. Bevor sie am Ende einer Reihe von Läden um die Ecke biegen muss, wirft sie noch einen Blick zurück. Ilse sitzt regungslos vor der Eisdiele, starrt vor sich hin und spricht mit niemandem.

Nathalie geht weiter, doch plötzlich bleibt sie abrupt stehen.

Woher wusste Ilse, dass sie Kontakt mit ihr aufnehmen würde? Sie hat doch vorhin gesagt, dass sie eigentlich mit einem Anruf von ihr gerechnet habe. Ihr musste also klar gewesen sein, dass sie, Nathalie, das Kind entführt hat. Trotzdem hatte sie anfangs so getan, als würde sie sie nicht erkennen.

Sie will dich reinlegen, meldet sich eine innere Stimme. Sie hat gesagt, was du hören wolltest, und um ein Haar wärst du drauf reingefallen. Das Ganze ist ein abgekartetes Spiel – sie kooperiert mit der Polizei, ganz bestimmt!

Nathalie kehrt um und späht um die Ecke.

Ilse sitzt nach wie vor allein auf der Bank, aber sie hat etwas in den Händen, halb zwischen den Beinen versteckt. Also hatte sie doch ein Handy und schreibt jetzt eine SMS.

Ein weiß glühender Wutblitz durchzuckt Nathalie. Sie hat bereits die Hand gehoben, um das schwarze Telefon gegen die

Wand zu schleudern, reißt sich aber im letzten Moment zusammen – so würde sie nur Aufmerksamkeit erregen.

Sie zwingt sich zur Ruhe. Mit einer Mutter, die sein Leben aufs Spiel setzt, ist Robbie nicht gedient. Bei ihr hat er es besser – sie wird alles für ihn tun und ihn beschützen.

Mit festen Schritten geht sie zum Parkplatz, wo Robbie im Auto auf sie wartet. Auf sie, sie ganz allein.

40

Schon von Weitem hört sie ihn schreien und sieht, dass sich um ihr Auto herum eine kleine Menschentraube gebildet hat.

Als sie darauf zugeht, treffen sie wütende Blicke. Ein älterer Herr sagt, er habe soeben die Polizei gerufen, denn das sei Kindesmisshandlung.

»Wie können Sie Ihr Baby nur bei der Hitze im Auto lassen!«, empört sich eine junge Frau.

»Ich war nur kurz weg, und außerdem ist das Fenster doch offen«, antwortet Nathalie gereizt.

Sie steigt rasch ein und schlägt die Tür hinter sich zu. Ohne auf die Leute zu achten, die sich jetzt noch mehr ereifern und sie eine Rabenmutter nennen, setzt sie zurück und verlässt dann den Parkplatz.

Auf dem Weg zur Autobahn kocht sie vor Wut, nicht nur auf Ilse, sondern auch auf sich selbst, weil sie sich von dem heuchlerischen Gewäsch hat einlullen lassen.

Erst nach ein paar Kilometern Fahrt beruhigt sie sich ein wenig.

Ihr Blick fällt auf das unförmige Handy, das sie auf den Beifahrersitz gelegt hat. Das Telefon von Ilses Mann. Dabei hatte Ilse selbst eines. Was hat es dann mit dem hier auf sich?

Ein böser Verdacht ergreift von ihr Besitz wie ein langsam wirkendes Gift.

Ja, so muss es sein: Irgendwie ist die Polizei ihr auf die Spur gekommen und hat Ilse informiert. Mit Sicherheit hat sie schon auf eine Meldung von ihr gewartet. Und dieses merkwürdige Ding ist ein Teil des Plans. Sie muss es schleunigst loswerden!

Ein schneller Blick in den Rückspiegel: Zum Glück ist noch kein Polizeiauto mit Blaulicht und Sirene in Sicht. Im nächsten Moment fällt ihr ein, dass die Polizei ja auch Zivilwagen hat.

Die Sesamstraßenlieder, die sie für Robbie eingelegt hat, zerren an ihren Nerven. Sie umklammert das Lenkrad.

Am liebsten würde sie das Telefon einfach aus dem Fenster werfen, doch damit ist sie noch längst nicht außer Gefahr.

Ein Schild kündigt die nächste Ausfahrt an. Nathalie fährt auf der mittleren Spur weiter und beobachtet im Rückspiegel den Verkehr hinter sich.

Noch zweihundert Meter bis zur Ausfahrt, hundert, fünfzig. Erst im allerletzten Moment reißt sie das Steuer nach rechts.

Ihr Hintermann hupt und zeigt ihr im Vorbeifahren den Vogel.

Nathalie registriert es kaum. Sie kontrolliert, ob noch weitere Wagen die Ausfahrt nehmen. Kein einziger.

Sie nimmt das Tempo zurück und atmet ein paarmal tief durch. Es hat geklappt, fürs Erste ist sie in Sicherheit. Nun rasch das Handy wegwerfen.

Sie fährt eine Allee entlang. Sie ist von Radwegen gesäumt, und rechts verläuft ein breiter Wassergraben. Ein Stück vor ihr springt die Ampel auf Gelb. Sie bremst und hält an.

Niemand zu sehen.

Hastig steigt sie aus, rennt über den Radweg und wirft das Handy in den Graben. Zufrieden sieht sie zu, wie es versinkt.

Sie läuft zum Auto zurück.

Grün.

Nathalie fährt weiter. Dann einmal um den Kreisverkehr und wieder zurück zur Autobahn.

Dort konzentriert sie sich auf die Wagen hinter ihr. Erst als sie die Autobahn verlässt, ohne dass ihr ein verdächtiges Fahrzeug aufgefallen ist, entspannt sie sich ein wenig.

Die Sesamstraße-CD ist zu Ende und Nathalie heilfroh, als Ernies Quietschentchenlied verklingt.

Sie schaltet das Radio an. Weil Robbie lautstark protestiert, bekommt sie nicht alles mit. Ihr eigener Name ist gefallen, und jetzt heißt es: »... diese Frau gesehen haben, dann nehmen Sie bitte Kontakt mit der nächsten Polizeidienststelle auf.«

Schweißflecke bilden sich unter ihren Achseln. Nun bleibt keine Zeit mehr für irgendwelche Spielchen mit Ilse. Sie muss das Land verlassen, und zwar möglichst schnell. Ob die Polizei von dem Haus in Brabant weiß?

Nathalie fährt langsamer, ist unschlüssig, was sie tun soll. Das Haus ist seit Jahren ihre Zuflucht, und Vincent hat es im Lauf der Zeit für Notfälle aller Art ausgerüstet. Im ehemaligen Stall liegen diverse Nummernschilder für Fluchtautos, im Keller lagern haltbare Lebensmittel und, in Kisten verpackt, Waffen aller Art, gefälschte Pässe und Perücken. Vor allem Letztere braucht sie dringend, um der Polizei nicht in die Hände zu fallen.

Am Straßenrand taucht ein Schild mit der Aufschrift Oisterwijk auf, also ist sie bald am Ziel.

Aber was dann? Kann sie es riskieren, ins Haus zu gehen? Was, wenn Vincent da ist? Nun da ihre Identität bekannt ist, wird ihr wohl nichts anderes übrig bleiben. Ohne falsche Papiere und ohne Verkleidung hat sie keine Chance.

Aufs Äußerste angespannt fährt sie langsam auf das Haus zu, bereit, sofort zu wenden, wenn ihr etwas Verdächtiges auffällt. Doch es scheint alles in Ordnung zu sein.

Sie steigt aus und nimmt Robbie aus dem Kindersitz. Vor Nervosität zittert ihre Hand, als sie die Haustür aufschließt.

Innen legt sie rasch den Riegel vor, bevor sie Robbie im Wohnzimmer auf den Boden setzt, wo er sofort auf eine Steckdose zukrabbelt.

Sie nimmt ihn wieder hoch und setzt ihn in seinen Babystuhl.

Der Gestank von Nicos Leiche, die sie bisher nicht angerührt hat, wird fast unerträglich. Sie beschließt, den Geruch einfach zu ignorieren; lange wird sie sich ohnehin nicht mehr hier aufhalten.

Nathalie geht in die Küche und stellt den kleinen Fernseher an. Während sie eine einfache Mahlzeit zubereitet, zappt sie durch die Programme, bis sie einen Nachrichtensender gefunden hat.

Es dauert nicht lange, und sie sieht ihr Foto auf dem Bildschirm, darunter einen Fahndungsaufruf. Auch Lunas Name fällt, ihr Foto ist ebenfalls zu sehen, und am Ende wird das Kennzeichen von Nicos BMW eingeblendet.

Den Wagen kann sie also vergessen. Wo sie sich aufhält, scheint die Polizei allerdings noch nicht zu wissen.

Sie beschließt, sich abends, wenn es dunkel ist, auf den Weg zu machen. Das erste Stück zu Fuß, dann wird sie weitersehen.

Nathalie bemüht sich, ruhig zu bleiben; sie rührt die Tomatensoße um, gibt Gewürze dazu und schafft es tatsächlich, die Nudeln abzugießen, ohne sich an dem heißen Wasser zu verbrühen. Sie will nicht mit leerem Magen aufbrechen, denn unterwegs wird sie so schnell keine Gelegenheit haben, etwas zu essen.

Sie setzt sich an den Küchentisch, isst ihre Nudeln und füttert Robbie mit warmem Gemüsebrei.

Dann nimmt sie ihn mit nach oben und beginnt zu packen.

41

»Es gibt eine neue Entwicklung«, beginnt Ramakers. Er hat seine Leute zu einer Lagebesprechung in sein Büro gebeten.

Ständig klickt er mit seinem Kugelschreiber, was Julia so irritiert, dass sie sich nur mit Mühe eine Bemerkung verkneifen kann.

»Dagmar Dalhuijs hat die Mutter des Kindes in einem Venloer Einkaufszentrum angesprochen. Dabei ist es Ilse van Meerdonk gelungen, ihr den als Handy getarnten Sender zu geben. Auf diese Weise konnten wir die Gesuchte zunächst orten, doch dann scheint sie etwas gemerkt zu haben und hat sich des Geräts entledigt. Das heißt, dass wir ihre Spur leider verloren haben. Trotzdem wissen wir nun ein wenig mehr.«

Er sieht seine Mitarbeiter nacheinander an, so als wolle er sich ihrer ungeteilten Aufmerksamkeit versichern.

»Die Überwachungskameras im Einkaufszentrum haben die Begegnung zwischen Dagmar Dalhuijs und Frau van Meerdonk aufgezeichnet. Erstere trägt auf den Bildern eine blonde Perücke. Auf dem Parkplatz ist sie dann in einen roten BMW gestiegen. Ein Mann, der die Polizei in Venlo benachrichtigt hat, weil in dem Wagen ein Kind eingeschlossen war und erbärmlich schrie, hatte sich das Kennzeichen notiert. Das Auto ist auf einen gewissen Nico Santemaker zugelassen, der als Arzt in Amsterdam tätig ist und seit ein paar Tagen vermisst wird. Santemaker ist unseren Recherchen zufolge noch nie mit der Polizei in Berührung gekommen. Fragt sich nur, wo er sich momentan aufhält und vor allem, was er mit Dagmar Dalhuijs zu tun hat.«

Er nickt Ari und Koenraad zu. »Würden Sie beide gleich mal unseren Freund van Assendelft dazu befragen?«

Julia hebt die Hand, aber Ramakers bedeutet ihr mit einer Geste zu schweigen. Frustriert lehnt sie sich zurück und tauscht einen Blick mit Sjoerd.

»Das wird nicht viel bringen«, meint dieser. »Bisher war er nicht gerade gesprächig, und seit er mit seinem Anwalt geredet hat, sagt er überhaupt nichts mehr.«

»Das wird sich jetzt ändern«, meint Ramakers trocken. »Wir haben nämlich das Messer, das er bei sich hatte, untersuchen lassen. Auf den ersten Blick wirkte es sauber, aber als die Techniker es auseinandernahmen, haben sie Blutreste am Übergang zwischen Klinge und Heft gefunden. Das Blut wurde untersucht. Es stammt von zwei verschiedenen Personen, und zwar von Dagmars Schwester Cécile Dalhuijs und von ihrem Schwager, Edwin Vermeer, wie wir dank unserer engen Zusammenarbeit mit der italienischen Polizei inzwischen wissen. Also können wir van Assendelft zumindest versuchten Mord vorwerfen.«

»Zumindest?«, wiederholt Ari.

»Genau, denn unsere Ballistiker haben herausgefunden, dass die Kugeln, mit denen Kristien Moors und Ruud Schavenmaker erschossen wurden, aus van Assendelfts Pistole stammen. Wir halten ihn somit nicht nur wegen Einbruchs fest, sondern auch wegen Verdachts auf Entführung, Doppelmord und versuchten Mord.«

Vom Nebenraum aus verfolgen Sjoerd und Julia durch die Spiegelscheibe das Verhör.

Während Ari Vincent gegenübersitzt und Geduld ausstrahlt, nimmt Koenraad ihn tüchtig in die Zange; er geht auf und ab, schreit ihn an und lässt die Faust auf den Tisch knallen. Ihm ist deutlich anzumerken, dass er den renitenten Burschen am liebsten am Kragen packen und die Wahrheit aus ihm herausschütteln würde.

Nach einer Weile übernimmt Ari.

»Gegen Sie liegt inzwischen genug vor, um Sie für eine ganze Weile hinter Gitter zu bringen«, hebt er an und blättert in seinen Unterlagen. »Die ballistische Untersuchung hat ergeben, dass Kristien Moors und Ruud Schavenmaker mit Ihrer Waffe erschossen wurden. Und an Ihrem Messer wurden Blutspuren von Cécile Dalhuijs und deren Ehemann gefunden. Das reicht für einige Jahre Knast; sagen wir mal, fünfzehn. Wenn Sie Glück haben, dürfen Sie Ihre Zelle mit ein paar Jungs teilen, die es cool finden, einen Mörder unter sich zu haben. Doch bei Kindesentführern sieht es anders aus; die sind sogar im Gefängnis nicht sonderlich beliebt.«

Vincent fixiert Ari, dann Koenraad, der sich auf die Tischkante gesetzt hat. »Wenn Sie schwerhörig sind, sag ich's Ihnen eben noch mal: Ich habe kein Kind entführt! Was wollen Sie eigentlich von mir?«

»Wir wollen wissen, wo sich Ihre Freundin Dagmar Dalhuijs aufhält«, sagt Koenraad. »Sie ist untergetaucht, und Sie wissen ganz bestimmt, wo.«

»Und wenn ich es sage, kriege ich zum Dank eine Entführung angehängt oder was?«

»Der Richter ist nicht blind für Tatsachen. Schließlich ist Dagmar mit dem Kind auf und davon und nicht Sie. Wenn Sie uns jetzt helfen, spricht das auf jeden Fall für Sie«, sagt Ari.

»Na toll, dann sitze ich einen Monat weniger. Aber auch nur vielleicht.« Vincent lacht abfällig.

Ari stützt die Ellbogen auf den Tisch und beugt sich vor. »Sitzen werden Sie so oder so. Und währenddessen lässt es sich Dagmar mit einer stolzen Summe Lösegeld gut gehen, nur weil Sie ein solcher Sturkopf sind.«

Langsam schaut Vincent auf.

Ari sieht ihm fest in die Augen.

Nicht schlecht, seine Taktik, denkt Julia hinter der Spiegelscheibe anerkennend.

»Wenn Sie nichts sagen, schützen Sie Dagmar«, fährt Ari fort. »Wollen Sie das wirklich?« Er behält Vincent scharf im Auge.

»Na gut«, sagt dieser nach längerem Schweigen mürrisch. »Wir haben ein Haus in Brabant. Dort wird sie sein.«

42

Sie hat nicht mitbekommen, wann sie gekommen sind; fest steht aber, dass sie jetzt ein Riesenproblem hat. Sie hätte früher aufbrechen müssen, nicht erst noch kochen und essen. Die Dunkelheit hätte ihr einen gewissen Schutz geboten, darauf hat sie spekuliert, doch nun wird ihr klar, dass sie einen Fehler gemacht hat.

Die Arme um den Körper gelegt, steht Nathalie am Fenster. In der Nachmittagssonne leuchten die Wiesen sattgrün, dahinter beginnt dunkel und bedrohlich der Wald.

Die Sonne hat sie verraten. Sie haben es schlau angestellt, das muss Nathalie zugeben, konnten aber nicht verhindern, dass eine der Waffen das Sonnenlicht reflektierte und sie damit ungewollt ein Warnsignal aussandten.

Nathalie wägt ihre Chancen ab. Unerkannt durch die Hintertür verschwinden kann sie nicht mehr, dafür ist es zu spät. Bleibt nur noch die Möglichkeit zu verhindern, dass sie ins Haus kommen.

Worauf sie noch warten, ist ihr ein Rätsel. Vielleicht ist das Anwesen noch nicht komplett umstellt, oder sie sondieren erst mal die Lage, bevor sie zuschlagen.

Wie auch immer, noch hat sie Zeit, und sie denkt nicht im Traum daran, sich zu ergeben.

Als ihre Entscheidung gefallen ist, geht sie in den Keller, schleppt zwei Kanister Benzin die Treppe hinauf und beginnt, den Inhalt in der Wohnung zu verteilen: im Flur von der Haustür bis zur Treppe, auch über ihr bereits dort stehendes Gepäck, dann im Wohnzimmer auf dem Fußboden, den Möbeln und Nicos Leiche und schließlich in der Küche um den Gasherd herum, den sie anschließend voll aufdreht.

Wenn sie eindringen und den ersten Schuss abgeben, fliegen sie mitsamt dem Haus in die Luft.

Aber draußen ist es nach wie vor ruhig.

Plötzlich zerreißt eine Megafonstimme die Stille.

»Dagmar, wir wissen, dass Sie im Haus sind. Wir fordern Sie auf, mit erhobenen Händen herauszukommen!«

»Das könnte euch so passen«, murmelt sie und nimmt eine Schachtel Streichhölzer aus einer Schublade.

Im nächsten Moment klingelt das Telefon im Wohnzimmer.

Nathalie zuckt zusammen.

So gut wie niemand kennt die Nummer. Nur Vincent könnte anrufen …

Zögernd nimmt sie ab.

»Ja?«

»Dagmar, sind Sie das?« Eine unbekannte Frauenstimme.

»Ich heiße Nathalie.«

»Gut, dann eben Nathalie. Hier spricht Louise Commandeur.«

»Wer sind Sie?«

»Ich bin von der Polizei und möchte mit Ihnen reden.«

»Polizei?«

»Genau«, sagt Louise.

Nathalie fährt sich über die Stirn. Der penetrante Benzingeruch verursacht ihr bereits Kopfschmerzen.

»Ich hab keine Zeit zum Reden.«

»Es dauert nicht lange.«

»Was wollen Sie von mir? Ich kenne Sie nicht. Bei der Polizei kenne ich nur Julia.«

Einen Moment lang herrscht Stille am anderen Ende, dann fragt die Frau: »Möchten Sie lieber mit Julia sprechen?«

»Nein, mit niemandem.«

Sie will schon auflegen, als sie Julias Stimme hört.

»Hallo, Nathalie. Ich bin's. Alles in Ordnung?«

Weil Julia immer nett zu ihr war, entschließt sie sich zu einer Antwort: »Ja. mir geht's gut.«

»Und Robbie? Ist er bei Ihnen?«

»Natürlich ist er bei mir. Wo sonst? Ich gehöre nicht zu den Leuten, die ihre Kinder ohne Aufsicht lassen.«

»Schön. Und ist der Kleine okay?«

»Warum nicht? Ich kümmere mich doch um ihn.«

»Stimmt, Sie machen das großartig. Ich hab es ja selber erlebt. Aber Ihnen ist sicherlich auch klar, dass er nicht auf Dauer bei Ihnen bleiben kann. Irgendwann muss er wieder zurück zu seinen Eltern.«

Nathalie lehnt sich an den Türrahmen und sieht zu, wie Robbie in seinem Babystuhl mit einem Plastik-Schlüsselbund spielt.

»Ich wüsste nicht, warum«, sagt sie dann.

Wieder ist es kurz still, und als Julia weiterredet, klingt ihre Stimme leise und eindringlich: »Weil er zu ihnen gehört. Weil sie ihn lieben und er ihnen fehlt ...«

»Ich liebe ihn auch. Und mir würde er genauso fehlen.«

Ein Seufzer ertönt am anderen Ende der Leitung. »Ich weiß. Wir alle wissen, dass Sie Luna – ich meine, Robbie – nie etwas antun wollten. Das spricht auf jeden Fall für Sie, Nathalie. Wenn Sie uns Robbie jetzt übergeben, ist viel gewonnen. Sie beweisen damit, dass Sie sein Bestes im Sinn haben und nur deshalb mit ihm geflohen sind, weil sie ihn vor Vincent schützen wollten. Das wird vor Gericht auf jeden Fall berücksichtigt.«

Nathalie hört kaum zu, beobachtet das nach wie vor spielende Kind.

»Sie hat es darauf angelegt«, sagt sie nach einer kurzen Pause. »Ich habe ihr gesagt, dass ich Robbie hole. Sie hat versprochen zu warten und nichts zu unternehmen. Aber als ich nachgesehen habe, hat sie eine SMS getippt. Sie hat riskiert, dass Robbie etwas zustösst.«

»Ich glaube eher, sie war sicher, dass Sie dem Kind nichts tun würden. Wir wissen, dass Sie eine schwere Kindheit hatten, Nathalie, dass Ihre Mutter und Ihr Bruder verunglückt sind und wie es weiterging. Später hatten Sie dann das Pech, an Vincent hängen zu bleiben.«

Mit einem Mal fühlt Nathalie sich so müde, dass sie sich setzen muss. Sie lässt sich am Türrahmen entlang auf den Fussboden gleiten.

»Das war kein Pech. Vincent war gut zu mir.«

»Anfangs ja. Aber nun geht es nicht um ihn, sondern um Sie und Robbie. Ich werde mich für Sie einsetzen, das verspreche ich. Bitte, kommen Sie jetzt raus.«

Vielleicht ist es Julias freundlicher, verständnisvoller Tonfall, vielleicht auch die Aussichtslosigkeit ihrer Lage – jedenfalls kommen Nathalie die Tränen, und sie versucht gar nicht erst, sie zurückzudrängen.

»Sie müssten mich eigentlich hassen.«

»Aber nein. Warum sollte ich?«

»Weil Sie mir helfen wollten und ich es Ihnen schlecht gedankt habe. Ich meine das mit Ihrer Grossmutter. Ich wollte das nicht, wirklich nicht, aber plötzlich war es passiert. Als wäre eine andere in meine Haut geschlüpft.«

Da Julia schweigt, fragt Nathalie schliesslich, ob sie noch dran sei.

»Doch ... ja ... Ich war nur kurz ... Ich bin mir nicht sicher, was Sie meinen. Waren Sie denn dabei, als meine Oma gestürzt ist?«

»Ja. Erst wollte ich sie festhalten, doch dann hab ich sie plötzlich gestossen. Ohne dass ich es vorhatte. Es ist meine Schuld, dass sie die Treppe hinuntergefallen ist. Und das bedrückt mich. Vielleicht hätte ich das nicht sagen sollen, aber es musste einfach raus. Nun wollen Sie sich bestimmt nicht mehr für mich einsetzen. Aber jetzt ist sowieso alles egal.«

Nathalie hört Julias stoßweise gehenden Atem.
Mühsam steht sie vom Boden auf.
»Sie hassen mich, ja?«
Mit dem Hörer in der Hand geht sie zum Fenster und späht hinaus. Nichts ist zu sehen. Niemand schleicht geduckt aufs Haus zu. Offenbar rechnen alle damit, dass es Julia gelingen wird, sie zum Herauskommen zu bewegen.
»Sind Sie noch da?«
»Ja …« Julias Stimme klingt jetzt anders, ein wenig gepresst. »Ich musste mich erst mal wieder fangen.«
»Sie können mir glauben: Ich wollte das nicht.«
Rauschen in der Leitung.
»Ich glaube Ihnen, dass es ein Unfall war. Kommen Sie jetzt bitte mit Robbie raus?«
Nathalie lacht verzweifelt auf. »Damit ich wegen Mordes verhaftet werde? Nein, ich komme nicht. Trotzdem bin ich froh, dass wir miteinander geredet haben.«
Sie geht in die Küche, wo es mittlerweile stark nach Gas riecht. Aus dem Telefon hört sie Julia ihren Namen rufen.
Nathalie lässt es fallen, nimmt die Streichhölzer aus der Hosentasche, reißt eines an und wirft es in die Benzinlache.
Sie hat eine Explosion erwartet, aber das Streichholz erlischt. Das zweite und das dritte ebenfalls.
Rasch geht sie ins Wohnzimmer und wühlt in den Kommodenschubladen nach Vincents Sturmfeuerzeug.
Sie klappt den Deckel auf, und als sie eine Flamme geschlagen hat, wirft sie es in der Küche von sich.
Fasziniert sieht sie zu, wie das Benzin sich entzündet.
Als sie Robbie jammern hört, läuft sie ins Wohnzimmer, hebt ihn aus dem Stühlchen und flüstert ihm Koseworte ins Ohr.
»Nicht weinen, mein Schatz«, sagt sie. »Du brauchst keine Angst zu haben. Ich lass dich nicht allein, ich bin bei dir. Ganz ruhig, gleich ist es vorbei.«

43

»Sie reagiert nicht mehr«, sagt Julia bestürzt. »Ich glaube, sie hat den Hörer einfach fallen lassen. Keine Ahnung, was da los ist.«

Sie sitzen im Polizei-Einsatzbus: Sjoerd, Ramakers, Ari und Louise, die als Verhandlerin hinzugezogen wurde. Per Handy stehen sie in ständiger Verbindung mit dem Staatsanwalt, um das Vorgehen abzusprechen.

Der Hof ist mittlerweile komplett umstellt, die Kollegen warten auf Instruktionen.

»Sie kommt jedenfalls nicht raus«, sagt Julia. »Und dass sie zugegeben hat, meine Oma die Treppe hinuntergestoßen zu haben, klang ganz so, als wollte sie ihr Gewissen erleichtern.«

Sie kann das Händezittern nicht unterdrücken und sieht, wie Ramakers und Sjoerd einen besorgten Blick tauschen.

»Frau Vriens, es wäre gut, wenn Sie fürs Erste nicht weiter über die Sache mit Ihrer Großmutter nachdenken würden«, sagt Ramakers. »Wir sollten uns jetzt darauf konzentrieren, das Kind zu befreien.«

»Dann müssen wir uns beeilen. Sie haben ja mitgehört; ich hab ein ungutes Gefühl.«

»Ich auch«, sagt Sjoerd. »Es hat sich so angehört, als wollte sie mit allem abschließen. Außerdem hat sie keinerlei Forderungen gestellt, weder nach Lösegeld noch nach einem Fluchtauto.«

Mit gerunzelter Stirn blickt Ramakers zum Haus hinüber,

dann zückt er sein Handy. »Gut, dann rufe ich jetzt den Staatsanwalt an.«

Er fasst den Stand der Dinge kurz zusammen, lauscht und beendet das Gespräch mit einem »Gut, bis später«.

Dann greift er zum Funkgerät und erteilt den Befehl zum Zugriff.

»Verstanden. Over«, lautet die Antwort des Einsatzleiters.

Julia und Sjoerd steigen aus und beziehen Posten hinter einem Gebüsch am Waldrand.

Die ersten Polizisten verlassen die Deckung und laufen geduckt über die Wiese. Ihnen folgen zwei Kollegen mit einem massiven Rammbock.

»Was ist das?« Julia zeigt auf die grauen Schwaden, die aus einem Fenster im Erdgeschoss quellen. »Etwa Rauch?«

Sjoerd nickt. »Verdammt noch mal! Jetzt hat sie auch noch die Bude angezündet!«

Julia macht Anstalten loszurennen, aber er hält sie am Arm fest: »Bleib hier! Vielleicht ist es ein Trick. Sie könnte bewaffnet sein.«

»Mir egal! Sie hat ein kleines Kind bei sich!« Julia reißt sich los und läuft im Zickzack über die Wiese.

Sjoerd folgt ihr. Sie erreichen den Hof, als die Kollegen gerade mit dem Rammbock die Tür eingeschlagen haben und ins Haus stürmen.

Sekunden später ertönt ein ohrenbetäubender Knall, die Fenster zerbersten.

Julia wirft sich auf den Boden, schützt mit den Armen den Kopf vor herumfliegenden Glasscherben und -splittern.

Als keine weitere Detonation folgt, sieht sie vorsichtig auf.

Die Explosion muss im hinteren Bereich des Hauses stattgefunden haben, denn die Kollegen taumeln hustend, aber unversehrt ins Freie. Hinter ihnen flackert es orangerot.

Sjoerd rennt an Julia vorbei auf die Haustür zu.

»Nicht! Das hat keinen Sinn!«, schreit sie.

»Ich hol das Kind raus!«, ruft er und zeigt nach oben.

Auch im Dachgeschoss sind die Fenster zersprungen, aber noch scheint es oben nicht zu brennen.

Julia hastet zum Eingang und sieht, wie er im Sturmschritt die Treppe hinaufeilt, deren untere Stufen schon in Brand stehen.

Dichter Rauch quillt ihr entgegen und zwingt sie zurückzuweichen.

Der Hof ist jetzt voller Polizisten. Ramakers fordert gerade die Feuerwehr und mehrere Krankenwagen an.

Er lässt das Telefon sinken und stößt einen Fluch aus. »Himmelherrgott! Was fällt bloß diesem Idioten von Volleberg ein? Reicht es nicht, wenn zwei draufgehen?«

Inzwischen schlagen hohe Flammen aus den unteren Fenstern.

»Wenn die Frau und das Kind bei der Explosion unten waren, werden sie wohl kaum überlebt haben«, sagt einer der Polizisten. »Wir haben im Wohnzimmer eine Leiche gesehen, konnten sie aber nicht aus der Nähe betrachten.«

Julia wird eiskalt vor Angst, als sie den Blick zu den Mansardenfenstern hebt. Lange kann es nicht mehr dauern, bis auch der obere Stock brennt. Dabei ist das Feuer nicht einmal ihre Hauptsorge, viel gefährlicher ist das giftige Zyanidgas, das entweicht, wenn Teppichböden und Polstermöbel verbrennen. Es kann innerhalb kürzester Zeit tödlich wirken.

Endlich geht oben ein Fenster auf, und sie sieht Sjoerd, schwer keuchend, inmitten einer Rauchwolke. Von Hustenkrämpfen geschüttelt, hievt er sich mit letzter Kraft über den Sims auf das Walmdach, das keinerlei Halt bietet.

Er rutscht über die Dachrinne und schlägt dumpf am Boden auf.

Julia rennt hin und kniet neben ihm nieder.

»Um Himmels willen, Sjoerd! Mach die Augen auf! Sag was!«

Sie streicht über sein verrußtes Gesicht, berührt ihn sanft an den Schultern.

Keine Reaktion.

Was jetzt? Stabile Seitenlage? Oder besser nichts unternehmen? Womöglich hat er sich bei dem Aufprall einen Wirbel gebrochen, dann könnte jede falsche Bewegung zu einer Querschnittslähmung führen.

Julia registriert, dass seine Atmung immer wieder aussetzt. Sie tastet nach seinem Puls, spürt ein schwaches, unregelmäßiges Pochen. Als sie die Wange an seinen Mund hält, ist da kein Luftstrom.

»Atmet er noch?« Ramakers hat sich auf Sjoerds andere Seite gekniet. Seine grauen Augen mustern Julia angespannt und zugleich forschend.

»Nein, ich muss ihn beatmen.«

Mit einem Mal wird sie vollkommen ruhig, führt sich Schritt für Schritt vor Augen, was sie im Erste-Hilfe-Kurs gelernt hat.

Sie schiebt die Hand unter Sjoerds Nacken, um den Hals zu überstrecken, dabei öffnet sich sein Mund. Dann legt sie eine Hand auf seine Stirn, klemmt die Nase mit zwei Fingern zu und hält die andere Hand an sein Kinn.

Ein tiefer Atemzug, und schon umschließen ihre Lippen seinen Mund, bläst sie Luft in seine Lunge.

Dabei behält sie aus dem Augenwinkel stets seinen Brustkorb im Blick. Als er sich hebt, richtet sie sich ein wenig auf, atmet tief ein und fährt mit der Atemspende fort, als die Brust sich wieder senkt. Das wiederholt sie alle paar Sekunden.

Sie hat das Gefühl, dass Stunden vergangen sind, als jemand anbietet, sie abzulösen. Aber sie winkt ab. Undenkbar, dass sie jetzt, wo es um Leben und Tod geht, einen anderen an Sjoerd heranlässt.

Wie aus weiter Ferne dringt Sirenengeheul an ihr Ohr. Dann fährt auch schon ein Feuerwehrauto vor, dahinter folgen zwei Krankenwagen.

Sie spürte eine Hand auf der Schulter und sieht auf in das Gesicht eines Sanitäters.

Erst jetzt stellt sie die Mund-zu-Mund-Beatmung ein und merkt, wie erschöpft sie ist.

44

»Die Feuerwehrleute sagen, der Brand habe sich rasend schnell ausgebreitet«, sagt Ramakers. »Sie haben im Erdgeschoss zwei verschmorte Kanister gefunden. Sieht ganz so aus, als hätte Dagmar überall Benzin ausgegossen.«

»Das Weib muss wahnsinnig geworden sein!« Ari schüttelt fassungslos den Kopf.

»Sie hat keinen anderen Ausweg mehr gesehen«, sagt Julia dumpf.

Sie stehen vor dem Haus und warten, bis die Nachlöscharbeiten abgeschlossen sind.

Ein Feuerwehrmann kommt heraus, den Helm unterm Arm. »Wir sind so weit – Sie können rein. Im Wohnzimmer liegt eine Leiche, ein Erwachsener.«

»Und das Kind? War irgendwo ein Baby?«, fragt Ramakers.

»Ich habe kein Kind gesehen. Aber meine Kollegen gehen gerade ein letztes Mal durchs Haus, vielleicht finden sie es ja. Bei dem vielen Zyanid dürfte aber keiner überlebt haben.«

»Wenn Luna oben gewesen wäre, hätte Sjoerd sie bestimmt gefunden«, sagt Julia. »Also war sie unten.«

»Hat eigentlich schon jemand Sjoerds Frau benachrichtigt?«, fragt Ari.

Ramakers nickt. »Gleich nachdem der Krankenwagen losgefahren ist, habe ich sie angerufen. Man hat ihn ins Tilburger Klinikum gebracht. Seine Frau ist sicher schon auf dem Weg dorthin.«

Julia seufzt tief. Was würde sie darum geben, jetzt bei Sjoerd zu sein, seine Hand zu halten und ihm beizustehen. Stattdessen muss sie in ein halb ausgebranntes Haus und Leichen identifizieren. Den Gedanken, wie sie Robert und Ilse van Meerdonk beibringen sollen, was passiert ist, verdrängt sie vorerst.

Zusammen mit Ramakers und Ari betritt sie das Haus. Im Flur ist der Lack von den Türen geblättert, die Tapeten sind versengt.

Das Wohnzimmer bietet einen verheerenden Anblick. Die Möbel sind nur noch an der Form erkennbar, die Polster verbrannt, Kunststoffteile geschmolzen, und über allem liegt wie ein schwarzes Tuch eine Rußschicht.

In den Geruch nach kaltem Rauch mischt sich der grauenhafte Gestank der Leiche neben der Couch. Julia bemüht sich, den spontanen Würgereiz zu unterdrücken.

Mit zugehaltener Nase nehmen sie die verkohlten Überreste dessen, was vor Kurzem noch ein Mensch war, in Augenschein.

»Das kann nicht Dagmar sein«, sagt Julia schließlich mit gepresster Stimme. »Der Körpergröße und Statur nach ist es ein Mann.«

»Und als das Feuer ausbrach, war er bereits tot.« Ari zeigt auf den Schädel. »Da, ein Einschussloch. Mein Gott, was hat sich hier bloß abgespielt?«

»Diese alten Landhäuser haben oft tiefe Gewölbekeller«, bemerkt Ramakers. »Eventuell hat sie dort Schutz gesucht.«

»Hmmm«, macht Ari. »Das wäre eine Möglichkeit. Rauch und Gase steigen ja nach oben, also hat man unten die besten Überlebenschancen. Aber bei der Hitzenentwicklung ...« Er macht eine bedenkliche Miene.

»Ich gehe nachsehen.« Einigermaßen erleichtert darüber, dass nicht Dagmar die Tote ist, geht Julia in den Flur zur Kellertür. Falls Dagmar noch am Leben sein sollte, bestehen auch Chancen für das Kind.

Sie steigt die Treppe hinab und lässt den Schein ihrer Taschenlampe durch den Raum wandern. Keine geduckten Gestalten in einer Ecke, keine im Todeskampf erstarrten Leichen, nur der übliche Plunder, dazu ein paar kreuz und quer stehende Holzkisten, Kartons und mehrere Regale voller Konserven.

»Und?«, kommt Ramakers' Stimme von oben.

»Nichts.« Noch einmal sucht Julia den Kellerraum ab, dann geht sie wieder nach oben. »Ich fürchte, sie war mit dem Kind im Dachgeschoss.«

Bedrückt steigen sie vorsichtig die halb verbrannte Treppe hinauf.

Oben hat das Feuer längst nicht so stark gewütet. Vor allem das Löschwasser hat hier Schaden angerichtet. Es bildet schwarze Pfützen auf dem Teppichboden und hat die Tapeten durchweicht.

Rasch durchsuchen sie sämtliche Zimmer, danach den Dachboden. Keine Spur von Dagmar und dem Baby.

»Sie ist weg«, stellt Ari fest. »Aber wie hat sie das angestellt? Irgendwie muss sie an unseren Leuten vorbeigekommen sein.«

»Mit dem Kind? Niemals!«, sagt Julia. »Wir sollten nachsehen, ob das Haus eventuell einen Kriechkeller hat.«

Ramakers läuft bereits zur Treppe, Julia und Ari folgen ihm langsam.

Sie sehen, wie er sich im unteren Flur auf den Boden kniet, die versengte Fußmatte beiseite schiebt und den Gitterrost darunter entfernt. Dann richtet er den Strahl seiner Taschenlampe in den Hohlraum.

»Wir müssen hier nachsehen«, sagt er, als von der Haustür her ein Hüsteln erklingt. Es ist einer der uniformierten Kollegen.

»Herr Ramakers, wir haben das Kind. Es lag neben einem Gebüsch, nicht weit vom Waldrand entfernt.«

Ramakers fährt hoch. »Wie bitte?«

»Wir haben das Kind. Jedenfalls glaube ich, dass es das entführte Baby ist.«

Julia und Ari starren den Mann an, als wäre er ein Gespenst, während Ramakers sich hastig aufrichtet, die Hose voller dunkler Flecken. »Wo ist es jetzt?«, fragt er. »Und wo genau haben Sie es gefunden?«

Während der Polizist berichtet, wie er das Baby entdeckt hat, gehen sie zum Einsatzbus, wo sie Louise mit einem heulenden Baby auf dem Schoß antreffen.

Sie lächelt ihnen entgegen.

»Es ist Luna, ganz bestimmt. Sehen Sie doch – wie auf dem Foto!«

Ramakers sieht Julia fragend an.

Obwohl das Kind Schmutzstreifen im Gesicht hat, genügt ein Blick. »Ja, dieses Baby hatte Dagmar bei sich.«

»Ausgezeichnet!« Ramakers gibt Ari sein Handy. »Herr Walraven, rufen Sie bitte gleich mal die Eltern an.«

Julia geht neben dem Kind in die Hocke und betrachtet es eingehend. »Was ist da bloß passiert? Die Kleine ist ja völlig verdreckt! Und wie ist Dagmar mit ihr bis zum Wald gekommen?«

»Vielleicht durch einen Gang vom Kriechkeller aus. Immerhin ist das Haus der Schlupfwinkel eines Verbrechers; gut möglich, dass er einen Fluchtweg angelegt hat«, meint Ramakers

Da fällt bei Julia der Groschen. »Der Keller …«, sagt sie. »Mir ist aufgefallen, dass die Kisten dort ziemlich durcheinander standen. So als wären sie in aller Eile beiseite gerückt worden.«

»Dann mal los«, sagt Ramakers. »Ich fordere inzwischen Suchhunde an. Weit kann die Frau ja noch nicht sein.«

45

Da sie nun wissen, wonach sie suchen, ist die Luke schnell gefunden. In der Dunkelheit war sie Julias Aufmerksamkeit zunächst entgangen, doch als Ari und sie im Keller sind und den Boden absuchen, fällt ihnen die runde Holzklappe gleich auf.

»Da ist sie rein, garantiert«, sagt Ari. »Und dann weiter durch einen unterirdischen Gang.«

Julia hebt die Klappe und leuchtet in den Schacht. Tatsächlich, unten scheint es weiterzugehen.

Sie nimmt ihr Funkgerät und informiert Ramakers, dass sie den Zugang zu einem Tunnel gefunden hätten und nun einsteigen würden.

»Seien Sie vorsichtig. Und melden Sie sich, sobald Sie wieder draußen sind. Dann kommen wir mit den Hunden, um von dort aus zu suchen«, knarzt es aus dem Funkgerät.

Ari grinst Julia an. »Nach Ihnen, gnädige Frau.«

»Kein Problem. Aber du kommst nach. Und damit eins klar ist: Ich halte dir nicht das Händchen, wenn du dich im Dunkeln fürchtest.«

Ohne sich anmerken zu lassen, dass ihr vor dem finsteren Tunnel ziemlich graut, hangelt sie sich hinab und kriecht dann auf allen vieren hinein.

Im Schein der Taschenlampe sieht sie Wände aus Erdreich, gestützt von Holzbalkenwerk.

Nach wenigen Metern wird der Tunnel extrem schmal, dahinter scheint er sich wieder zu verbreitern.

Julia hält kurz die Luft an und schiebt sich durch.

»Gleich kommt ein Engpass!«, ruft sie Ari zu, der ihr unter lautem Gestöhne folgt. »Dann wird es dir leid tun, dass du dir ständig bei McDonald's den Bauch mit Hamburgern vollschlägst.«

»Lass das meine Sorge sein«, knurrt er.

Julia lacht in sich hinein, doch kurz darauf vergeht ihr das Lachen. Von der Decke rieselt Erde, gerät ihr in die Augen, sogar in den Mund.

Aber sie muss weiter, Umdrehen ist auf dem engen Raum nicht drin.

Ein paarmal hört sie Ari laut fluchen, wenn er sich den Kopf anstößt oder sich Splitter an den Holzbalken einzieht.

Der Gang will kein Ende nehmen.

Mit zusammengekniffenen Augen hält Julia Ausschau nach einem Lichtschein. Vergeblich – alles vor ihr ist stockdunkel. Sie gerät ins Schwitzen und kämpft gegen die zunehmende Beklemmung an.

Urplötzlich hört der Tunnel auf, so unerwartet, dass sie mit dem Kopf an die abschließenden Holzbalken knallt.

Während sie sich die schmerzende Stelle reibt, richtet sie die Taschenlampe nach oben.

Sie befindet sich am Grund eines etwa drei Quadratmeter messenden Schachts, der oben verschlossen ist, vermutlich ebenfalls mit einem Holzdeckel. Hoffentlich hat Dagmar ihn nicht mit irgendetwas beschwert – den ganzen Weg wieder zurückzukriechen wäre der totale Horror.

»Sind wird da?« Ari taucht keuchend aus dem Tunnel auf.

»Ja, wir müssen nur noch hochklettern.« Sie zeigt auf die Eisenhaken in der Wand.

Da die Grube nicht allzu tief ist, hat sie den Aufstieg innerhalb weniger Sekunden geschafft. Sie streckt die Hand aus und drückt gegen den Deckel. Gott sei Dank, er gibt nach!

Eine große Anspannung fällt von Julia ab.

Sie schiebt den Deckel beiseite.

Sonnenlicht und frische Luft – endlich! Ihr ist zumute, als hätte sie den Eingang zum Paradies gefunden, als sie sich aus der Grube hievt.

Sie setzt sich auf den Waldboden daneben und atmet ein paarmal tief durch.

Neben ihr taucht wie ein überdimensionaler Maulwurf Ari auf. Er ist von Kopf bis Fuß voller Erde, Gesicht und Hände sind zerschrammt.

Julia muss unwillkürlich grinsen, dann aber steht sie auf und packt seinen Arm.

»Nicht nötig, Vriens.« Er schüttelt sie ab und wälzt sich auf den Boden. »Großer Gott, war das 'ne Ochsentour! So was mach ich nie wieder. Hast du dein Funkgerät noch? Ich fürchte, ich habe meins da unten verloren.«

Julia löst ihr Funkgerät vom Gürtel und meldet sich bei Ramakers.

Einer von ihnen solle vor Ort bleiben, der andere zum Haus kommen, lautet die Antwort.

»Ich nehme an, du bleibst lieber hier.« Julia mustert Ari, der völlig aus der Puste ist. »Ich geh dann mal. Aber sieh zu, dass du wenigstens wieder auf denn Beinen bist, wenn wir kommen. Das macht sich besser.«

Ohne seine Antwort abzuwarten, geht sie auf den Waldrand zu.

46

Auf der Intensivstation im Klinikum Tilburg ist es still. In einer halben Stunde ist es acht, und dann geht die Besuchszeit zu Ende.

Der Raum, in dem Sjoerd liegt, ähnelt einer riesigen Vitrine. Die hintere Glaswand grenzt an einen Krankensaal, die vordere an einen kleinen Empfangsbereich.

Nachdem die kleine Luna zu ihren überglücklichen Eltern gebracht wurde und sie noch eine Weile ergebnislos nach Dagmar gesucht haben, hat Julia sich in Tilburg ein Hotelzimmer genommen und eine Nachbarin telefonisch gebeten, ihren Kater zu versorgen.

Im Krankenhaus angekommen, sieht sie Melanie an Sjoerds Bett sitzen, die ihr zulächelt und die Hand hebt.

»Tut mir leid«, sagt die Schwester. »Mehr als eine Person darf ich nicht zu dem Patienten lassen, und Familienangehörige haben natürlich Vorrang.«

»Verstehe, dann warte ich.« Julia setzt sich auf eine Bank an der Wand gegenüber. Allzu lange wird es sicherlich nicht dauern.

Tatsächlich kommt Melanie schon nach ein paar Minuten aus dem verglasten Raum, die rotbraunen Locken wirr und das Gesicht noch blasser als sonst.

Sie nimmt Julia in die Arme und drückt sie fest.

»Wie geht es ihm?«, fragt Julia.

»Nun ja ... Er wird beatmet, das hast du wahrscheinlich

schon gesehen. Das Ganze muss ziemlich unangenehm sein, deshalb hat er ein starkes Beruhigungsmittel bekommen. So hat er keine Schmerzen, ist aber leider auch nicht ansprechbar.«
Melanie wischt sich ein paar Tränen aus den Augen. »Warum ist er bloß ohne Schutzkleidung in das brennende Haus gegangen? Er weiß doch, wie gefährlich so was ist.«
»Weil ein Kind drin war.«
»Das hab ich gehört, ja. Aber er hätte doch an sein eigenes Kind denken müssen. Wenn er nicht rechtzeitig rausgekommen wäre, hätte Joey keinen Vater mehr!«
»Das kleine Mädchen ist in Joeys Alter. Ich glaube, er konnte den Gedanken nicht ertragen, dass sie in den Flammen umkommt, und wollte wenigstens einen Versuch machen, sie zu retten.«
»Wie? Ist das Kind etwa tot?«
»Nein, es lebt. Die Entführerin ist durch einen unterirdischen Gang entkommen und hat das Baby im Wald abgelegt.«
»Ein so kleines Kind? Wie konnte sie nur!«
»Sie hat es an einer Stelle zurückgelassen, wo wir es mit Sicherheit finden würden. Vermutlich wollte sie es loswerden, weil es sie bei der weiteren Flucht behindert hätte.«
Melanie nickt ein wenig geistesabwesend und sagt dann: »Entschuldige, aber ich muss jetzt wieder zu Sjoerd.«
Julia fasst sich ein Herz. »Meinst du, ich kann mal kurz zu ihm?«, fragt sie. »Die Schwester hat gesagt, sie dürfe nur eine Person zu ihm lassen und Familienangehörige hätten Vorrang. Aber wenn du sie bitten würdest ...«
»Geh nur. Ich rede mit ihr.« Melanie wendet sich der Krankenschwester zu, und Julia betritt die Schleuse vor der Intensivstation, wo sie sich unter Aufsicht eines jungen Pflegers gründlich die Hände wäscht.
Von Nahem bestürzt Sjoerds Anblick sie fast noch mehr. Vollkommen reglos und totenblass liegt er da, angeschlossen an diverse Apparate, die seine Lebensfunktionen aufrechterhalten.

Ein Schlauch führt ihm über einen Tubus Luft zu, eine Nasensonde Nahrung, und Infusionspumpen versorgen ihn mit Flüssigkeit und Medikamenten.

Julia war schon öfter auf einer Intensivstation, meist um nach Opfern von Gewalttaten zu sehen. Einmal stand sie auch am Bett ihres Vaters, als dieser eine schwere Lungenoperation hinter sich hatte. Sie weiß, dass sedierte Patienten sehr wohl hören, was man sagt, und beginnt deshalb leise zu reden.

»Ich bin's, mein Liebster. Es tut mir so leid, dich hier liegen zu sehen. Und gleichzeitig bin ich unendlich stolz auf dich …« Tränen steigen auf, und sie schluckt mehrmals. »Mit der kleinen Luna ist alles in Ordnung«, fährt sie fort, jetzt wieder mit fester Stimme. »Dagmar ist mit ihr vom Keller aus durch einen Tunnel entkommen, der in den Wald führt, und nicht weit davon hat sie das Kind abgelegt. Wir haben Suchhunde eingesetzt und konnten ihrer Spur bis ans andere Ende des Waldstücks folgen. Da muss sie dann einen Bus genommen oder ein Auto angehalten haben. Jetzt wird landesweit nach ihr gefahndet, aber ich vermute, sie ist längst über die Grenze.«

Sie wirft einen Blick auf den Herzmonitor, der eine beruhigend regelmäßige Kurve anzeigt.

»Weißt du, mir ist es eigentlich egal, ob sie gefasst wird oder nicht. Mir wäre zwar wohler, wenn sie ihre Strafe bekäme, auch für das, was sie meiner Oma angetan hat. Aber andererseits … Ach, ich weiß nicht.«

Ihr ist, als würden die roten und grünen Lämpchen der Apparate mit ihrem Blinken Antwort geben.

Sjoerds Brustkorb hebt und senkt sich, begleitet von einem rhythmischen Sauggeräusch.

Julia sieht zum Empfangsbereich hinüber. Melanie ist nicht da; wahrscheinlich nutzt sie die Gelegenheit, um kurz auf die Toilette zu gehen oder zu telefonieren.

Es sind kostbare Minuten für Julia, vielleicht die letzten mit Sjoerd …

Nachdenklich betrachtet sie seinen Mund, der sie angelacht und geküsst hat. Ob Melanie weiß, dass sie es war, die ihn beatmet hat, und dass sich ihre Lippen dabei nicht zum ersten Mal um die seinen schlossen? Nein, sie ahnt bestimmt nichts. Für Melanie ist sie eine Freundin und nur beruflich die Partnerin ihres Mannes. Hätte sie auch nur den geringsten Verdacht, dass zwischen ihnen etwas läuft, hätte sie sie niemals mit Sjoerd allein gelassen, damit sie ihm liebevolle Worte zuflüstern und Pläne für die Zukunft schmieden kann. Pläne, die sie und ihr Kind in großes Leid stürzen würden.

Eine Hand legt sich auf ihre Schulter. »Julia? Ist alles okay?«

Sie zuckt zusammen; ganz in Gedanken versunken, hat sie nicht mitbekommen, wie Melanie hereinkam.

Julia sucht nach Worten, aber Melanie scheint gar keine Antwort zu erwarten.

»Geh jetzt nach Hause«, sagt sie leise. »Und versuch, ein wenig zu schlafen. Es war ein langer und schwerer Tag.«

»Rufst du mich an, wenn was ist? Ich hab mir hier in Tilburg ein Hotelzimmer genommen, aber du hast ja meine Handynummer.«

»Selbstverständlich rufe ich dich an. Ich schlafe heute Nacht in der Klinik. Joey ist bei Sjoerds Eltern. Und pass auf dich auf, ja?«

Nach einem langen Blick auf Sjoerd verlässt Julia den Raum. Draußen sieht sie sich noch einmal um: Melanie scheint sie bereits vergessen zu haben, sie beugt sich gerade über Sjoerd und streichelt seine Wange, so zärtlich, dass Julia sich schnell abwendet und geht.

Im Hotelzimmer nimmt sie den Weißwein aus der Minibar, gießt sich ein Glas ein und setzt sich in den blauen Sessel am Fenster. Den Vorhang lässt sie offen, damit sie auf die dunkle, stille Straße hinunterblicken kann, allein mit ihren Gedanken und ihrem Kummer und zugleich im vollen Bewusstsein, dass sie jetzt die schwierigste Entscheidung ihres Lebens treffen muss.

47

Im Frühstücksraum ist noch niemand, als Julia am nächsten Morgen ihr Müsli mit Joghurt löffelt.

Es ist noch nicht ganz sieben, als sie das Auto anlässt und nach Roermond fährt.

Ari telefoniert gerade, als sie das Büro betritt, Koenraad fixiert angestrengt den Bildschirm seines PC. Die beiden – und nicht nur sie, denn Julia ist im Flur mehreren sichtlich übermüdeten Kollegen begegnet – haben die Nacht durchgearbeitet. In Aris Papierkorb stapeln sich Styroporschachteln, seinen Schreibtisch zieren ein Stück Gurke und Mayonnaiseklecks. McDonald's scheint mal wieder guten Umsatz gemacht zu haben …

»Gibt's was Neues?«, fragt sie.

Koenraad informiert sie mit wenigen Worten: Inzwischen werde über Interpol mit allen verfügbaren Mitteln nach Dagmar gesucht, bisher ohne Erfolg. Die verkohlte Leiche aus dem Wohnzimmer werde bereits obduziert, eine DNA-Untersuchung solle die Identität des Toten klären.

»Und wie geht's Sjoerd?«, fragt Koenraad seinerseits.

»Gestern Abend ist er noch beatmet worden«, sagt sie. »Wie es ihm jetzt geht, weiß ich nicht. Ich rufe nachher mal seine Frau an. Aber vielleicht weiß Ramakers ja mehr. Ist er schon da?«

»Schon? Ich denke, er hat auch durchgearbeitet.«

Julia macht sich auf den Weg zum Büro des Hauptkommissars.

Die Tür steht halb offen; sie sieht ihn, über irgendwelche Papiere gebeugt, am Schreibtisch sitzen.

Als Julia klopft, schaut er auf. Dass auch er sich die Nacht um die Ohren geschlagen hat, beweist sein müder Blick.

»Frau Vriens, nehmen Sie Platz.«

Julia schließt die Tür und setzt sich.

»Ich war gestern Abend noch im Krankenhaus, bei Sjoerd«, beginnt sie. »Er liegt auf der Intensivstation und hing am Beatmungsgerät. Wie es ihm heute geht, weiß ich nicht. Ich traue mich nicht so recht anzurufen.« Ramakers reibt sich die Augen und strafft den Rücken.

»Ist nicht nötig – das hab ich bereits gemacht. Seine Frau sagt, er habe die Nacht gut überstanden und atme jetzt selbstständig. Hört sich doch gut an, oder?«

»Und wie! Ach, bin ich froh!« Julia richtet den Blick ins Freie und fragt sich unwillkürlich, wie die Welt für sie ausgesehen hätte, wenn Sjoerd nicht durchgekommen wäre. Unvorstellbar, der Gedanke, dass ...

»Ist Ihnen nicht gut, Frau Vriens?«

»Doch, doch.«

»Sie hatten ganz schön was zu verkraften in den letzten Tagen. Erst den Tod Ihrer Großmutter, dann das Geständnis, dass es kein Unfall war, und jetzt liegt auch noch Ihr Partner in der Klinik. Sie können gern ein paar Tage Urlaub nehmen, das ist überhaupt kein ...«

»Mir geht es gut«, fällt Julia ihm ins Wort. »Aber ein paar freie Tage wären tatsächlich nicht schlecht.«

Sie weicht seinem forschenden Blick aus.

»Nehmen Sie sich frei, so lange Sie möchten. Sie haben ausgezeichnete Arbeit geleistet, Frau Vriens. Die kleine Luna ist wieder bei ihren Eltern, und diese Dagmar wird sicherlich auch noch geschnappt. Aber damit sind jetzt andere beschäftigt. Sie können also ruhig mal einen Gang zurückschalten. Nicht zuletzt, damit Sie erholt und fit sind, wenn Herr Volleberg aus dem Krankenhaus entlassen wird und seinen Dienst wieder antritt.«

»Ach ja … Dazu wollte ich noch etwas sagen.« Julia beißt sich auf die Unterlippe und seufzt dann so laut, dass Ramakers sie besorgt anschaut.

»Was ist los, Mädchen? Raus mit der Sprache!«, sagt er väterlich.

Zum ersten Mal, seit sie vor ihrem Chef sitzt, sieht Julia ihn direkt an.

»Ich möchte mich versetzen lassen.«

Was auch immer Ramakers erwartet hatte – das jedenfalls nicht. Fassungslos starrt er sie an.

»Versetzen? Warum das denn?«

»Weil ich der Meinung bin, dass mir eine Veränderung gut täte.« Ihr Tonfall ist ein wenig abwehrend, verrät, dass sie sich nicht näher dazu äußern möchte.

»Hmmm … Und da sind Sie sich ganz sicher?« Die Verwunderung auf Ramakers' Gesicht weicht Unmut. »Ich muss zugeben, es passt mir überhaupt nicht, dass meine beste Mitarbeiterin geht.«

»Danke für das Kompliment.« Ein Lächeln umspielt ihren Mund. »Aber so leid es mir tut, ich bin mir meiner Sache ganz sicher.«

»Das kommt ziemlich unerwartet …«

»Schon, aber ich weiß, dass es gut und richtig ist. Ich hab mich bereits umgehört. In Groningen, Amersfoort und Utrecht sind Stellen ausgeschrieben, auf die ich mich bewerben kann.«

»Nun ja, das dürfte nicht das Problem sein. Ich wüsste keine Dienststelle, die nicht froh wäre, eine so erfahrene Kripofrau zu bekommen. Es ist nur ein ziemlicher Schock für mich. Ich hatte ja keine Ahnung, dass Sie sich bei uns nicht wohlfühlen.« Ramakers scheint sich langsam mit der Tatsache abzufinden; er lehnt sich zurück und mustert Julia eingehend.

»Darum geht es nicht«, sagt sie rasch. »Ich fühle mich hier sogar sehr wohl.«

»Was ist dann der Grund?«

Sie schweigt und senkt den Blick.

»Es ist einfach besser so«, sagt sie schließlich.

Ramakers nickt bedächtig. »Ich nehme an, es ist wegen Herrn Volleberg.«

Eine leichte Röte überzieht ihr Gesicht. »Wie ... Wie meinen Sie das?«

»Ich habe schließlich Augen im Kopf«, sagt der Hauptkommissar. »Und außerdem wäre ich ein schlechter Polizist, wenn ich das nicht gemerkt hätte.«

Nun lässt sich nicht mehr leugnen, was ihr offensichtlich auf die Stirn geschrieben steht. »War es denn so offensichtlich?«, fragt sie peinlich berührt.

»Nicht für alle. Aber für einen Chef, der seine Leute gut kennt, sehr wohl. Und zwischendurch hatte ich auch meine Zweifel. Aber jetzt nicht mehr.«

»Dann müssten Sie eigentlich verstehen, weshalb ich fort möchte.«

»Ja. Ich bedaure es sehr, aber verstehen kann ich es durchaus. Daher werde ich gar nicht erst versuchen, Sie umzustimmen. Ich gebe der Personalabteilung Bescheid. Und Sie bekommen von mir ein Empfehlungsschreiben, das Sie sich einrahmen können.«

»Das ist wahnsinnig nett.«

»Dann wäre da noch die Sache mit dem Urlaub.« Ramakers schiebt die Unterlagen auf seinem Schreibtisch hin und her. »Wollen Sie ihn jetzt gleich nehmen oder später, wenn es mit der Versetzung so weit ist?«

»Lieber später«, sagt Julia. »Wenn ich den Umzug und alles andere regeln muss, bin ich sicher froh darum. Außerdem hab ich hier ja noch zu tun. Berichte schreiben und so.«

»Stimmt«, sagt Ramakers. »Dann legen Sie mal los: Die Berichte hätte ich nämlich gern noch vor der Mittagspause.«

Julia steht auf. Bevor sie den Raum verlässt, dreht sie sich noch einmal um: »Danke.«

Die Antwort ist eine unwirsche Handbewegung. Doch als sie genau hinschaut, ist da ein Lächeln auf Ramakers' sonst so ernstem Gesicht.

48

»Ich verstehe das einfach nicht – was willst du denn in Amersfoort?« Melanie steht in Julias Wohnzimmer, wo sich an den Wänden die Umzugskartons stapeln. Sie nimmt einen Packen alte Zeitungen vom Stuhl, legt ihn auf den Tisch und setzt sich.

»Das habe ich doch schon ein paarmal gesagt: Ich habe um meine Versetzung gebeten.« Julia wickelt gerade ihre Gläser in Zeitungspapier.

»Schon klar, aber aus welchem Grund? Und warum nach Amersfoort? Ich dachte immer, dir gefällt es hier.«

»Tut es auch, aber es ist Zeit für eine neue Herausforderung. Man sollte öfter mal die Arbeitsstelle wechseln, sonst rostet man ein.«

»Du hast die Stelle noch nicht mal. Findest du es nicht etwas voreilig, gleich umzuziehen?«

»Die werden mich schon nehmen, und falls nicht, bewerbe ich mich eben weiter. Ich wohne in Amersfoort zur Miete, also ist das kein Problem.«

»Trotzdem, ich finde das nicht gut«, sagt Melanie nach kurzem Schweigen. »Dass du wegziehen willst, trifft mich sehr.«

»Mir fällt es auch nicht leicht. Du kennst doch den Spruch: *partir c'est mourir un peu.*«

»Warum machst du es dann? Du musst doch nicht, hast es selbst in der Hand!«

Dass sie so bekümmert dreinblickt, versetzt Julia einen Stich. Dennoch ist Melanie die Letzte, der sie den Grund für ihre Entscheidung anvertrauen kann. Ramakers weiß als Einziger Bescheid. An Sjoerd hat sie einen Brief geschrieben. Ganz ohne Abschied will sie nicht gehen, außerdem hat er ein Recht auf eine Erklärung. Wenn sie ihm gegenüberstünde, sein liebes, vertrautes Gesicht vor sich hätte und sähe, dass es auch ihm wehtut, würden ihr die Worte bestimmt im Hals stecken bleiben. Dann besser schriftlich. Sie werde immer an ihn denken und ihn schmerzlich vermissen, hat sie geschrieben, dennoch sei es besser so, und er möge bitte keinen Kontakt mehr zu ihr aufnehmen.

Und dass sie die Stelle in Amersfoort noch nicht hat, stimmt. Sie hat sich beworben und war beim Vorstellungsgespräch, aber das Auswahlverfahren läuft noch, und danach folgt eine Sicherheitsüberprüfung, bei der ihr privates Umfeld und ihre finanzielle Situation durchleuchtet werden. Trotzdem ist sie zuversichtlich, dass es klappt, und wenn nicht in Amersfoort, dann eben woanders.

Julia legt das letzte Glas in den Umzugskarton. »Amersfoort ist nicht aus der Welt«, sagt sie. »In anderthalb Stunden ist man dort. Außerdem können wir telefonieren und mailen.«

Das hat sie nicht vor, aber das braucht Melanie jetzt noch nicht zu wissen. In Amersfoort will sie neu anfangen, mit neuen Freunden und vor allem neuen Kollegen. Und das ist der größte Freundschaftsbeweis, den sie Melanie geben kann.

»Sjoerd wird bitter enttäuscht sein. Demnächst kommt er aus der Klinik, und du bist fort. Das kannst du ihm doch nicht antun!«

»Keine Sorge, ich werde ihm das schon erklären. Schließlich ist er mein Partner. Du denkst doch hoffentlich nicht, ich verschwinde einfach so?«

»Natürlich nicht. Und ich verstehe auch, dass du jetzt, wo er noch im Krankenhaus ist, nichts sagen willst. Obwohl das durchaus ginge, zumal er auf Station liegt. Er hat übrigens ein paarmal nach dir gefragt.«

»Am Donnerstag fahre ich bei ihm vorbei. Es liegt zwar nicht ganz auf der Strecke, aber egal. Oder bist du dann dort?«

»Nicht, wenn ich weiß, dass du bei ihm vorbeischaust. Er freut sich immer so über Besuch – da komme ich dann lieber abends.«

»Ist gut«, sagt Julia.

Melanie steht auf und verabschiedet sich mit einem Wangenkuss. »Wir sehen uns aber bald wieder, ja?«, sagt sie auf dem Weg zur Haustür. »Und wenn du auf mein Angebot zurückkommen willst, dir beim Umzug zu helfen, brauchst du bloß ...«

»Danke, das ist wirklich nicht nötig«, unterbricht Julia sie. »Du hast schon genug um die Ohren mit deinen Besuchen bei Sjoerd, und dann sind da noch Joey und deine Arbeit. Ich komme schon zurecht. Außerdem hab ich so viel altes Zeug aussortiert, dass kaum mehr was auszupacken ist. In einer Stunde hab ich das erledigt.«

Melanie lacht und nimmt Julia in den Arm. »Du bist meine beste Freundin«, sagt sie ernst. »Das weißt du, oder?«

»Ja, das weiß ich.«

Ein letztes Winken, dann ist Melanie fort.

Julia geht in die Küche und greift nach dem Wasserkocher. Dann stellt sie ihn wieder zurück und nimmt stattdessen die Flasche Rotwein von der Arbeitsplatte. Vier Uhr nachmittags ist zwar noch etwas früh für Alkohol, aber ihr ist jetzt eher nach einem Glas Wein als nach Kamillentee.

An den Schrank gelehnt, nimmt sie den ersten Schluck, dann einen zweiten. Sie schenkt nach, geht ins Wohnzimmer und setzt sich auf einen Umzugskarton.

Das war's dann wohl ... Ein Anflug von Melancholie überkommt sie, als sie sich im Raum umsieht.

Eigentlich hätte sie bis zum Ablauf ihrer einmonatigen Kündigungsfrist arbeiten müssen, dank des vielen Resturlaubs konnte sie aber schon wesentlich früher aufhören. Eine Woche lang war sie noch auf dem Revier, um laufende Projekte abzuschließen oder deren Übergabe vorzubereiten, und ehe sie sich's versah, war der letzte Arbeitstag angebrochen. Das war gestern, und die Kollegen hatten als Überraschung eine kleine Abschiedsparty organisiert.

Sie hat einen großzügigen Geschenkgutschein bekommen und eine Karte, auf der alle unterschrieben haben. Neben Aris Name steht: »Du kannst nicht einfach gehen! Wen soll ich denn jetzt ärgern?«

Sjoerd hat sie, seit er in der Klinik ist, nicht mehr gesprochen. Eigentlich wollte sie am Umzugstag auf dem Weg nach Amersfoort kurz bei ihm vorbeifahren, aber diese Idee hat sie schnell wieder verworfen. Der Brief muss reichen; mehr gibt es nicht zu sagen. Ihn noch einmal zu sehen würde alles nur schwerer machen.

Julia hat lange nachgedacht und begriffen, dass sie sich nicht zuletzt deshalb zu Sjoerd hingezogen fühlt, weil er so ein überzeugter Familienmensch ist.

Dass sie eine Zeit lang glaubte, ihr Glück auf dem Leid anderer aufbauen zu können, war ein großer Irrtum, eine Art Verblendung. Man kann zwar ein Haus bauen, aber wie soll man darin wohnen, wenn das Fundament nicht solide ist? Mag sein, dass andere sich über so etwas hinwegsetzen können, Julia nicht. Sie hat schon genug Schuldgefühle wegen des Todes ihrer Großmutter; mehr würde sie einfach nicht verkraften. Es gibt immer wieder Situationen im Leben, in denen man unbewusst eine falsche Entscheidung trifft, doch jetzt, wo sie Gelegenheit hat, das Richtige zu tun, kann sie nicht dermaßen egoistisch handeln.

Julias Gespräch mit Taco verläuft in groben Zügen wie das mit Melanie, nur endet es anders.

»Das kommt aber plötzlich«, sagt er, nachdem sie von ihrer Versetzung erzählt hat. »Und was bedeutet das für uns?«

»Ich weiß nicht recht«, sagt Julia. »Du kannst mich ja besuchen.«

»In Amersfoort!?« Es klingt, als hätte sie vor auszuwandern. Mit hochgezogenen Schultern steht er vor ihr, die Hände in den Jackentaschen vergraben.

»Wirklich, Julia, ich finde das total daneben«, sagt er. »Du stellst mich einfach vor vollendete Tatsachen. Bei solchen Entscheidungen hab ich doch wohl auch ein Wort mitzureden!«

Er wirkt ehrlich entrüstet, fast schon beleidigt. Dass sie ihren Entschluss nicht mit ihm besprochen hat, stört ihn anscheinend weitaus mehr als der Umstand, dass sie wegzieht.

»Nun mach mal halblang. Schließlich sind wir nicht verheiratet, sondern kennen uns erst ein paar Monate«, sagt sie beschwichtigend. »Und bisher hatten wir es doch auch schön zusammen; daran muss sich nichts ändern.«

»Du hast sie wohl nicht alle! Soll ich etwa jedes Wochenende nach Amersfoort fahren oder was!?«

Sie mustert ihn so gründlich, als würde sie ihn zum ersten Mal sehen, und ein wenig ist es auch so. Im Grunde war längst klar, was ihr erst jetzt richtig bewusst wird: dass sie nicht zusammenpassen.

»Nein, das erwarte ich nicht«, sagt sie mit ruhiger Stimme. »Und vielleicht hast du ja recht, dass es auf Distanz nicht funktioniert. Wenn es dir lieber ist, können wir unsere Beziehung auch hier und heute beenden. Dann sparst du eine Menge Benzin.«

Der ironische Tonfall soll Taco die Möglichkeit geben, zu lachen, sie in die Arme zu nehmen und zu sagen, so hätte er es nicht gemeint und für sie sei ihm kein Weg zu weit.

Stattdessen starrt er sie mit wutverzerrtem Gesicht an. »Wie? Du willst Schluss machen?«

Mit einem Mal hat sie das Gefühl, dass da ein Wildfremder vor ihr steht, nicht der smarte Mann, den sie geküsst und gestreichelt hat und mit dem sie eine schöne Zeit hatte, auch wenn sie sich manchmal gewünscht hat, er wäre ein anderer.

Erst als er mit geballten Fäusten auf sie zukommt, erkennt sie die Gefahr. Der Gedanke an Dagmar durchzuckt sie, und sie ahnt plötzlich, wie sie sich gefühlt haben muss.

Aber Julia duckt sich nicht und weicht auch nicht aus, sondern geht zum Gegenangriff über, so wie sie es in der Ausbildung gelernt hat.

Als Taco ausholt, fängt sie den Hieb mit einer blitzschnellen Bewegung ab und rammt ihm das Knie in den Schritt.

Während er sich vor Schmerzen krümmt, sagt sie leise: »Ja, ich mache Schluss. Und jetzt hau ab, aber schnell!«

Am Donnerstagmorgen sieht sie zu, wie die Möbelpacker die letzten Sachen aus dem Haus tragen und verladen.

Sie geht noch einmal durch die Zimmer, die ihr – so ganz ohne Möbel und persönliche Gegenstände – völlig fremd vorkommen.

Dann zieht sie die Haustür hinter sich zu und steigt in ihr Auto.

Der Möbelwagen fährt gerade los und stößt eine schwarze Dieselwolke aus.

Unschlüssig sitzt sie am Steuer. Soll sie doch noch kurz bei der Klinik vorbeifahren? Der Wunsch, Sjoerd ein letztes Mal zu sehen, wird übermächtig, sodass ihre guten Vorsätze ins Wanken geraten.

Dann schüttelt sie energisch den Kopf. Nein, sie hat ihren Entschluss getroffen, und dabei bleibt es.

Sie lässt den Motor an, gibt Gas und fährt langsam die Koninginnelaan entlang. Am Ende biegt sie in Richtung Autobahn ab.

Als auf der Höhe von Eindhoven ein Schild die Abzweigung zur A 58 nach Tilburg ankündigt, zögert sie einen Moment.

Dann schaltet sie das Radio an, lauscht den Klängen eines Popsongs und fährt geradeaus weiter, nach Amersfoort.

Epilog

Er hat oft darüber nachgedacht, ob er sie nun umgebracht hätte oder nicht. Vermutlich ja, aber leichtgefallen wäre es ihm nicht. Schwer sogar.

Diese Erkenntnis hat er rasch wieder in die dunkelste Ecke seines Unterbewusstseins verbannt, zu den vielen anderen Dingen, mit denen er sich nicht auseinandersetzen will. Doch der monotone Gefängnisalltag, der jetzt sein Leben bestimmt, bietet wenig Ablenkung, wirft ihn immer wieder auf sich selbst zurück.

Zwei Jahre hat er inzwischen abgesessen, zwei von insgesamt fünfzehn, und die Einsamkeit setzt ihm stärker zu als gedacht. Er darf zwar Post und Besuche empfangen, aber von seiner spärlichen Verwandtschaft hat sich bisher niemand blicken lassen, und die wenigen Freunde und Bekannten von früher scheinen ihn vergessen zu haben.

Seine Welt endet an den Mauern des Gefängniskomplexes, sein Privatbereich ist eine Zelle mit Bett, Tisch, Stuhl, einem kleinen Fernseher und Toilette. Am Spätnachmittag wird er eingeschlossen, dann ist er auf dem engen Raum allein mit sich und seinen Gedanken.

Jeden Tag hat er eine Stunde Hofgang auf einem von Stacheldraht umzäunten Außengelände, wo er seine Runden dreht und raucht. Billigen Tabak, den er am Gefängniskiosk kauft. Viel kann er sich nicht leisten; bei einem Stundenlohn von vierundsechzig Cent wird man nicht reich. Trotzdem geht er, wie die anderen Häftlinge, täglich zur Arbeit und verpackt Klebstoffrollen oder baut Leuchtstoffröhren zusammen. Das ist immer noch besser, als den ganzen Tag in der Zelle zu hocken und die Zeit totzuschlagen.

Neben dem Kiosk befindet sich die Gefängnisbibliothek, die er einmal die Woche aufsuchen darf, das Gleiche gilt für den Fitnessraum.

Der Unterschied zu seinem früheren Leben könnte nicht größer sein. Meist gelingt es ihm, die Erinnerungen daran zu verdrängen, dennoch vergeht kein Tag, an dem die Vergangenheit nicht irgendwann hochkommt und er mit dem, was ihn letztlich hierhergebracht hat, konfrontiert ist.

Dann denkt er unwillkürlich an Dagmar oder, besser, an Nathalie, wie er sie immer genannt hat. An seine Nathalie, die er bei sich aufgenommen und nach seinen Vorstellungen geformt hat.

An manchen Tagen vermisst er sie morgens beim Aufwachen schmerzlich und verflucht kaum eine Stunde später den Tag, an dem er ihr begegnet ist. Ihretwegen hat er die Beherrschung verloren und Fehler gemacht, die ihm unter anderen Umständen nie passiert wären.

Trotz aller Bitterkeit hat er einen gewissen Respekt vor ihr, denn es ist ihr gelungen, der Polizei zu entwischen. Ihm ebenfalls, samt seinem Geld. Das Geld ... Dass sie ihn derart hintergangen hat, lässt den alten Zorn wieder aufflammen. Wenn sie in solch einem Moment vor ihm stünde, würde er sie ohne Skrupel umbringen. Doch eine halbe Stunde später legt sich die Wut wieder und weicht einer deprimierenden Leere.

Seit Stunden liegt er jetzt schon auf dem Bett, die Hände unterm Kopf verschränkt, und betrachtet das Pin-up-Poster an der Wand, ohne die halbnackte Frau wirklich wahrzunehmen.

Wenn er gewusst hätte, wo Nathalie sich aufhält, hätte er einen Killer auf sie ansetzen können – auch vom Gefängnis aus hätten sich Mittel und Wege gefunden.

Inzwischen weiß er, wo sie ist, zumindest in etwa. Die Polizei mit Sicherheit auch, denn seine Post wird kontrolliert.

Vor einer Woche hat man ihm einen Umschlag mit portugiesischen Briefmarken ausgehändigt – offen, versteht sich.

Er enthielt weder einen Brief noch eine Karte, nicht einmal einen Zettel. Nur das Foto, das jetzt über dem Bett hängt. Es hat bewirkt, dass er die Idee mit dem Killer endgültig verworfen hat, und rettet Nathalie damit das Leben.

Er dreht das Gesicht zur Wand, richtet den Blick auf das Bild.

Sie trägt das Haar jetzt länger. Es ist aufgesteckt, und der Wind bläst ihr ein paar lose Strähnen ins gebräunte, lachende Gesicht. Auf dem Arm hält sie ein Kind in einem blauen Spielanzug, einen kleinen Jungen, der ihr Lachen hat und ihre dunklen Locken.

Die Augen jedoch – jedes Mal, wenn er das Foto ansieht, schaut er sich selbst in die Augen.

Dank

Ich danke Paul de Rooij, Dienststellenleiter im Polizeirevier Roermond, der mich nicht nur dort herumgeführt hat, sondern auch bereit war, viele Fragen zu beantworten, die sich beim Schreiben ergaben. Ebenso dem Polizisten Peterpaul Tuijn, der zahlreiche Mails mit weiteren Fragen prompt und ausführlich beantwortet hat. Paul de Rooij danke ich auch dafür, dass er die erste Manuskriptversion gelesen und mich auf etliche Fehler hingewiesen hat.

Des Weiteren danke ich Connie und Eveline Arts, die mich mit Informationen über Roermond versorgt haben, und Sylvia Beljon für das Kontrollieren der Druckfahnen.

Ein besonderer Dank gilt meinem Mann Wim, der mich geduldig nach Roermond und Umgebung begleitet und mich bei der Arbeit an diesem Buch in jeder Hinsicht unterstützt hat.

Und natürlich darf ich das Verlagsteam von Ambo/Anthos nicht vergessen: Danke für die gute Betreuung, das sorgfältige Lektorat und die fantastische Werbung für jedes meiner Bücher.